Fiona Blum

Frühling in Paris

GOLDMANN
Lesen erleben

Fiona Blum

Frühling in Paris

Roman

GOLDMANN

Dieses Buch ist auch als E-Book erhältlich.

FSC
www.fsc.org
MIX
Papier aus verantwortungsvollen Quellen
FSC® C014889

Verlagsgruppe Random House FSC® N001967

1. Auflage

Neumarkter Str. 28, 81673 München
Gestaltung des Umschlags: UNO Werbeagentur, München
Umschlagfoto © Getty Images / Julia Wichmann / EyeEm
FinePic®, München
Redaktion: Ilse Wagner
Satz: Uhl + Massopust, Aalen
Druck und Bindung: Friedrich Pustet, Regensburg
Printed in Germany
ISBN: 978-3-442-31457-7
www.goldmann-verlag.de

Besuchen Sie den Goldmann Verlag im Netz

Da stehe ich auf der Brücke und bin wieder
mitten in Paris, in unserer aller Heimat.
Da fließt das Wasser, da liegst du,
und ich werfe mein Herz in den Fluss
und tauche in dich ein und liebe dich.

Kurt Tucholsky

»Macarons zu backen ist eine Kunst. Es hat nichts damit zu tun, wie viel Gramm Mandelmehl, wie viel Eiweiß und wie viel Zucker man verwendet. Man kann alles richtig machen, ja sogar perfekt, und doch werden die Macarons trocken werden, am Blech festkleben oder Risse bekommen. Die Leute werden höflich ein mäusekleines Stückchen davon abbeißen und freundlich nicken, doch am Ende wird der Rest noch auf dem Teller liegen. Die Süße des Zuckers wird sie erschlagen, die Creme wird ihnen wie ein Klumpen im Magen liegen, und das staubtrockene Gefühl im Mund wird sie traurig machen.

In die Macarons gehört eine gehörige Portion Freude, nicht zu genau abgewogen, eine Prise Schabernack für den feinen Glanz und beides gut vermengt mit Lachen und Leichtigkeit. Wenn man das beherzigt, werden die Macarons aussehen, als würden sie gleich davonfliegen, sobald man sie, vorsichtig, eines nach dem anderen, auf den Teller legt, und am Ende wird der Teller leer sein, und die Gäste werden mit einem Leuchten in den Augen wieder und wieder kommen.

Und merke dir eines:
Du darfst sie nicht zu hart anfassen und sollst sie immer mit einem Lächeln genießen.
Wie das Leben.

Retiré

»zurückgezogen«

Pose aus dem klassischen Ballett,
bei dem das Spielbein
ruhend am Standbein anliegt.

1

Wie soll man eine Geschichte beginnen, die sich in Paris ereignet, ohne über etwas zu schreiben, das ohnehin schon jeder zu kennen glaubt? Im Frühling noch dazu? Nun, man könnte versuchen, zunächst den Himmel über der Stadt zu beschreiben, jenes schimmernde, durchlässige Blau, das es nirgends sonst auf der Welt gibt und das eine Verheißung in sich birgt, die man nicht in Worte fassen kann. Das Morgenlicht über der Seine wäre einige Sätze wert, ebenso der Duft der blühenden Platanen im Jardin du Luxembourg, der Blick von der Spitze der Île de la Cité auf den Fluss, mit der Kathedrale von Notre-Dame im Rücken, und nicht zuletzt natürlich die Pariserinnen, die über die Place Vendôme schreiten wie Königinnen.

Doch diese Geschichte beginnt nicht dort, an der Seine, im 1. Arrondissement, im Herzen der Stadt, nein, sie beginnt vielmehr im Herzen einer jungen Frau, knapp fünfhundert Kilometer von Paris entfernt. Und davon soll zunächst die Rede sein. Mit Louise Barclays Herz hatte es nämlich etwas Besonderes auf sich. Es war von jeher ausgesprochen ruhelos. Zog hierhin und dorthin, drängte und schob, war immer auf der Suche, sehnte sich, sehnte sich so sehr… ja, wonach eigentlich? Das war die Frage. Louise hatte selbst keine Antwort darauf. Sie wusste nur, dass es keinen Sinn machte, sich zu wehren, wenn ihr Herz sie wieder einmal in irgendeine überraschende Richtung stolpern ließ, denn letztendlich gewann ein Herz doch immer. Und das war auch richtig so. Louise zog diese Vormachtstellung nicht in Zweifel, ebenso wenig, wie sie damit haderte, ungewöhnliche Haare zu haben, dicht, störrisch und von seltsamer Farbe, oder damit, ohne Brille kurzsichtig wie ein Maulwurf zu sein. Wohlwollende Menschen nannten ihre Haare üppig und bernsteinfarben, was sehr viel schöner klang, als die Realität aussah, wie Louise fand, andere hingegen verglichen sie mit der Mähne eines Islandponys oder dem wirbeligen Fell eines Rosettenmeerschweinchens, was das Ganze, ehrlich gesagt, besser traf. Sie fand, ihre Haare erinnerten von der Struktur her am ehesten an die Borsten eines Straßenkehrerbesens, waren sie doch ähnlich rötlich, ohne wirklich rot zu sein, oder aber rostfarben wie gefallenes Laub im Herbst, kurz bevor es zu modern begann. Und wenn Louise an diesen, ihren eigenen Vergleich dachte, waren ihr das Meerschweinchen und das Islandpony erheblich lieber.

Aber zurück zum Anfang unserer Geschichte. Der Umstand, dass Louise Barclay zu nachtschlafender Zeit in London aufgebrochen war, um jetzt, an diesem strahlend schönen Frühlingsmorgen, am Gare du Nord aus dem Zug zu steigen, hatte also etwas mit ihrem ruhelosen

Herzen zu tun. Wobei, bei vordergründiger Betrachtungsweise müsste man dieses Urteil sofort revidieren. Schuld war eigentlich nicht ihr Herz, sondern ein Brief. Doch so genau kann man das nicht bestimmen. Herzenswege haben es ja an sich, recht verschlungen zu sein, ja, man könnte sogar sagen, das ist geradezu das Typische daran. Es gibt aber natürlich immer wieder Spielverderber, die das anders sehen wollen.

Jedenfalls stieg sie an diesem Morgen am Gare du Nord aus dem Zug – und stolperte als Erstes über ihren Koffer. Er sprang auf, und alle ihre Habseligkeiten verteilten sich über den Bahnsteig. Manch einer hätte dies als schlechtes Omen gedeutet, nicht jedoch Louise Barclay. Während sie fluchend in die Knie ging, Kosmetikbeutel, Schuhe, Bücher, Unterwäsche und Kleidungsstücke zusammenklaubte und alles zurück in den Koffer stopfte, dachte sie bei sich: »Da kann es ja nur noch besser werden«, ließ die Schlösser des Koffers zuschnappen und durchquerte raschen und sehr zuversichtlichen Schrittes die Bahnhofshalle. Auf dem Vorplatz hingen noch kühl die Schatten der Nacht, und die Pendler, die zusammen mit ihr ausgestiegen waren, hasteten mit verschlafenen Gesichtern und Kaffeebechern in der Hand an ihr vorbei in Richtung Metro. Sie sah ihnen einen Augenblick lang unschlüssig nach, überlegte, ob sie sich auch einen Kaffee aus dem nahen Coffeeshop holen sollte, entschied sich dann aber dagegen. Gleichgültig, ob man sich nun auf die Seite der Realisten schlug und den Brief als Ursache ihrer Reise ansehen wollte oder aber mit den Romantikern verschlungenen Herzenspfaden den Vorzug gab, Louise jedenfalls war sich der Bedeutung dieses Moments voll bewusst: Sie war dabei, ein neues Leben zu beginnen. In Paris. So etwas musste man mit Bedacht angehen. Man musste das Richtige tun. Nun wusste sie zwar noch nicht genau, was »richtig« in ihrem Fall bedeutete, doch war sie sich sicher, dass es jedenfalls nicht hieß, mit einem Pappbecherkaffee aus einem Coffeeshop in der Hand den ersten Schritt zu machen. Mit solchen Feinheiten kannte sich Louise aus, denn es war nicht das erste Mal, dass sie ein neues Leben begann. Man konnte sogar sagen, sie war Profi darin, was wiederum mit ihrem ruhelosen Herzen zusammenhing. Umso bedauerlicher war es allerdings, dass sie trotz der vielen Leben, die sie bereits begonnen hatte, in den wirklich entscheidenden Dingen immer noch so vollkommen ahnungslos war. Jedes Mal war sie mit Mut und Optimismus ans Werk gegangen. Von beidem verfügte sie nämlich über ein gehöriges Maß, das, ähnlich wie die Ruhelosigkeit in ihrem Herzen, über das, was normal zu nennen wäre, weit hinausging. Dennoch hatte es nie gereicht. Immer hatte noch etwas gefehlt, und sie hatte bisher nicht herausfinden können, was es war.

Ein neues Leben zu beginnen ist nicht leicht, wie jeder bestätigen wird, der es schon einmal ernsthaft versucht hat. Es bedarf einer Menge entschlossener Schritte, deren Richtung ausschlaggebend für das Gelingen eines solchen

Vorhabens ist. In Louises Fall erwies es sich daher, wie noch zu sehen sein wird, als problematisch, dass sie die Richtung gar nicht kannte. Vielleicht hatte sie sich über Richtungen bisher zu wenig Gedanken gemacht, hatte sich zu sehr darauf verlassen, blindlings zu folgen, wenn das Herz sie rief. Der Gedanke, dass ihr Herz auch einmal schweigen und ihrem Kopf die Führung überlassen könnte, war ihr noch nie gekommen. Noch war es jedoch nicht so weit. Fürs Erste tat sie das einzig Richtige. Sie entschied, zunächst einmal ordentlich zu frühstücken. Nach einem guten Frühstück in einem der vielen Pariser Cafés wäre es noch früh genug, sich zum eigentlichen Ziel ihrer Reise aufzumachen. Und dann würde man weitersehen.

Im Übrigen gab ja so vieles zu entdecken. Den Eiffelturm, Montmartre, Sacré-Cœur, oder, nein, zuerst Saint-Germain-des-Près, das Quartier Latin, die Tuilerien und ja, natürlich, Notre-Dame … die vielen Möglichkeiten nahmen ihr fast den Atem, und sie rief sich zur Räson. Das hatte Zeit. Sie würde ja hier bleiben. Sie würde hier leben. Sie konnte sich jeden Tag etwas Neues ansehen. Jeden einzelnen Tag …

Mit einer entschlossenen Geste packte sie den Rollkoffer und ging los. In ihr neues Leben.

2

Drehen wir die Zeit noch einmal eine Stunde und fünfundvierzig Minuten zurück.

6:29 Uhr.

Der TGV 7216, in dem Louise Barclay saß – an einem Fensterplatz in Fahrtrichtung, mit müden Augen und zugleich aufgeregt, und dabei zusah, wie vor dem Fenster die Stadt weniger und die Landschaft mehr wurde –, hatte gerade den Bahnhof in Calais Fréthun verlassen und würde bis Lille nicht mehr halten. Zur gleichen Zeit schwang sich in Paris ein junger Mann von einem Baugerüst, das er verbotenerweise erklommen hatte, auf die Balustrade der Galerie der Chimären, die sich in ungefähr fünfzig Metern Höhe um die Kathedrale von Notre-Dame zog. Er gesellte sich zu einem Fabelwesen mit Engelsflügeln und Hörnern, das – das Kinn auf die Hände gestützt – mit bereits rund zweihundert Jahre währender Nachdenklichkeit über die langsam erwachende Stadt blickte. Es herrschte vollkommene Stille. Paris war eine Stadt der Langschläfer. Bis in die späte Nacht hinein hatten die Restaurants und Bars geöffnet, waren die Straßen voller Leben. Doch jetzt, am frühen Morgen, schienen sie wie ausgestorben.

Der junge Mann, der aus luftiger Höhe, in Gesellschaft einer Kopie eines mittelalterlichen Wasserspeiers, über die Stadt blickte, hieß Nicolas Jaurès, und der Grund, warum er hier am Anfang der Geschichte zwingend erwähnt werden muss, liegt darin, dass er sich mit ruhelosem Herzen und dem Entschluss, alles Bekannte hinter sich zu lassen und ein neues Leben zu beginnen, bestens auskannte. Vielleicht sogar besser noch als Louise Barclay, die sich inzwischen der Stadt Lille näherte und dabei eingenickt war.

Dafür kannte Nicolas sich in anderen Belangen wiederum gar nicht aus. Oder besser gesagt, nicht mehr. Er hatte die Gebrauchsanweisung für gewisse Dinge des Lebens verloren. Doch das war eine andere Geschichte.

»Wir bewegen uns auf dünnem Eis«, sagte Nicolas zu dem Fabelwesen, dem die Pariser dem Namen Stygra gegeben hatten. Er erhielt keine Antwort und hatte auch keine erwartet.

»Auf dünnem Eis«, wiederholte er dennoch und machte einen Schritt auf die Kante der Balustrade zu. Es ging sechsundvierzig Meter in die Tiefe. Wie lange würde man fallen? Er breitete versuchsweise die Arme aus, bis die Spitzen seiner Finger die beiden Statuen zu seiner Rechten und Linken fast berührten. Endlos. In seiner Vorstellung gab es keinen Aufprall auf dem Asphalt, nur den Fall ins endlose Dunkel. Wenn man von Notre-Dame sprang, prallte man nirgends auf. Man fiel aus dieser Welt, fiel ewig, verschwand einfach. Das war das Geschenk, das diese Stadt jenen gewährte, die sie liebten.

Nicolas ließ die Arme sinken und setzte sich neben seinen steinernen Freund auf die Balustrade, sodass seine Beine über der Tiefe baumelten. Der Gedanke an den freien Fall schreckte ihn nicht. Ebenso wenig wie die Höhe selbst. Er war schwindelfrei, und seine Ausflüge am frühen Morgen hier herauf waren für ihn Training und Entspannung zugleich. Sie bedeuteten Freiheit. Er liebte die Höhe und genoss die Stille an diesem besonderen Ort, bevor die Touristen einer nach dem anderen die Wendeltreppe heraufgeächzt kamen. Doch das war noch nicht alles. Der eigentliche Grund, warum er regelmäßig den Gargoyle besuchte, war die Distanz zu der Welt da unten. Sie machte manche Entscheidung, die sich kompliziert anfühlte, einfacher, entwirrte hoffnungslos erscheinende Knoten, und sie gab – vor allem – den Blick frei auf die Dinge, die zählten.

Wie das Meer, dachte er flüchtig und verdrängte diesen Gedanken sofort aus seinem Kopf. Auch wenn es zutreffend war, dass das Meer auf ihn eine ähnliche Wirkung hatte, war es doch eine zu gefährliche Wendung, die seine Gedanken damit nahmen. Sie führten ihn zu nahe an Dinge heran, die sich nicht so leicht geraderücken ließen. Noch nicht einmal von sechsundvierzig Metern Höhe aus betrachtet.

Doch glücklicherweise war er nicht nur gut im verbotenen Herumklettern auf Baugerüsten, sondern auch darin, unliebsame Gedanken mit einem Lächeln zu verscheuchen. Das hatte er vor langer Zeit gelernt, und das tat er auch jetzt.

Vorsorglich.

Er lächelte der Stadt zu, die langsam in helles Morgenlicht getaucht wurde. Sein Blick wanderte vom Eiffelturm zu seiner Linken über den Louvre und die Tuilerien hinüber bis nach Montmartre, wo Sacré-Cœur weiß wie ein Schloss aus Zuckerguss auf ihrem Hügel in der Sonne erstrahlte. Sein Lächeln wurde breiter, als eine Taube angeflogen kam und sich nur eine halbe Armlänge von ihm entfernt niederließ. Sie nickte ein paar Mal nach Taubenart und musterte ihn skeptisch aus einem roten, runden Auge.

Nicolas lüpfte mit langsamen Bewegungen einen unsichtbaren Hut und neigte den Kopf. »Guten Morgen Madame.«

Derart angesprochen trippelte der Vogel ein paar Mal unsicher hin und her, plusterte sich ein wenig auf und flatterte schließlich auf den Kopf eines etwas entfernten Kobolds. Der Mann lachte leise und stand auf. Mit einer knappen Handbewegung verabschiedete er sich von seinem Freund, dem Wasserspeier, und kletterte lautlos über das Gerüst hinunter in die Welt, aus der er gekommen war.

Man könnte nun sagen, diese Ereignisse hätten nichts miteinander zu tun. Und wüssten die beiden, Louise und

Nicolas, in diesem Moment voneinander, sähen einander – Louise im Zug, mit leicht geöffnetem Mund, schlafend, die Brille verrutscht, und Nicolas, von seinem Ausflug zurück, wieder am Boden angelangt, die geröteten kalten Hände in den Taschen seiner Jacke vergraben –, so würden sie beide aus vollem Herzen zustimmen. Sie kannten sich nicht. Ihre Wege hatten sich noch nie gekreuzt. Und doch. Es gab eine Verbindung. Sie hatten etwas gemeinsam. Und es würde nicht mehr lange dauern, und sie würden sich auch begegnen.

3

Doch zunächst gilt es noch, einen kurzen Blick in die Rue d'Estelle zu werfen. Nicht dass es sich um eine besonders spektakuläre Straße gehandelt hätte, im Gegenteil. Sie war weder prächtig noch elegant, nicht bunt oder quirlig, weder erhaben noch geschichtsträchtig. Mitten im lebhaften Viertel Marais, rechts der Seine gelegen, dem Fluss gleichermaßen nahe wie dem ehemaligen Hallenviertel, wo sich jetzt das Centre Pompidou befand und Röhren und Rolltreppen wie Gedärme, Adern, Knochen nach außen stülpte, war es nichts als eine kurze Sackgasse, die ihr abruptes Ende an einem stillen, von einem Eisenzaun begrenzten Park fand, in dem Tag um Tag die Tauben gurrten. Am ehesten könnte man diese Straße noch verträumt nennen. Sie hatte den Aufwärtstrend, den das Viertel seit geraumer Zeit schon durchmachte, verschlafen oder sich ihm verweigert, was auf das Gleiche hinauslief. In der Geschichte, die hier erzählt wird, spielt die Straße jedoch eine wichtige Rolle. Hier, im Haus Nr. 5, laufen die Fäden zusammen, die sich im Zug von Calais nach Paris und auf der Balustrade von Notre-Dame langsam auszurollen beginnen, und auch solche, deren Anfang bereits weiter zurückliegt. Ein zart schimmernder Faden, der vor vielen Jahren seinen Weg auf der Bühne der Opéra National begann und der jetzt Gefahr läuft, seinen Glanz einzubüßen. Und noch ein anderer Faden, ja eigentlich zwei Fäden, ineinander verwoben, die sich vor über zwanzig Jahren an einem trüben Wintermorgen von St. Petersburg aus auf den Weg nach Paris machten, über die Jahre langsam ausfransten, dünner und dünner wurden und einander schließlich verloren.

An diesem Morgen nun, als Nicolas von seinem Besuch bei Notre-Dame in die Rue d'Estelle zurückkam, pfeifend, die Hände noch immer in den Jackentaschen, stand im ersten Stock des Hauses Nr. 5 eine junge Frau am Fenster, goss eine weiße Orchidee und sah dabei gedankenverloren hinaus in den noch verhangenen dunstigen Morgen. Sie war dunkelhaarig, ihr glattes Haar war in der Mitte gescheitelt, und sie hatte eine kurze, gerade Nase, auf der ein paar wenige Sommersprossen saßen, die nicht so recht zu dem ansonsten so makellosen Gesicht passen wollten. Als sie ihren Nachbarn vom nahen Park heranschlendern sah, beugte sie sich vor und spähte durch den Spalt zwischen den dünnen weißen Vorhängen, um ihn genauer betrachten zu können. Wo mochte er wohl so früh schon gewesen sein? Oder war er etwa die ganze Nacht nicht nach Hause gekommen? Möglicherweise hatte er eine Freundin. Sie stellte die zierliche Gießkanne ab und wischte einen Wassertropfen vom Fensterbrett. Zweimal die Woche ein Schnapsglas voll, hatte Madame Bonnet ihr kurz vor der Abreise mehrmals eingeschärft, nichts ahnend, dass es für sie selbst gar keine Rolle mehr spielen würde, ob die Orchidee in ihrer Wohnung verdurstete oder ertrank. Doch sie tat weder das eine noch das andere, denn Camille pflegte sie gewissenhaft, und solange sie das tat, würde die Orchidee hoffentlich weiterleben. Madame hatte Camille bei ihrer Abreise nicht nur die Pflanze, sondern gleich die ganze Wohnung anvertraut, in der Camille eigentlich nur eineinhalb Zimmer zur Untermiete bewohnte. Sie hatte sie gebeten, hin und wieder Staub zu wischen, zu lüften und sich im Übrigen »wie zu Hause« zu fühlen. Dann hatte sie Camille mit ihren kräftigen, kurzen Bäckerfingern wie so oft in beide Wangen gezwickt, da Camille ihrer Meinung nach viel zu blass war, und war winkend in das Taxi gestiegen, das sie zum Flughafen brachte.

Camille fuhr sich mit den Händen über ihr Gesicht. Zuerst zart, dann heftiger und heftiger, so lange, bis ihre Wangen brannten. Natürlich war sie zu blass. Scheiße noch mal. Sie ließ die Hände sinken und warf erneut einen Blick aus dem Fenster. Nicolas stand jetzt direkt vor dem Haus und sah nach oben. Camille zuckte zurück. Hoffentlich hatte er sie nicht gesehen, sonst würde er denken, sie spioniere. Ein seltsamer Kerl, dieser Nicolas Jaurès. Nicht eigentlich hässlich, genau genommen ganz gut aussehend. Auf eine etwas raue, kantige Art. Sie wusste jedoch nicht, ob er ihr besonders sympathisch war. Er hatte schöne Augen, das war ihr aufgefallen. Graublau, mit einem dunklen Rand. Sturmaugen, hatte ihre Großmutter solche Augen immer genannt und sie vor den entsprechend ausgestatteten Männern gewarnt. Unstet. Unberechenbar. Camille lächelte unwillkürlich in Gedanken an ihre abergläubische, von Geschichten und Anekdoten schier überquellende Großmutter, die sie im Grunde vor jedem Mann gewarnt hatte, egal, welche Augenfarbe oder Haarfarbe er hatte. Bei jedem gab es etwas zu beachten: Die Blonden waren leichtfertig, die Rothaarigen jähzornig, blaue Augen waren untreu, grüne Augen unehrlich. Wenn es nach ihrer Großmutter gegangen wäre, hätte sich Camille einen Blinden mit Glatze suchen müssen.

Als sie noch mal einen vorsichtigen Blick auf die Straße warf, war ihr Nachbar bereits im Haus verschwunden. Wenige Augenblicke später hörte sie seine Schritte auf der Treppe. Er hatte einen unverwechselbaren Gang, nahm immer zwei Stufen auf einmal, sprang die Treppe mehr hinauf, als dass er ging. Sie lauschte, bis er oben angekommen war. Die Tür fiel ins Schloss, dann war Stille. Sie kannte ihren Nachbarn eigentlich nicht. Nie hatten sie mehr als ein paar belanglose Worte gewechselt, und sie hatte keine Ahnung, was er eigentlich den ganzen Tag trieb. Sie meinte, sich zu erinnern, dass er einmal gesagt hatte, er sei Student? Doch sie bezweifelte das. Er war ständig unterwegs und schleppte dabei meist einen großen Rucksack mit sich herum. Das sah nicht nach Studium aus. Den Rucksack hatte er heute Morgen jedoch nicht dabeigehabt, fiel ihr auf, und sie verlor sich augenblicklich in Gedanken darüber, was das bedeuten mochte.

Hatte er ihn irgendwo vergessen? Abgestellt? Oder gar nicht erst mitgenommen? Was wohl in diesem Rucksack war? Wozu brauchte er ihn? Ein leises Klingeln stoppte ihre Überlegungen. Es war der Wecker ihres Handys. Sie warf noch einen letzten Blick hinunter auf die Straße, zog die Vorhänge gerade und ging in die Küche. Zeit zu frühstücken.

Camille war nicht die Einzige, die an diesem Morgen aus dem Fenster sah. Im ersten Stock des gegenüberliegenden Hauses stand Madame Paulette Petit an ihrem Salonfenster und ließ ihren Blick ebenso schweifen wie Camille. Auch sie bemerkte Nicolas Jaurès, wie er vom Park kam, und auch sie wusste nicht, wo er gewesen war. Doch anders als Camille wusste Paulette alles andere, worüber die junge Frau nachgegrübelt hatte. Sie wusste, was Nicolas Jaurès den ganzen Tag trieb, was sich in seinem Rucksack befand und wozu er es brauchte. Und das war noch nicht alles. Sie wusste noch viel mehr. Sie war in dieser Straße geboren, und auch wenn sie nicht ihr ganzes Leben hier verbracht hatte – Gott bewahre –, war diese Wohnung doch ihr ganzes Leben lang ihr Hafen, ihr Rückzugsort und ihre Zuflucht gewesen. Nun war sie fast dreimal so alt wie die junge Frau am gegenüberliegenden Fenster, gut, nicht übertreiben, etwa zweieinhalbmal, und sie kannte die Rue d'Estelle und das Haus Nr. 5 besser als jeden anderen Ort in dieser Welt.

Paulette Petit war mit Isabelle Bonnet, deren Orchidee Camille gerade gegossen hatte, aufgewachsen. Isabelle war die Tochter des Bäckers in der Rue d'Estelle Nr. 5, Boulangerie Bonnet. Sie waren zusammen zur Schule gegangen und hatten auf der kleinen Bank vor der Bäckerei heiße Clafoutis mit braunem Zucker und Kirschen aus der Backstube gegessen und sich dabei die Zungen verbrannt. Zusammen mit Isabelles Geschwistern Claudine und George hatten sie auf der Straße Ball gespielt, Kästchenhüpfen und »Wer ist stärker«. Meist hatte Isabelle dabei gewonnen. Sie war immer schon kräftig und gut einen Kopf größer als Paulette gewesen, die ihrem Namen Petit alle Ehre erwies und auch heute noch nicht mehr als 1,54 Meter maß. Und jetzt war sie in einem Alter, in dem man ja schon wieder zu schrumpfen begann. Mon Dieu …

Sie zündete sich eine Zigarette an und blies den Rauch durch das einen Spaltbreit geöffnete Fenster. Camille St. Pierre saß jetzt gegenüber in Isabelles Küche und aß etwas. Wahrscheinlich Salat. Das arme Ding aß immer nur Salat, wahrscheinlich also auch zum Frühstück. Sie stellte sich sogar einen Wecker, um ihre Essenszeiten einzuhalten. Paulette schnalzte missbilligend mit der Zunge. Das war doch kein Spaß.

Sie wandte sich wieder der Straße zu, die leer und friedlich im frühen Sonnenlicht dalag. Die Tauben des nahen Parks gurrten, und der Himmel über den Dächern war von einem so lichten, luftigen Blau, wie er nur an einem Frühlingsmorgen in Paris sein konnte. Sie öffnete das Fenster weiter und zog die Gardinen zurück, um die frische Morgenluft hereinzulassen. Ein Spaziergang an der Seine wäre jetzt schön, überlegte sie. Nicht weit, nur bis Notre-Dame und wieder zurück. Es war noch mehr als genug Zeit, das Mädchen würde erst am Nachmittag kommen. Aber sie war zu unruhig, um das Haus zu verlassen. Vielleicht kam sie früher? Oder sie rief an, weil ihr etwas dazwischengekommen war? Das konnte sie nicht riskieren. Es war ihr schwer genug gefallen, sich überhaupt zu diesem Schritt durchzuringen, nicht auszudenken, wenn sie sich jetzt verpassten und alles umsonst gewesen war. Sie ging zum zweiten Fenster des Raumes und öffnete auch dieses weit.

Apropos umsonst. Es stellte sich ohnehin die Frage, ob es zu irgendetwas gut war, was sie hier veranstaltete, oder ob es nicht viel zu spät war. Ihr Blick flog vom Fenster unwillkürlich zu dem Foto, das über der Kommode hing und sie selbst, erheblich jünger, zusammen mit einer kräftigen, schwarzhaarigen jungen Frau zeigte. Isabelle und sie standen – beide in weißen gestärkten Schürzen – vor der Boulangerie Bonnet und lachten in die Kamera. Paulette erinnerte sich, dass Isabelles Vater das Foto damals auf ihre Bitte hin geschossen hatte. Es war etwa um die gleiche Jahreszeit wie heute gewesen, die Platanen hatten geblüht.

Und jetzt war ihre Freundin tot.

Damit stellte sich die Frage, ob ihr Plan zu irgendetwas gut war, im Grunde nicht mehr. Für Isabelle war es in jedem Fall zu spät. Doch darum ging es nicht. Paulettes Blick wanderte wieder zurück zum Fenster und hinunter zu dem leeren Ladenfenster der Boulangerie Bonnet. Seit fast vier Monaten war die Bäckerei nun geschlossen, und sie hatte noch immer nicht entschieden, was damit geschehen sollte.

Ihr ganzes Leben lang hatte es die Boulangerie Bonnet in der Rue d'Estelle gegeben. Bis zu jenem kalten, nebligen Januarmorgen dieses Jahres, an dem Isabelle verkündet hatte, dass sie in ihrem Leben genug gearbeitet habe und die Zeit, die ihr noch blieb, lieber in südlicher Sonne als in einer renovierungsbedürftigen Backstube verbringen wolle. Und weil Isabelle keine Frau war, die einmal beschlossene Dinge gern auf die lange Bank schob, sperrte sie schon eine Woche später die Boulangerie Bonnet zu, um auf Weltreise zu gehen. Paulette hatte die Entscheidung verstanden, ohne dass sie viele Worte darüber verloren hätte. Isabelle war in den Tagen zuvor beim Arzt gewesen. Dort hatte sie erfahren, dass ihr nicht mehr viel Zeit bleiben würde, um sich die große Sehnsucht ihres Lebens zu erfüllen.

Drei Monate lang hatte sie nichts von Isabelle gehört, außer den bunten Postkarten, die sie in unregelmäßigen Abständen schickte. Damit die Bewohner des Hauses sich ebenfalls über den Fortgang der Weltreise ihrer Patronne informieren konnten, klebte Paulette die Karten eine nach der anderen an das leere, langsam staubig werdende Ladenfenster. Was auf den Karten geschrieben stand, war dabei von geringerem Informationsgehalt als das Foto auf der Vorderseite, denn Isabelle war keine große Schreiberin, und so stand auf jeder Karte dasselbe: *Grosses Bises*, was so viel bedeutete wie *Viele Grüße und Küsse*. Und da keine Anrede dabeistand, konnte nicht nur Paulette, sondern auch jeder ihrer Mieter die Grüße und Küsse für sich in Anspruch nehmen. Von Januar bis Anfang April hatte es Grüße und Küsse aus Bali, Thailand, Indien und Australien gegeben.

Dann kam der Tag, an dem Paulette die letzte Nachricht über Isabelle erreichte. Das Schreiben war keine Postkarte, sondern eine offizielle Mitteilung der französischen Botschaft in Auckland, Neuseeland, dass eine gewisse Madame Isabelle Bonnet bei einem Absturz mit einer Propellermaschine auf dem Weg von Auckland nach Wellington ums Leben gekommen sei.

Drei Monate. Drei Monate waren Isabelle geblieben für einen Traum, den sie ihr ganzes Leben lang geträumt hatte. Schon als junges Mädchen hatte sie immer davon gesprochen, einmal weit weg zu gehen und fremde Länder zu bereisen. In ihrem von zahllosen Schülerhänden vollgekritzelten Schulatlas hatte sie Paulette die Namen der Orte, die sie alle sehen wollte, vorgelesen: Sansibar, Kapstadt, Samarkand, Bali …

»Klingen sie nicht wundervoll?«, hatte sie Paulette gefragt, und ihr Blick war dabei sehnsüchtig geworden. »Nach Geheimnis. Nach Abenteuer.«

Paulette hatte damals von den meisten dieser Orte noch nie etwas gehört und auch nicht den Wunsch gehegt, dorthin zu reisen. Geheimnisse und Abenteuer in fremden Ländern lockten sie schon damals nicht besonders, und so war es geblieben. Allerdings verstand sie durchaus etwas von Sehnsucht, und deshalb hatte sie zustimmend genickt. Bis vor vier Monaten war es jedoch bei Isabelles unerfüllter Sehnsucht geblieben. Die ganzen Jahre hatte sich Isabelle kein einziges Mal durchringen können, ihre Bäckerei für mehr als zwei Wochen zu schließen. Und in diesen zwei Wochen fuhr sie stets mit ihrem Mann Hugo in die Normandie. Nie weiter. Nie in ein anderes Land. Über dreißig Jahre lang. Nach Hugos Tod hörte sie auch damit auf und blieb das ganze Jahr über in Paris und in ihrer Bäckerei. Und schien auch ganz zufrieden zu sein. Isabelle war, wie man so schön sagte, die Seele der Rue d'Estelle Nr. 5 gewesen. Und nun hatte sich diese Seele einfach davongemacht. Sie hatte nicht abgewartet, bis die Krankheit sie zwingen würde, wieder nach Hause zu kommen, schwach und auf Hilfe angewiesen, nein, sie hatte entschieden, sich am anderen Ende der Welt buchstäblich in Luft aufzulösen. Es passte zu Isabelle, auf diese Art zu verschwinden, stur, laut und eigensinnig, wie sie gewesen war. Mit einem großen Knall.

So gesehen, fand Paulette, hatte Isabelle es gut getroffen, ausgerechnet in dieses Flugzeug zu steigen. Oder gut gemacht, irgendwie, wenn man an solche Dinge wie Vorahnungen glauben wollte. Paulette glaubte daran nicht, sie war eine sehr pragmatische Frau, doch sie kam nicht umhin, für Isabelles Abgang eine gewisse Bewunderung zu empfinden. Es war das richtige Timing gewesen, wenn man so wollte, und auch wenn Isabelle ihr schmerzlich fehlte, freute sie sich für ihre Freundin. Ihr war einiges erspart geblieben.

Das Haus indes schien wahrhaftig zu trauern. Es war, als hätte sich ein grauer Schleier darübergelegt, der jeden Tag etwas dichter wurde. Eingesponnen in einen Kokon aus Traurigkeit schien das Sonnenlicht nur noch gedämpft durch die Fenster zu dringen, und das Gurren der Tauben aus dem Park verblasste zu einem weit entfernten Echo von etwas, das irgendwann einmal gewesen war. Jedes Mal, wenn Paulette den Code an der Haustür eingab, um dort nach dem Rechten zu sehen, hatte sie das Gefühl, das Summen des Türöffners ertöne zögernder und leiser, so als wünschte sich das Haus nichts sehnlicher, als es Isabelle Bonnet nachzutun und endlich auch ganz verstummen zu dürfen. Nüchtern betrachtet war das natürlich albern, doch obwohl Paulette Petit für sich in Anspruch nahm, eine außerordentlich nüchterne

Person zu sein, wurde sie dennoch jedes Mal von großer Erleichterung erfasst, wenn die Tür am Ende doch aufsprang und sie einließ.

Dass sie zu solch morbiden Gedanken überhaupt fähig war, sagte ihr schließlich, dass es so nicht weitergehen könne. Es musste sich etwas ändern.

Und da hatte sie diese Idee.

Paulette warf den kalten Zigarettenstummel aus dem Fenster und wandte sich wieder dem Foto an der Wand zu. »Vielleicht bin ich gerade dabei, einen großen Unsinn zu machen, Isabelle«, sagte sie und seufzte. »Aber nachdem du dich aus dem Staub gemacht hast, muss ich mich wohl oder übel darum kümmern.« Sie deutete anklagend mit dem Finger zum Fenster hinaus. »Schau dir das Haus an. Es ist ein trauriger Ort geworden. Ich bekomme Magenschmerzen, wenn ich nur einen Blick darauf werfe. Dieses magere junge Ding, das nur Salat isst, und Nicolas, der – darauf kannst du wetten – viel mehr mit sich herumschleppt als nur seinen großen Rucksack. Sie lassen sich gehen, seit du nicht mehr da bist. Und weißt du eigentlich, dass man Monsieur Isaac überhaupt nicht mehr sieht? Ich glaube, er hat sich in seinem Tabakladen eingegraben.«

Sie sah die lachende junge Frau auf dem Foto vorwurfsvoll an: »Du hast gut lachen. Du musst ja nicht zusehen. Du bist nicht mehr da…«

Sie stockte und wischte sich hastig eine Träne aus den Augenwinkeln. »Also kannst du auch nichts dagegen haben, wenn ich die Sache jetzt auf meine Weise anpacke. Irgendjemand muss es schließlich tun.«

4

Louise spazierte langsam und ziellos durch die noch ruhigen Straßen, und es erschien ihr alles wunderbar. Jedes noch so kleine Detail sog sie in sich auf, jeden Passanten, der ihr entgegenkam, lächelte sie an. Sofern es sich dabei um echte, eingeborene Pariser handelte, reagierten sie zunächst eher irritiert, waren sie doch grundlose Freundlichkeit mitten auf der Straße nicht gewohnt, meistens jedoch lächelten sie zurück. Am Centre Pompidou schließlich stand sie fast zehn Minuten vor drei direkt nebeneinanderliegenden Cafés, unschlüssig, welches sie wählen sollte, um das erste Frühstück ihres neuen Lebens zu sich zu nehmen. Sie entschied sich nach einigem Hin und Her für das mittlere, das die hübschesten Stühle und eine rote Markise hatte, bestellte Café au lait, Tarte au citron meringuée und dazu ein Omelett mit Käse. Mochte dem Kellner die Kombination etwas befremdlich vorkommen, so zeigte er es jedenfalls nicht. Während sie abwechselnd von ihrem Omelett aß, den Kaffee trank und vom süßen Kuchen naschte, beobachtete sie einen jungen Mann mit weiß geschminktem Gesicht und schwarz umrandeten Augen, der einen großen, alten Koffer heranschleppte und vor dem Café abstellte. Er trug ein weißes T-Shirt mit rundem Ausschnitt und eine Hose mit Hosenträgern. Ein Straßenkünstler.

Louise liebte diese Art von Vorstellungen, ließ sich gern von poetischen Geschichten verzaubern, tanzte mit Vorliebe zu exotischer Musik irgendwo an einer Straßenecke, auf einem Platz, und machte bereitwillig mit, wenn jemand eine Freiwillige brauchte, egal, was für Quatsch es auch sein mochte. Doch in Paris war Straßenkunst natürlich niemals Quatsch, dessen war sich Louise sicher. Sie nippte von ihrem Kaffee und ließ dabei den Mann nicht aus den Augen. Zu ihrer Enttäuschung tat er jedoch zunächst gar nichts, setzte sich nur auf den Koffer und drehte sich eine Zigarette. Louise sah sich um und verstand. Es waren noch zu wenige Leute da, als dass sich eine Darbietung gelohnt hätte.

Eine Kellnerin aus dem Café winkte ihm zu, und er erwiderte ihren Gruß mit einem breiten Lächeln. Louise musterte ihn genauer. Er war nicht besonders groß, drahtig, hatte dunkle, absichtlich wild zu Berge stehende Haare und – soweit man es unter der Schminke erahnen konnte – ein sympathisches Gesicht. Dazu ziemlich große Ohren, die er zudem noch mit roter Farbe betont hatte. Ein kleines Lächeln stahl sich auf Louises Gesicht. Eitel war er also schon einmal nicht. Die Kellnerin brachte ihm einen *petit noir*, sie redeten ein bisschen miteinander, während er rauchte und nebenbei in der kleinen Tasse rührte. Er schien einen Witz zu machen oder eine lustige Begebenheit zu erzählen, denn die junge Frau lachte auf. Noch immer belustigt den Kopf schüttelnd ging sie zurück in das Café. Louise wandte sich ihrem Kuchen zu.

Sie wollte nicht den Anschein erwecken, ihn zu beobachten. Obwohl sie genau das natürlich tat. Weil es sie interessierte. Wie alles in dieser Stadt. Sie wollte alles sehen, alles erfahren, alles genießen. Das war ihr Plan.

Nach einer Weile hob sie wieder den Blick. Der Straßenclown hatte den Koffer geöffnet und holte einen Stoffbeutel heraus. Dann schloss er den Deckel wieder und setzte sich darauf, den Beutel zu seinen Füßen. Er entnahm ihm drei kleine rote Bälle und fing, die Zigarette noch immer im Mundwinkel, im Sitzen an, ein wenig zu jonglieren. Es wirkte mühelos, wie nebenbei, und sein Blick wanderte dabei fast gelangweilt über den Platz. Als er bei Louise anlangte, stockte er, und Louise lächelte ihm unwillkürlich zu. Er fing seine Bälle auf, warf die Zigarette weg und bedeutete ihr pantomimisch seine tiefe Zerknirschung darüber, dass er sie nicht sofort bemerkt hatte. Dann packte er die roten Bälle zurück in die Tasche und holte, behutsam wie einen wertvollen Schatz, eine Glaskugel heraus. Louise konnte aus der Entfernung nicht sehen, ob es sich um echtes Glas oder um Kunststoff handelte, doch der Clown tat jedenfalls so, als sei sie unglaublich zart und zerbrechlich. Er hob sie gegen die Sonne, sodass sich das Licht in ihr brach und leuchtende Punkte auf den Boden geworfen wurden. Dann versuchte er, die Punkte zu fangen, dabei gleichzeitig die Glaskugel nicht fallen zu lassen und nicht über den Koffer zu stolpern, was zu äußerst komischen, akrobatischen Verrenkungen führte. Louise musste laut auflachen.

Der junge Mann hielt inne. Er schien überrascht, so als habe er ganz vergessen, dass sie da war, und ließ die Hand mit der Glaskugel sinken. Louises Lächeln erstarb. Er sah mit einem Mal traurig aus, wie er mit hängenden Armen dastand und sie anschaute. Gehörte das zum Programm? Kam noch etwas? Unsicher begann sie zu klatschen und holte ihn damit aus seiner Erstarrung. Er gab sich einen Ruck und ließ die Kugel vorsichtig zurück in den Stoffbeutel gleiten. Dann öffnete er den Koffer und holte eine Blume heraus. Mit feierlicher Miene kam er direkt auf sie zu, verbeugte sich stumm und reichte sie ihr. Es war eine Rose aus Papier, rosa, zart und leicht wie ein Schmetterlingsflügel.

»Merci«, sagte Louise leise und hielt die Rose in der Hand wie einen kostbaren Schatz.

Ihre Blicke trafen sich für einen Moment, lange genug, um Louises Herz schneller schlagen zu lassen, dann wandte er sich ab und ging zurück. Er schnürte den Stoffbeutel zu, wickelte ihn zusammen und legte ihn zurück in den Koffer. Dann zurrte er den altmodischen Gurt um den Koffer wieder fest und verließ den Platz, ohne sich noch einmal nach ihr umzusehen. Louise kramte in ihrem Geldbeutel hastig nach Kleingeld, sie wollte ihm noch nachrufen, doch er war schon zu weit weg. Verwundert sah sie ihm nach. Hatte sie etwas falsch gemacht?

Sie winkte dem Kellner, um zu zahlen.

»Wissen Sie, wer das war?«, fragte sie ihn, als er ihr die Rechnung brachte.

»Wen meinen Sie, Mademoiselle?«

»Der Straßenclown gerade eben. Ihre Kollegin schien ihn zu kennen.«

Der Kellner nickte. »Ja, sicher, das war Bof. Er kommt fast jeden Tag. Die Gäste lieben ihn.« Sein Blick fiel auf die Papierrose auf dem Tisch. »Oh, là, là! Da können Sie sich was drauf einbilden, Mademoiselle. Bof ist sehr wählerisch. So eine Rose bekommt nicht jede.«

»Oh.« Louise spürte, wie sie errötete. »Was bedeutet denn Bof?«, fragte sie hastig.

»Bof ist Umgangssprache und bedeutet so viel wie was soll's?« Der Kellner musterte sie neugierig. »Sie sind keine Französin? Obwohl Sie unsere Sprache so perfekt sprechen?«

»Nein.« Louise schüttelte den Kopf. »Jedenfalls nicht ganz. Nur mütterlicherseits, mein Dad ist Engländer. Ich komme aus London.«

»Ah, bah!« Der Kellner wedelte wegwerfend mit der Hand. »Das ist nicht wichtig. Wenn Ihre Mutter Französin ist, dann sind Sie es auch. Ganz und gar. Keine Frage.«

Louise lachte. »Meine Mutter stammt sogar aus Paris. Dann bin ich ja praktisch hier zu Hause.«

»Eh, oui, bien sûr, Mademoiselle! Bienvenue à Paris.« Er lächelte charmant und ließ das Geld, das sie ihm reichte, mit einer geübten Handbewegung in seine Kellnertasche fallen.

Louise steckte die Papierrose an ihre Handtasche und stand auf. Bof. Was soll's… Ein seltsames Wort, fand sie. Wie ein kurzes Achselzucken, gleichgültig. Irgendwie resigniert. Und sie war sich keineswegs sicher, ob der Name auf den Clown wirklich passte oder vielmehr ironisch zu verstehen war. Gleichgültig war nämlich nichts an ihm gewesen. Und als er ihr die Blume gereicht hatte, hätte sie schwören können, dass seine Augen voller Trauer gewesen waren.

Nicolas stand an der Ecke des Cafés, halb verborgen von einem Blumenkasten, und sah der jungen Frau nach, die jetzt, ihren Rollkoffer hinter sich herziehend, quer über den Platz ging. Das Sonnenlicht ließ ihre ungewöhnliche Haarfarbe aufleuchten, und so konnte er ihr mit seinen Blicken mühelos über den sich langsam mit Touristen füllenden Platz folgen. Sie bog nach rechts ab, betrachtete eine Weile die Nanas am Strawinsky-Brunnen und schlenderte dann weiter. Nicolas fragte sich, wohin sie wohl gehen mochte. Sie schien alle Zeit der Welt zu haben. Andererseits hatte sie einen Reisekoffer dabei. Kam also irgendwoher, wollte irgendwohin. Sie wirkte aber nicht so. Trotz des Koffers. Sie trug keine Reisekleidung, keine Geschäftskleidung, sah auch nicht aus wie eine typische Touristin. Ein geblümtes Kleid aus federleichtem Stoff, fast zu sommerlich für die Jahreszeit, dazu nackte Beine ohne Strümpfe, die in schweren, schwarzen Schnürstiefeln steckten, was die ganze geblümte Leichtigkeit mit einem nachdrücklichen Ausrufezeichen wieder zunichtemachte. Wenn er außerdem richtig gesehen hatte, hatte sie zum Frühstück eine süße Tarte mit Baiser gegessen, zusammen mit einem Omelett. Ausrufezeichen auch hier, wie Kleid und

Schuhe. Nicolas mochte solche Widersprüche, sie interessierten ihn, wie ihn überhaupt Menschen interessierten. Er studierte sie, achtete auf Details, auf Gesten, Kleidung, Blicke. Das alles half ihm, sie zum Lachen zu bringen.

Es war eine hohe Kunst, Menschen zum Lachen zu bringen. Und eine Macht. Das hatte er schon sehr früh begriffen. Ein Clown war ein Zauberer. Lachen war seine Magie und sein Schutz. Solange die Menschen über ihn lachten, würden sie ihn nicht verletzen.

Das Lachen dieser jungen Frau war aufrichtig und spontan gewesen. Sie hatte nicht darüber nachgedacht, dass es angebracht wäre, an dieser Stelle zu lachen. Nicolas konnte den Unterschied hören. Er kannte sich mit den Nuancen der Heiterkeit gut aus. Und er erinnerte sich an jedes aufrichtige Lachen, das er je gehört hatte. Es gab eine Schublade in seinem Kopf, in der sie alle gespeichert waren, sorgfältig etikettiert, mit Zeit und Ort versehen, und manchmal gab es sogar einen Namen dazu. Das Lachen dieser jungen Frau mit den karamellfarbenen Haaren jedenfalls würde dort gespeichert werden, und er würde sich noch daran erinnern, auch wenn er sie selbst nie mehr wiedersehen sollte.

Er hatte sie für einen Moment aus den Augen verloren und sah sich suchend um. Sie war fort. Vielleicht steuerte sie nun ihr unbekanntes Ziel an, oder aber sie ließ sich weiter durch den Tag und durch die Stadt treiben, federleicht und doch mit Ausrufezeichen.

5

Trotz all der neuen Dinge, die sich Louise in dieser Stadt förmlich aufdrängten, die alle sofort gesehen, gewürdigt, gekostet, befühlt und gespeichert werden wollten, gelang es ihr dennoch, pünktlich an ihrem Bestimmungsort zu sein. Ein wenig aufgeregt stand sie vor einer Wohnungstür im ersten Stock eines schmucklosen Hauses, in einer unspektakulären Straße mit dem Namen Rue d'Estelle, und drückte auf den Klingelknopf, über dem in zierlichen Buchstaben, schwarz auf weißem Emaille, der Name *Petit* stand. Sie konnte den schnarrenden Klingelton durch die Tür hören und auch die sich schnell nähernden Schritte, die ihm fast ohne Verzögerung antworteten.

»Louise? Louise Bonnet?« Die Tür hatte sich nur einen Spalt geöffnet, und Louise fühlte sich von einem Paar scharf blickender blauer Augen von oben bis unten gemustert.

»Nicht Bonnet, Madame, ich heiße Barclay«, korrigierte Louise. »Mein Vater …«

»Jaja …«, fiel die Frau ihr ungeduldig ins Wort. Die Tür öffnete sich weiter, und Louise sah sich einer sehr kleinen Dame mit grauem Pagenkopf in blauem Kostüm und weißer Bluse gegenüber. Sie reichte Louise eine überraschend kräftig zupackende Hand. »Ich bin Paulette.« Sie bedeutete ihr mit einer kleinen Handbewegung einzutreten und duzte sie dabei ganz selbstverständlich. »Komm rein.«

Sie gingen hintereinander einen mit glänzendem Parkett ausgelegten Flur entlang. Er wurde von einer einzelnen runden Milchglaslampe mit geometrischen Ornamenten, die von der unglaublich hohen Decke hing, nur schwach erhellt. Jugendstil, dachte Louise, die sich in einem ihrer vielen Leben auch an Kunstgeschichte versucht hatte. An den Wänden hingen in akkurater Reihe mehrere kleinformatige Zeichnungen in schlichten schwarzen Rahmen. Ansonsten war der Flur vollkommen leer. Anders als in dem winzigen Eingangsbereich ihres Apartments in London hingen hier keine Mäntel und Jacken herum, keine Schuhe standen in unordentlichen Reihen auf dem Boden, es wirkte fast wie in einem Museum. Eingeschüchtert folgte Louise der alten Dame, und ihr Koffer rumpelte laut über das Parkett. Ohne sich umzudrehen, deutete Paulette auf eine Nische in der Wand. »Hier kannst du dieses Ungetüm abstellen.« Louise tat wie geheißen und hoffte, dass die Rollen keine Spuren auf dem Parkett hinterlassen hatten. Paulette wartete in einem Raum am Ende des Flurs auf sie. Vermutlich der Salon, dachte Louise. Franzosen haben immer einen Salon, um Gäste zu empfangen. Zumindest behauptete das Claudine, ihre Mutter.

»Setz dich doch.« Paulette deutete auf ein grau bezogenes Sofa mit geraden Beinen. »Ich mache uns Tee.« Mit diesen Worten verschwand sie durch eine Tür am anderen Ende des Zimmers. Louise setzte sich auf die Kante des Sofas und sah sich um. Der Raum war nicht besonders groß, wirkte aber durch die sparsame Möblierung sehr großzügig. Die Gardinen waren aus einfachem weißem Voile, der Parkettboden glänzte und wurde nicht von einem einzigen Teppich bedeckt, und mit Ausnahme des Sofas, eines niedrigen nüchternen Tisches und zwei bequemen Sesseln gab es nur noch eine sehr schlichte, modern wirkende Kommode aus honigfarbenem Holz. Bauhaus, vermutete Louise, aber sie konnte sich auch täuschen, ihr Studium hatte nicht sehr lange gedauert. Sie war überrascht. Angesichts des Alters von Paulette – sie schätzte sie auf Mitte sechzig – hatte sie eine altmodischere, mit allerlei Nippes und Erinnerungen an Kinder und Enkel vollgestopfte Wohnung erwartet. Oder wenigstens eine Wohnung, die »französisch« wirkte, also in ihrer Vorstellung irgendwie romantisch und nicht so nüchtern und streng. Aber auch die Straße, die den durchaus romantischen Namen Rue d'Estelle trug, war in dieser Hinsicht eine Enttäuschung gewesen. Von Sternen keine Spur. Und auch nicht von Romantik. Zunächst hatte sie schon einmal Ewigkeiten gebraucht, sie in dem Gassengewirr des Stadtviertels überhaupt zu finden, und dann hatte sie sich als äußerst schmucklose, kurze Sackgasse entpuppt, die an einem Zaun mit hohen, düsteren Bäumen dahinter endete. Außer einem Tabakladen gab es weder Geschäfte noch Cafés oder Restaurants. Immerhin wusste sie jetzt, nachdem sie mehrfach nach dem Weg gefragt und ein bisschen herumgegoogelt hatte, dass sie sich in dem Viertel Marais befand, einem sehr alten Teil von Paris, in dem sich neben dem jüdischen Zentrum der Stadt angeblich auch eine Menge Szenelokale und Kneipen befanden. Sie entspannte sich ein wenig. Das klang doch gut. Ein neues Leben war immer auch ein Abenteuer. Man wusste vorher nicht, worauf man sich einließ.

Paulette kam mit einem Tablett zurück, auf dem sich neben einer Teekanne und Tassen auch ein Teller mit runden, knallbunten Gebäckstückchen befand. »Du magst doch Tee, oder?«, fragte sie, als ob ihr diese Frage erst jetzt eingefallen wäre, und schenkte ihr ein. »Ich habe auch Kaffee …«

»Nein, nein, Tee ist wunderbar«, beeilte sich Louise zu sagen, obwohl das nicht stimmte. Sie war eine ausgesprochene Kaffeetrinkerin, und Tee trank sie eigentlich nur, wenn sie einen Kater hatte.

Paulette setzte sich in einen der Sessel. »Dachte ich mir, so als halbe Engländerin …« Sie lächelte. »Und ich trinke ohnehin nur Tee«, gab sie dann freimütig zu. »Es war also eher egoistisch von mir, gar nicht lange zu fragen.«

Louise erwiderte Paulettes Lächeln, das ihr strenges Gesicht überraschend weich und liebenswürdig machte, und ihr kam der Gedanke, dass diese harsch wirkende Dame womöglich noch nervöser war als sie selbst.

»Nimm ein Macaron«, forderte Paulette jetzt Louise auf und hielt ihr den Teller hin. »Sie sind selbst gebacken.«

Louise hatte von diesen kleinen Gebäckstücken schon gehört, sie erlebten derzeit einen wahren Boom in England, doch sie hatte noch nie eines gegessen. Nach einigem Zögern zwischen zitronengelb und himmelblau, grasgrün und lavendelfarben entschied sie sich für ein leuchtend pinkfarbenes Macaron mit leichtem Goldschimmer und dunkler Schokoladenfüllung und biss vorsichtig hinein. Am Anfang war es einen Augenblick lang knusprig, dann weich und ein wenig baiser-klebrig, und als sie auf die Schokolade stieß, wurde es unvermittelt satt cremig. Sie schmeckte Mandeln, Schokolade, einen Hauch von Vanille, irgendetwas Herbes, das sie nicht kannte, Sahne und Zucker, viel Zucker. Doch es war nicht die unglaubliche Süße, die sie für einen Moment verzückt die Augen schließen ließ, es war die zerbrechliche Leichtigkeit des kleinen Gebäcks. So etwas hatte sie noch nie gegessen. Und mit dem Macaron auf ihrer Zunge kam die Idee von Paris, mit der sie heute Morgen angekommen war und die sie in dieser Wohnung und in dieser Straße so gar nicht wiederzufinden geglaubt hatte, mit aller Macht zu ihr zurück. Es schien, als sei diese Idee, nein, mehr noch, als seien alle Erwartungen und Hoffnungen, die sie an ihr neues Leben in dieser Stadt knüpfte, jeder einzelne Traum, alles, was sie sich ausgemalt hatte, in dem kleinen, makellos runden Gebäckstück auf magische Art zu einem einzigen Gefühl vereint. So, als könne man Glück essen. Sie öffnete die Augen und wusste, sie war diesem zarten, zerbrechlichen, essbaren Glück verfallen. Unwiderruflich.

Paulette saß ihr mit einem stillen Lächeln im Gesicht gegenüber, und Louise wurde klar, dass die alte Dame sie genau beobachtet hatte.

»Gut, nicht?«, fragte sie.

Louise nickte. »Unglaublich gut.«

Paulette nahm sich selbst ein zitronengelbes Macaron mit champagnerfarbener Füllung und biss ebenfalls hinein. Nach kurzem, genießerischem Kauen sagte sie: »Ich habe mein halbes Leben mit diesen hübschen kleinen Dingerchen verbracht. Und deine Tante auch. Zumindest die letzten zwanzig Jahre davon.« Sie warf einen Blick auf ein Foto, das über der Kommode hing, und ihr Lächeln wurde wehmütig. Ihre Trauer über den Tod von Louises Tante stand mit einem Mal so groß und greifbar im Raum, dass sie auch Louise unmittelbar berührte, obwohl sie ihre Tante im Grunde gar nicht gekannt hatte.

Louise stand auf und sah sich das Foto an, auf das Paulettes Blick gefallen war. Es zeigte offenbar Tante Isabelle und Paulette in jungen Jahren. Sie trugen Bäckerschürzen, lachten und sahen sehr fröhlich aus, fast ein wenig übermütig. Über ihnen prangte ein pastellgrünes Schild, auf dem in altmodisch geschwungenen, dunkelroten Buchstaben *Boulangerie Bonnet* stand.

»Ich habe zusammen mit deiner Tante in der Bäckerei gelernt. Bei deinem Großvater George«, erläuterte Paulette und trat neben sie. »Du hast ihn nicht mehr kennengelernt, nicht wahr?«

Louise schüttelte den Kopf. Ihr Großvater war gestorben, bevor sie geboren worden war.

»Aber deinen Onkel Hugo, Isabelles Mann, hast du gekannt?«

Louise zögerte. Sie war in ihrer Kindheit genau zwei Mal in Paris gewesen. Einmal auf der Rückreise eines Urlaubs in Südfrankreich, als sie vier oder fünf Jahre alt gewesen war, und dann einige Jahre später zu Onkel Hugos Beerdigung. Von ihrem ersten Besuch her erinnerte sie sich vage an einen Mann mit dunklem Bart, vor dem sie sich gefürchtet hatte.

»Er hatte einen Vollbart, oder nicht?«

Paulette nickte. »Wie Rasputin.«

Sie deutete auf ein Bild, das an der Wand hing. Es war ein Ölgemälde, und es zeigte eine Pariser Straße im Regen: Fast abstrakt waren die Umrisse der Häuser hingeworfen. Die ebenfalls flüchtig gemalten, bunten Schirme der Passanten spiegelten sich in den Pfützen, und in der Entfernung war verschwommen der Eiffelturm zu erahnen. Auch wenn es keine Details gab, die Regenstimmung war deutlich zu spüren.

»Das ist von Hugo. Er war ein wunderbarer Maler. Wurde seinerzeit oft in Galerien ausgestellt.«

»War er nicht Bäcker?«, fragte Louise verwundert.

Paulette zog die Brauen hoch und musterte Louise, als ob sie etwas sehr Dummes gesagt hatte. »Hat dir das etwa Claudine erzählt?«, fragte sie, und ihre Stimme war eine Nuance kühler geworden.

»Ich weiß nicht«, erwiderte Louise verwirrt. »Vielleicht auch mein Vater.« Sie zögerte, dann fügte sie wie zur Entschuldigung hinzu: »Wir haben nicht oft über die Familie meiner Mutter gesprochen.«

»Darauf möchte ich wetten«, sagte Paulette sarkastisch. Sie ging wieder zu ihrem Sessel und setzte sich. Dann wedelte sie mit einer Hand in der Luft herum, als ob sie eine Fliege verscheuchen wollte, und erklärte: »Lassen wir die Vergangenheit. Jetzt bist du ja da. Und das ist das Wichtigste.« Sie lächelte erneut, aber dieses Mal ein wenig bemüht.

Louise, die tausend Fragen hatte, sie aber nicht zu stellen wagte, kramte aus ihrer Handtasche den Brief hervor, den sie vor zwei Wochen von Paulette erhalten hatte. »Ich habe das nicht ganz verstanden«, sagte sie und faltete den Brief auseinander.

»*Liebe Louise*«, begann sie vorzulesen, »*du kennst mich nicht, aber frag einfach deine Mutter nach mir, sie wird dir viel erzählen können. Ich bin Paulette Petit, eine gute Freundin deiner Tante Isabelle. Sie hat dir eine Wohnung in der Rue d'Estelle hinterlassen, es wäre also schön, wenn du nach Paris kommen könntest, damit wir alles Weitere besprechen können …*« Louise ließ den Brief sinken und sah die alte Dame fragend an.

»Und? Hast du deine Mutter nach mir gefragt?«, wollte Paulette wissen.

»Ja«, erwiderte Louise verlegen.

»Was hat sie erzählt?«

»Nicht viel.« Sie zögerte, überlegte, ob sie Paulette sagen sollte, dass sich Claudine anfangs überhaupt nicht an sie erinnert hatte. »Paulette Petit? Wer soll das sein?«, hatte sie gefragt und ihre makellose Stirn in Falten gelegt. Louise entschied sich dagegen. Warum sollte sie die alte Dame verletzen? »Sie hat gemeint, Sie wären … ein Nachbarskind gewesen.«

»Ein Nachbarskind, soso.« Paulettes Mund verzog sich ein wenig.

Tatsächlich hatte sie gesagt, »*irgendeines* von den Nachbarskindern«, aber das unterschlug Louise, ebenso wie die Reaktion ihrer Mutter, als sie von einer angeblichen Wohnung in der Rue d'Estelle erfahren hatte. Stattdessen sagte sie: »Meine Eltern haben nicht verstanden, wie das gehen soll mit dieser Wohnung. Meine Mutter hat vom Nachlassgericht eine Mitteilung bekommen, dass meine Tante mit Ausnahme eines kleinen Barvermögens vollkommen mittellos war. Dabei hatte sie doch das Haus ihrer Eltern mit der Bäckerei bekommen …« Louise erinnerte sich an den versteinerten Blick ihrer Mutter und an das spöttische Lachen ihres Vaters, der Anwalt war, weswegen ihn Claudine trotz Scheidung und längst getrennter Wege gebeten hatte, sich die beiden Schreiben anzusehen. »Sie hat dich verarscht, deine feine Schwester«, hatte er gesagt. »Wahrscheinlich hat sie das Haus vor Jahren schon dem Tierschutzverein geschenkt. Oder nein, warte, der Bäckervereinigung.« Sein Lachen war dröhnend gewesen, während Louises Mutter kein Wort gesagt hatte.

»Das stimmt. Das Haus gehört mir«, sagte Paulette. »Deine Tante hat es mir vor vielen Jahren verkauft.«

»Ihnen? Aber warum wusste meine Mutter das nicht?«, fragte Louise verblüfft.

Paulette musterte sie eine ganze Weile schweigend. »Du hast überhaupt keine Ahnung von deiner Familie, oder?«, fragte sie dann, und leichte Verachtung schwang in ihrer Stimme mit.

Louise errötete. Sie rückte ihre Brille gerade und antwortete: »Ist das meine Schuld?«

»Nein. Wohl nicht. Aber ich habe auch keine Lust, dir deine ganze Familiengeschichte herunterzubeten. Frag deine Mutter. Nur so viel: Deiner Tante ging es damals nicht gut. Hugo war gerade gestorben, und bei ihr war Brustkrebs festgestellt worden. Außerdem hatte sie Schulden. Sie hat deine Mutter um Hilfe gebeten, und als sie ihr nicht helfen wollte, habe ich es getan. Ich habe ihr Geld gegeben, um die Schulden zu bezahlen und das Haus umzubauen. Außerdem bin ich in die Bäckerei mit eingestiegen. Wir haben eine Patisserie daraus gemacht und sie zusammen wieder auf die Beine gebracht. Dafür hat sie mir das Haus überschrieben.«

Louise sah sie irritiert an: »Tante Isabelle hat meine Mutter um Hilfe gebeten, als sie Krebs hatte, und meine Mutter hat ihr nicht geholfen? Das glaube ich nicht!«

Paulette hob die Hände. »Glaub, was du willst. Ich habe jedenfalls jetzt die Aufgabe übernommen, dir ihr Vermächtnis zu übergeben. Sie war auch deine Patin, oder weißt du das auch nicht?«

»Doch. Das weiß ich sehr wohl«, gab Louise trotzig zurück. »Ich weiß aber auch, dass ich nie etwas davon hatte. Ich habe nie auch nur eine Postkarte von ihr bekommen, geschweige denn einen Anruf oder gar ein Geschenk.«

Paulette seufzte. »Deine Tante war stur und nachtragend. Schlimmer als ein baskischer Maulesel.«

Louise zog die Brauen hoch angesichts dieses überraschenden Eingeständnisses. Nach dem Verlauf des Gesprächs hatte sie eher den Eindruck bekommen, in Paulettes Augen wäre Isabelle eine Heilige gewesen.

»Ich darf das sagen«, sagte Paulette schnell. »Ich habe sie mein ganzes Leben lang gekannt.« Sie stand auf und ging ans Fenster. »Komm her«, forderte sie Louise auf. Louise trat zögernd neben sie. Kam jetzt erneut eine Frage, die ihr zeigen sollte, was sie alles nicht wusste? Paulette deutete auf das Haus gegenüber. Es war ein ziemlich altes und im Vergleich zu den Häusern daneben ein eher niedriges Haus. Es hatte nur zwei Stockwerke, wobei das zweite Stockwerk bereits das Dachgeschoss war. Unten im Erdgeschoss befand sich der Tabakladen, den Louise bei ihrer Ankunft schon bemerkt hatte, daneben stand ein Laden leer. Louise erkannte den Schriftzug der Tafel über dem Schaufenster wieder. Es war noch immer der gleiche wie auf dem Foto. *Boulangerie Bonnet.*

»Das ist Tante Isabelles, also … ich meine … Ihr Haus?«

Paulette nickte. »Und eine der Wohnungen im Dachgeschoss gehört von jetzt an dir.«

»Aber warum …« Louise, die sich anfangs, ohne groß nachzudenken, einfach nur über diesen überraschenden Brief und das Abenteuer, das er verhieß, gefreut hatte, war nun verunsichert. »Sie hat mich doch gar nicht gemocht …«

»Das stimmt nicht.« Die Erwiderung kam schnell und hart. »Isabelle war stur, das stimmt, aber das alles hatte nichts mit dir zu tun. Sie hatte ein großes Herz. Und sie wollte, dass du in Paris immer eine Heimat hast.«

Louise sah sie gerührt an. »Aber … das hätte sie mir doch mal sagen können.«

»Sie hätte es dir gesagt. Wenn nicht der Unfall dazwischengekommen wäre.«

Louise nickte langsam und schaute dann erneut aus dem Fenster.

»Ich verstehe«, sagte sie langsam und bemerkte dabei weder den schuldbewussten Blick, den Paulette in Richtung Foto warf, noch sah sie, wie die alte Dame unauffällig hinter ihrem Rücken zwei Finger kreuzte.

6

»Und? Wie ist es? Hast du schon einen schnuckeligen Franzosen aufgegabelt?«

»Ich bin noch nicht mal einen Tag hier«, wehrte Louise ab. Ihre Freundin Maisie war unmöglich. Hatte nichts anderes als Männer im Kopf.

»An einem Tag kann viel passieren«, insistierte Maisie ungerührt. »Hallo? Du bist in der Stadt der Liebe, du *musst* dich verlieben! Und besser gleich, dann hast du mehr Zeit …«

»Aber ich habe doch alle Zeit der Welt«, protestierte Louise. »Ich fange ein neues …« Sie verstummte mitten im Satz, als ihr aufging, was Maisies Bemerkung zu bedeuten hatte.

»Du glaubst gar nicht daran«, sagte sie gekränkt. »Du denkst, ich bin in ein paar Wochen wieder zurück, und alles bleibt beim Alten.«

»Hey, nein! Das stimmt nicht!«, rief Maisie schnell. Etwas zu schnell, um glaubhaft zu wirken. »Spinnst du? Ich will ja auch gar nicht, dass du wiederkommst! Immerhin kann ich in deiner Wohnung wohnen, solange du ein neues Leben anfängst, also … ich meine, dann ja praktisch für immer … oder? Ganz ehrlich, Lou, das ist in London wie ein Sechser im Lotto … und dann kann ich dich auch noch ganz oft in Paris besuchen, das heißt, wenn mir mein Arsch von Chef Urlaub gibt, und du bringst mir Französisch bei und stellst mir schnuckelige Franzosen vor…«

»Jaja, hab schon verstanden.«

»Erzähl doch mal. Wie ist es denn so?«

»Es ist super! Ganz toll!«, schwärmte Louise sofort. »Ich wohne mitten in der Stadt, in einem tollen Viertel. Einem Szeneviertel.«

»Wow!«, sagte Maisie beeindruckt. »Und die Wohnung?«

»Fantastisch! Eine Dachwohnung. Mit Dachterrasse! Ich kann die Seine sehen, den Eiffelturm, Notre-Dame, alles!«

»Wow, du hast vielleicht ein Glück! Schick mir mal ein paar Fotos, ja?«

»Ich habe noch kein W-Lan«, wich Louise aus. »Das ist furchtbar kompliziert hier. Aber sobald ich alles organisiert habe, klar, sofort«, versprach sie. »Du, ich muss aufhören, da klingelt jemand an der Tür…«

»Kein Problem, melde dich bald mal wieder! Und…«

»Ja?«

»Tut mir leid, mein blödes Gerede vorhin. Ich hab nicht nachgedacht. Du schaffst das schon. Ich weiß es.«

»Alles gut. Bis bald!« Louise unterbrach die Verbindung und musterte ihr Handy einen Augenblick lang nachdenklich. Sollte sie noch ihre Mutter anrufen? Die Geschichte, die Paulette heute Nachmittag erwähnt hatte, fiel ihr wieder ein. Sie hatte allerdings keine große

Lust, mit ihrer Mutter am Telefon darüber zu sprechen. Claudine würde, wie immer, zuerst nicht richtig zuhören, um dann, ohne Vorwarnung, ein »französisches Drama« daraus zu machen, wie ihr Vater diese künstlich aufgebauschte Empörung immer genannt hatte, mit der ihre Mutter alle Vorwürfe und unangenehmen Diskussionen für gewöhnlich zu vermeiden versuchte. Und dann würden sie streiten. Auch wie immer. Lassen wir die Vergangenheit ruhen, hatte Paulette gesagt. Du bist hier, und das ist das Wichtigste. Louise legte das Handy weg und sah sich mit einem Seufzer um.

Vielleicht hatte sie Maisie gegenüber ein bisschen übertrieben. Die Wohnung, die Tante Isabelle ihr vermacht hatte, hatte diese Bezeichnung eigentlich nicht verdient. Es war nur ein kleines Zimmer mit Dachschräge, nicht mehr als zwanzig Quadratmeter groß, mit einer Nische, in der sich unter ein paar windschiefen Hängeschränken ein gesprungenes Emaille-Spülbecken, ein altertümlicher Gasherd und ein Kühlschrank befanden. Dazu ein Bad, das fast vollständig von einer monströsen Badewanne mit gusseisernen Löwentatzenfüßen eingenommen wurde. Über der Badewanne hing drohend ein gewaltiger Heißwasserboiler, und zwischen Toilette und Waschbecken war so wenig Platz, dass sie sich die Hände waschen konnte, während sie auf dem Klo saß. Louise war von ihrer Wohnung in Camden nicht gerade verwöhnt, was Komfort anging, aber im Vergleich hierzu war es geradezu Luxus. Die Holzdielen waren uralt und knarrten bei jedem Schritt, und die Wände waren vor mindestens fünfzig Jahren mit einer grünstichigen Tapete mit Blumenmuster tapeziert worden. Es gab ein wuchtiges Bett, das von einem dunkelbraunen, mit Rüschen eingefassten Quilt bedeckt wurde und viel zu groß für den Raum wirkte, einen schiefen Schrank mit einer Spiegeltür, die nicht schloss, und einen Holztisch mit zwei einfachen, nicht zueinander passenden Stühlen. Und gemütlich oder gar romantisch konnte man das Ganze auch nicht nennen. Nicht einmal die Dachschräge führte dazu, das Zimmer heimeliger wirken zu lassen: im Bereich der Eingangstür war der Raum unglaublich hoch und fiel dann Richtung Fenster einfach abrupt auf etwa zwei Meter Höhe ab, so als hätte man ihn abgeschnitten.

Doch es gibt auch Lichtblicke, sagte sich Louise schnell, während sie noch einmal die ganze Wohnung abschritt, was kaum mehr als eine Minute Zeit in Anspruch nahm: Alle Lampen waren, wie auch im Flur von Paulette, original Jugendstil beziehungsweise Art déco und wunderschön. Von der Decke hing wie ein stiller, kleiner Vollmond eine Kugelleuchte aus Milchglas, die Lampen über dem Spiegel im Bad und über dem Herd hatten geschwungene, mit Blütenornamenten verzierte Schwanenhälse, und die Nachttischlampe trug einen Mosaikschirm aus Glas in verschiedenen Grün- und Rottönen. Man konnte sie an einer Schnur aus kleinen Messingkügelchen, an der eine goldfarbene Quaste hing, an- und ausknipsen. Außerdem war das Badezimmer mit hübschen, schwarz-weißen Fliesen von der Sorte gekachelt, die sich Louise immer schon für ihr Badezimmer gewünscht hatte, auch wenn einige gesprungen waren oder ganz fehlten. Das Beste aber war das Fenster. Es gab nur ein Fenster in der ganzen Wohnung, das aber riesig war. Es nahm die ganze Ostseite des Raumes ein und reichte von der Decke bis zum Boden. Wie bei einem altmodischen Gewächshaus war es in viele bleiverglaste Rechtecke unterteilt und ließ sich mit einer integrierten Tür öffnen. Man konnte hinaus auf die kleine, von einer Steinmauer umgebenen Fläche treten, die Louise gegenüber ihrer Freundin so vollmundig als »Dachterrasse« bezeichnet hatte. Es war allerdings nur ein vom Fenster wegführendes spitzwinkliges Dreieck, das man mit zwei großen Schritten durchmessen hatte und auf dem sich außer Staub und Taubendreck nichts befand. Eine Glyzinie war vom benachbarten Hinterhof heraufgewachsen und hatte die marode Wäscheleine, die zwischen dem Haus und einem rostigen Pfosten an der Spitze des Dreieckes gespannt war, fast vollständig überwuchert, sodass das Licht, das durch das große Fenster ins Zimmer fiel, leicht grünlich war.

Sie hatte ihrer Freundin gegenüber jedenfalls nicht gelogen, beruhigte Louise den leichten Anflug schlechten Gewissens, der sie bei ihrem Rundgang erfasste. Es war eine Dachwohnung. Und es gab eine Dachterrasse. Und das mit dem Szeneviertel stimmte auch. Das befand sich hier irgendwo, hatte sie gelesen. Sie hatte es nur noch nicht gefunden, als sie heute Abend auf der Suche nach einem Restaurant einfach losgelaufen war. Sie war in die falsche Richtung gegangen, das hatte sie danach auf dem Stadtplan gesehen. Konnte ja passieren, dass man mal in die falsche Richtung lief. Die Stadt war ja schließlich groß. Und sie hatte noch genügend Zeit, alles zu erkunden. Alle Zeit der Welt.

Nun gut, das mit der Aussicht stimmte nicht ganz. Es stimmte eigentlich überhaupt nicht, denn vom Fenster und der Terrasse aus sah man nichts als die umliegenden Häuser. Keine Spur vom Eiffelturm. Stattdessen hellgraue Fassaden, verschachtelte Hinterhöfe, schiefergraue Dächer. Dazu Kamine, Satellitenschüsseln und hier und da noch eine altertümliche Antenne. Aber so eng würde Maisie das nicht sehen, rechtfertigte sich Louise weiter. Ihre Freundin wollte nichts anderes als ihre Vorstellung von Paris bestätigt wissen, und eine Beschreibung von grauen Schieferdächern und Hinterhöfen und Satellitenschüsseln war da nicht passend. Außerdem *gab* es ja den Eiffelturm, Notre-Dame und die Seine hier, alles ganz nah. Man konnte sich also auch gut vorstellen, dass sie von der Terrasse aus zu sehen waren.

Louise setzte sich an den kleinen Tisch und klappte die Pizzaschachtel auf, die sie nach ihrer vergeblichen Suche nach einem hübschen Restaurant fürs Abendessen bei einem Schnellimbiss mitgenommen hatte. Fetttriefend und traurig lag die Pizza *Marguerite* im bunt bedruckten Karton und sah fast noch schlimmer aus als die von Pamir's Pronto Pizza Express bei ihr zu Hause um die Ecke. Sie holte ein Messer aus der Schublade unter der Spüle, schnitt sich eine Ecke ab und biss hinein. Und verzog das Gesicht. Die Pizza schmeckte auch so. Gut, das war nun schon irgendwie ein Fauxpas, um gleich mal im Französischen zu bleiben. In Frankreich als erste Abendmahlzeit eine Pizza zu essen, die wie bei Pamir's Pronto Pizza Express in Camden schmeckte, war etwa so ähnlich, wie sich in einem Pub in Dublin die Weinkarte bringen zu lassen. Oder zu einem Fußballspiel von Arsenal gegen Manchester in High Heels zu erscheinen: völlig daneben. Nichtsdestotrotz hatte sie Hunger, und deshalb verschlang sie die kalte Pizza mit wenigen Bissen. Danach hatte sie Durst. Salz war offenbar das einzige Gewürz, das der Schöpfer dieser Pizza Marguerite kannte. Sie füllte ein Glas mit Leitungswasser aus dem Hahn ein und ärgerte sich, dass sie nicht daran gedacht hatte, in dem Pizzaladen eine Flasche Wein oder wenigstens ein Bier mitzunehmen. Ohne große Hoffnung öffnete sie den vor sich hin ächzenden Kühlschrank. Vielleicht hatte Paulette ihr ja eine Flasche Mineralwasser hineingestellt? Als sie jedoch den Inhalt des Kühlschranks sah, blieb ihr vor Erstaunen der Mund offen stehen.

Paulette hatte Louise am Nachmittag mit ehrfurchtsvoller Miene durch die wenig spektakuläre Wohnung geführt und ihr dabei mit gewichtiger Stimme erklärt, dass Onkel Hugo hier sein Atelier gehabt hatte, »wegen des Lichts«, und es seitdem unverändert geblieben war.

»Nur seine Malsachen und die Bilder musste ich natürlich wegräumen«, hatte Paulette fast schuldbewusst erklärt und auf eine Tür am Treppenabsatz vor der Wohnung gedeutet, die offenbar zum Speicher führte. Daneben gab es noch eine weitere Tür, die zur Wohnung ihres Nachbarn gehörte, eines gewissen Monsieur Jaurès, wie Paulette ihr erklärte. Louise hatte nicht geantwortet, sich jedoch gefragt, warum man Malutensilien überhaupt zwanzig Jahre lang aufbewahrte, wenn der Besitzer schon längst tot und begraben war, um sie danach auch noch in den Speicher zu verfrachten.

Als sie eintraten, hing in dem Raum neben dem unverkennbaren Zitronenduft eines Putzmittels tatsächlich noch immer ein leichter, nicht unangenehmer Geruch nach Terpentin und Ölfarben. Nach ihrer Führung hatte sich Paulette von Louise mit einem knappen Kopfnicken verabschiedet und kurz angebunden gemeint: »Wenn du etwas brauchst, du weißt ja, wo ich wohne.«

Dann war sie gegangen. Mit keiner Silbe hatte sie Louise darauf hingewiesen, sie möge doch einen Blick in den Kühlschrank werfen. Wenn sie es getan hätte, hätte sie sich das Pamir's-Pronto-Pizza-Express-Déjà-vu erspart. Im Kühlschrank stand nämlich neben einer bauchigen Flasche mit orangefarbenem Etikett und goldenem Sektverschluss ein großer Teller voller Köstlichkeiten. Louise nahm beides heraus, registrierte dabei mit überraschtem

Schauder, dass es sich bei der Flasche um echten Champagner handelte, und besah sich den Teller genauer: Es gab bunte Macarons, wie jene zum Tee am Nachmittag, daneben aber auch ein paar größere, mintgrüne Exemplare, die offenbar mit Räucherlachs und einer Kräutercreme gefüllt waren, außerdem mindestens fünf kleine, goldbraun gebackene Blätterteigpasteten. Friands, erkannte Louise. Ihre Mutter machte sie auch hin und wieder als Snack, sie waren meist mit Fleisch oder Lachs gefüllt. Alles war wunderhübsch auf einem Teller mit zartem Goldrand angerichtet. Dazwischen steckte eine himmelblaue Serviette und eine kleine Karte. Louise nahm sie zur Hand und las gerührt, was Paulette in ihrer gestochenen, fast wie gedruckt wirkenden Schrift, die sie von dem Brief schon kannte, geschrieben hatte:

Liebe Louise,
willkommen in Paris.
Dieses kleine Atelier hat viele glückliche Stunden erlebt,
ich hoffe, dass es dir ebensolche beschert.
Paulette

Mit feuchten Augen stand Louise eine ganze Weile mit der Karte in der Hand reglos da. In ihrem Magen lag schwer und zäh wie ein Klumpen Sorgen die fettige Pizza. Es war unmöglich, darauf eines von diesen entzückenden kleinen Friands oder gar ein Macaron zu essen. Obwohl … vielleicht eines? Sie wählte ein zitronengelbes, wie Paulette es heute Nachmittag gegessen hatte, und stellte den Teller zurück in den Kühlschrank. Dann machte sie sich im Hängeschrank über der Spüle – ohne große Hoffnung – auf die Suche nach einem Sektglas. Sie fand mehr als das: zwei dickbauchige Rotweingläser, mehrere schlanke Weißweinkelche und zwei Champagnerschalen, die so groß waren, dass man darin auch Suppe servieren könnte, wie sie fand. Außerdem entdeckte sie sogar noch eine Kerze. Sie klebte sie mit Wachs auf eine Untertasse und trug den improvisierten Leuchter zusammen mit den beiden Champagnerschalen – eine für das Getränk und eine für das Macaron – nach draußen. Dann schnappte sie sich ein besticktes Kissen von ihrem King-Size-Rüschenbett und ihre Handtasche und setzte sich damit zu ihren Schätzen auf den Boden, direkt unter die Glyzinie. Die Kerze tauchte die schmucklose Terrasse in ein warmes, sanftes Licht und ließ sie wie eine heimelige Laube wirken. Der Korken knallte, wie er knallen sollte, der Champagner schmeckte, wie er schmecken sollte, der Mond hing satt und gelb über den Dächern der Stadt, und Louise war sprachlos. Erst nachdem das Glas leer getrunken und das zitronengelbe Macaron mit geschlossenen Augen verspeist war, fiel ihr wieder ein, was sie noch tun wollte. Sie kramte ein in Leder gebundenes Notizbuch aus ihrer Tasche und schlug es auf. Es war leer. Kein einziges Wort stand bisher darin. Maisie hatte es ihr zum Abschied geschenkt und gemeint, sie solle alles Wichtige aufschreiben, damit sie, wenn sie sich wieder träfen, nur ja nichts zu berichten vergäße.

Louise kaute nachdenklich auf ihrem Stift herum, dann schrieb sie sorgfältig in Druckbuchstaben ganz oben auf die erste Seite:

LOUISE BARCLAYS GEBRAUCHSANWEISUNG
FÜR EIN NEUES LEBEN

Sie überlegte eine Weile, goss sich vom Champagner nach und schrieb:

REGEL NUMMER EINS:
In Paris niemals Pizza essen!

7

Ein neues Leben beginnt mit dem ersten Schritt. Das ist, nun, sagen wir, eine Binsenweisheit. Aber niemand erklärt einem, wie es danach weitergeht. Was kommt nach diesem sprichwörtlichen ersten Schritt, ist dieser erst einmal getan? Auch wenn Louise Barclay schon einige erste Schritte in sehr unterschiedliche Richtungen hinter sich hatte, hatte sie auf diese Frage noch immer keine Antwort gefunden. Vielleicht gab es auch keine. Wer wusste das schon? Vielleicht war das der Grund, warum so viele Menschen an einem neuen Leben scheiterten, selbst wenn sie sich noch so sehr danach sehnten? Meist ist nicht der erste Schritt das Problem, sondern der zweite.

Louises Aufbruch in England war überstürzt erfolgt, wobei sie allerdings zur Beschreibung ein positiveres Adjektiv gewählt hätte, sagen wir also: spontan. Getragen von der fiebrigen, flimmernden Euphorie, die sich immer dann einstellt, wenn man sich etwas Neues zu denken erlaubt und sich auf ein Abenteuer einlässt, blieb nicht viel Zeit für die Planung zweiter und weiterer Schritte. Sie hatte ihre Ersparnisse überprüft, sie fürs Erste als ausreichend befunden, zumal sie noch ihr Auto verkaufen wollte, hatte ihre Arbeit bei einem Callcenter, die sie ohnehin nur übergangsweise machen wollte, gekündigt, die Mietwohnung ihrer Freundin überlassen und ansonsten nicht groß nachgedacht. Alles Weitere würde sich ergeben. Das war von jeher Louise Barclays Lebensplan gewesen. Sie neigte dazu, die Dinge auf sich zukommen zu lassen, um dann – wenn sie sich nicht so entwickelten wie vorgesehen – rechtzeitig die Reißleine zu ziehen.

Man könnte nun einwenden, dass zu einer vorhersehbaren Entwicklung zunächst einmal eine gewisse Vorstellung von der Zukunft nötig war, doch Louise sah das nicht so. Ein genauer Plan, der in die Zukunft reichte, hieße ja nichts anderes, als auf alle anderen Optionen, an die man vielleicht noch nicht gedacht hatte, zu verzichten. Hieße also, sich in seiner Freiheit einzuschränken. Das kam für Louise nicht infrage. Das Leben war zu bunt, zu vielfältig und zu spannend, um sich derart zu begrenzen.

Ihr erster Morgen in der Rue d'Estelle schien ihr darin recht zu geben. Nach einem unruhigen Schlaf voller seltsamer Bilder sah sie sich nach dem Erwachen einer vollkommen veränderten Umgebung gegenüber. Das Licht, das, obwohl durch die Lage des Fensters eher indirekt, aber gleichwohl machtvoll hereinströmte, ließ das Zimmer in einem magischen Glanz erstrahlen. Jeder Gegenstand, jeder Winkel, den es erhellte, wirkte wie verwandelt, geradezu kostbar, und Louise, die sich zunächst noch verschlafen die Augen rieb, richtete sich in ihrem

Großmutterbett auf und sah sich mit einem ganz neuen Blick um. Sie verstand die Entscheidung ihres unbekannten Onkel Hugos, hier ein Atelier einzurichten. Jeder musste das verstehen.

Beschwingt sprang sie aus dem Bett und machte ein paar Fotos, die sie später Maisie schicken würde, als Beweis dafür, dass es sich durchaus gelohnt hatte, alle Brücken in London abzubrechen. Vielleicht brauchte sie die Fotos aber auch nicht für ihre Freundin, sondern eher für sich selbst. Vielleicht brauchte sie diesen Beweis, diese Selbstvergewisserung viel nötiger. Nach einem Frühstück, bestehend aus Friands und Macarons und einer Tasse Tee – sie hatte auch Teebeutel gefunden –, beschloss sie, dass es Zeit war, sich den Nachbarn vorzustellen. Sie hatte jedoch kein Glück. Weder Monsieur Jaurès, der in ihrem Stockwerk wohnte, noch Madame St. Pierre, die offenbar in der Wohnung ihrer verstorbenen Tante lebte, reagierten auf ihr Klingeln. Als Louise vor der Tür zu dem Tabakladen stand, zögerte sie und ging dann erst einmal weiter. Monsieur Sorokin, den Besitzer des Tabakladens, konnte sie ebenfalls später besuchen. Irgendwie war ihr der Laden ein wenig unheimlich. Er wirkte so dunkel und abweisend wie ein alter Dachsbau. Sie beschloss, zunächst einmal die Umgebung zu erkunden, und ging die Straße entlang bis zu einem schmiedeeisernen Tor, das die Rue d'Estelle mit einem kleinen Park verband. Das Tor stand offen. Umgeben von hohen Platanen und Kastanien befand sich dort ein Rasenrondell mit einer anmutigen kleinen Statue in der Mitte. Ein sandiger Weg, auf dem einige Ruhebänke standen, führte um das Rondell herum. Louise folgte dem Weg und setzte sich dann auf eine der Bänke. Über ihr gurrten die Tauben.

Sie sah sich die Fotos an, die sie am Morgen gemacht hatte, und lächelte. Ihre neue Wohnung wirkte darauf wie das Gemälde eines holländischen Malers. Der alte Holzboden schimmerte warm, und die hässliche Tapete an der Wand sah aus, als sei sie aus kostbarem Stoff gewebt. Sie schickte die Bilder mit einem Smiley an Maisie nach London.

Dann schaute sie auf die Uhr. Paulette hatte sie für heute Mittag, ein Uhr, zum Essen eingeladen. Sie verzog das Gesicht zu einer leichten Grimasse. Obwohl sie sehr gerührt gewesen war über den fürsorglichen Snack im Kühlschrank, fürchtete sie sich ein wenig vor der Frau. Sie wirkte so streng. Unter ihrem Blick fühlte sie sich wie bei einer Prüfung. Die sie nur vermasseln konnte. Louise war Meisterin im Vermasseln von Prüfungen. Schon als Achtjährige war sie als Einzige ihrer Klasse durch die Fahrradprüfung gefallen und hatte keinen Wimpel bekommen. Sie hatte die Ampel nicht beachtet, die die beiden Verkehrspolizisten für die Schüler auf dem Parkplatz des Sportstadions aufgebaut hatten. Es war keine richtige Ampel gewesen, aber sie hatte echte Lichter gehabt, und das rote Licht hatte geleuchtet. Das war unbestreitbar. Louise hatte es auch gesehen. Dennoch war sie einfach weitergefahren. Und so war sie noch immer. Sah das rote Licht, wusste, sie sollte anhalten, und fuhr trotzdem weiter.

In einem plötzlichen Anflug von Gereiztheit stand sie auf. Es gab Dinge zu erledigen. Sie musste die Gegend kennenlernen, herausfinden, wo man Lebensmittel einkaufen konnte. Monsieur Sorokin einen Besuch abstatten. Zu Mittag essen. Sie hatte keine Zeit, hier herumzusitzen und über dumme alte Geschichten nachzudenken.

Während Louise zurück zum Ausgang des Parks lief, sich nebenbei die langen Haare zu einem Knoten auf dem Hinterkopf zusammenzwirbelte und sich ihre Brille zurechtschob, gurrten die Tauben in den Baumkronen über ihr gleichmütig weiter. Sie hatten die junge Frau bemerkt, sie kurz gemustert und nicht weiter beachtet. Menschen waren ein Teil der Welt, der sie nicht berührte. Sie waren da, mitunter lästig, ja sogar gefährlich, meist aber hilfreich, weil sie Dinge wegwarfen, die man fressen konnte, und ihre Häuser Nischen hatten, in denen man Schutz fand und Nester bauen konnte. Doch waren sie kein Teil ihres Taubenlebens. Es interessierte die Tauben nicht, wohin sie gingen, woher sie kamen. Ihre Sorgen und ihr Streben waren ihnen so gleichgültig wie das Kläffen der Hunde in der Ferne, der Flug der Schwalben am Himmel, das leichte Wehen des Windes in den Wipfeln der Platanen und Kastanien, auf denen sie saßen. Manch eine tippelte ein paar Schritte auf dem Ast hin und her, nickte und plusterte sich auf. Dann fiel sie erneut in das eintönige Gurren der anderen ein, das den nun wieder menschenleeren Park, zusammen mit dem flirrenden, vom Laub der Bäume vielfach gebrochenen Licht, umhüllte wie eine schützende Haut. Eine der Tauben flog unvermittelt auf, schwebte mit ausgebreiteten Flügeln nach unten und landete auf dem Kopf der Statue in der Mitte des Rondells. Die junge Frau war längst verschwunden.

8

Bei Paulette gab es Suppe und danach Kalbfleisch mit Pilzen in einer aromatischen, hellen Soße und zum Nachtisch einen lauwarmen Auflauf mit Kirschen. Sie saßen in Paulettes Esszimmer, das ähnlich schlicht und geräumig war wie der Salon und durch einen Durchbruch unmittelbar mit der Küche verbunden war. Louise versuchte, sich auf das – zugegebenermaßen – köstliche Essen zu konzentrieren, dabei nicht zu laut mit dem Besteck zu klappern, die Suppe nicht zu schlürfen, das Mineralwasser nicht zu verschütten und trotzdem einigermaßen entspannt zu wirken, was genau das Gegenteil dessen war, wie sie sich fühlte.

Währenddessen schimpfte Paulette über die Unfähigkeit der neuseeländischen Behörden, die es nicht fertigbrachten, endlich Isabelles Leichnam zur Überführung freizugeben. Isabelle hatte verfügt, dass sie, Paulette, für die Beerdigung zuständig sei, doch das Ganze erwies sich als sehr viel komplizierter als erwartet, da eine Unmenge von Formalitäten zwischen Neuseeland, Frankreich und inzwischen auch noch England, wo Isabelles nächste Verwandte, Louises Mutter, lebte, zu beachten waren. Als sie das Dessert gegessen hatten, das, wie Paulette ihr erklärte, Clafoutis genannt wurde und der Lieblingsnachtisch ihrer Tante als Kind gewesen war, tupfte sich die alte Dame die Mundwinkel mit ihrer Serviette ab, bat Louise, sie doch einfach Paulette zu nennen, und fragte dann: »Was hast du jetzt vor, hier in Paris?«

Louise zuckte zusammen. Diese Frage hatte sie nicht erwartet.

»Ich weiß nicht …«, stotterte sie und rückte nervös ihre Brille zurecht. »Mal sehen …«

»Was hast du denn in London gemacht?«

»Ach …« Louise machte eine vage Handbewegung. »Mal dies und mal das …«

»Wie alt bist du? Warte … sechsundzwanzig?«

Louise nickte stumm.

»Hast du einen Freund?«

Sie schüttelte den Kopf. »Im Augenblick nicht …«

Paulette nickte, als ob sie sich so etwas schon gedacht hätte, und Louise hatte wieder das unangenehme Gefühl, eine Prüfung nicht bestanden zu haben. Paulette stand auf und holte etwas, das auf der Anrichte bereitlag, und legte es neben Louises Teller. Es war ein kleines, in braunes Papier eingewickeltes Päckchen. »Das soll ich dir übrigens noch von deiner Tante geben«, sagte Paulette leichthin. »Es ist nichts Kostbares, aber für deine Tante war es von großem Wert.«

Louise wickelte das Päckchen aus und runzelte dann die Stirn. Es war ein altes Thermometer, fleckig und trüb und von einer Art Korb aus Drahtgeflecht umhüllt. Daran hing ein unscheinbarer Schlüssel.

»Was ist das?«, fragte Louise unsicher. »Was soll ich damit?« Warum sollte ihre Tante ihr ein Thermometer schenken? Und wofür war der Schlüssel?

Paulette lächelte. »Das wirst du schon herausfinden.«

Damit war das Mittagessen beendet.

Nach dem Mittagessen machte sich Louise auf den Weg, das Viertel näher zu erkunden, und ging dabei ein wenig planvoller vor als am Abend zuvor. Paulette hatte ihr geraten, in Richtung Rue des Rosiers zu gehen, und diesem Rat folgte sie, zur Sicherheit mit einem Stadtplan in der Hand. Kopfschüttelnd stellte sie fest, dass sie gestern Abend auf ihrer Suche im Grunde nur ein einziges Mal falsch abgebogen und damit vom richtigen Weg abgekommen war. Tatsächlich war das Zentrum des Viertels nur einen Steinwurf von der Rue d'Estelle entfernt. Kleine Läden, Cafés, Restaurants – alles reihte sich in den vielen verwinkelten Gassen und kleinen Straßen eng aneinander. Es gab Falafel, Crêpes, Gemüse, Feinkost, Metzgereien und Bäckereien, Bücher, allerlei Krimskramsläden, selbst geschneiderte Mode, Blumen, Schallplatten, einen Hundesalon und sogar eine Reparaturwerkstatt für Fahrräder. Louise ging und schaute, ließ sich treiben, vergaß, dass sie eigentlich einkaufen wollte.

Als sie einer Frau folgte, die durch ein unscheinbares Metalltor trat, über dem auf einem Torbogen aus Beton in roten Buchstaben *Marché des Enfants Rouges* stand, betrat sie unversehens ein neues Universum. Es handelte sich um eine überdachte Markthalle, nicht besonders pittoresk, überwiegend Beton und Stahl, doch die zahllosen Händler, die sich dicht an dicht aneinanderreihten, wogen die karge Schlichtheit mit ihren Waren mühelos auf. Es roch orientalisch, kreolisch und asiatisch, nach Fisch, Meer, Kräutern, Knoblauch, Käse, Obst, Blumen, Kaffee, Schokolade, heißem Fett und süßem Gebäck, es gab Austern und Couscous, currygelbe Tintenfischpfannen mit Reis und feurige Fleischpfannen, bei denen der Chili einem beim Vorbeigehen die Tränen in die Augen trieb, riesige Bratwürste vom Grill, Salate, Kuchen, Crêpes. Louise atmete einmal tief ein, drehte sich um ihre eigene Achse und stürzte sich mit naiver Begeisterung mitten ins Getümmel. Sie schaute und staunte, kostete und plauderte, und ihr Korb füllte sich in dem Verhältnis, wie sich ihr Geldbeutel leerte. Doch es mussten auch noch die eingelegten Oliven sein, ein Stück vom Ziegenkäse, diese kleine Walnuss-Salami hatte auf sie gewartet … am Ende kaufte sie noch ein Baguette, und als sie den Markt verließ, konnte sie die vielen Tüten kaum tragen. Auf dem Rückweg blieb sie nachdenklich vor dem Fahrradgeschäft stehen. Es war eigentlich kein richtiger Laden, nur eine Art Garage, in der ein bulliger Mann in schmutzstarrenden Jeans und einem pinkfarbenen Muskelshirt, unter dem büschelweise schwarze Haare auf Brust, Schultern und Rücken hervorlugten, an Fahrrädern herumschraubte. An den Wänden hingen Fahrradschläuche, Werkzeuge und schmuddelige Poster leicht bekleideter Mädchen. Doch ihre Aufmerksamkeit war von einem Fahrrad angezogen worden, das vor dem

Laden stand und an dem ein handgemaltes Schild lehnte, das besagte, dass es zu verkaufen sei. Es war nichts Besonderes, aber hübsch hergerichtet, knallrot mit weißen Reifen, und das Wichtigste: Es hatte vorn eine Vorrichtung, auf der man eine Kiste befestigen konnte.

Sie wohnte doch jetzt hier. Also brauchte sie auch ein Transportmittel, entschied sie und ging zu dem Mann hinein. Sie wurden sich schnell handelseinig, der Preis war akzeptabel, auch für Louises nicht gerade üppigen Geldbeutel. Der Fahrradhändler montierte ihr sogar eine alte, aber stabile Obstkiste auf die Halterung, auf der noch der Schriftzug *naranjas de cuba* prangte. Als sie diese ebenfalls bezahlen wollte, winkte er mit einem meckernden Lachen ab und packte ihr stattdessen eigenhändig die vielen Tüten auf ihr neues Fahrrad. »Bon voyage!«, gab er ihr noch mit auf den Weg.

Und als Louise zurück in die Rue d'Estelle radelte, fühlte sie sich gewappnet, Monsieur Sorokin einen Antrittsbesuch abzustatten.

9

Der Tabakladen von Monsieur Sorokin war ein langgezogener vollgestopfter Raum, den das Licht, das durch das Schaufenster fiel, nur etwa bis zur Mitte erhellen konnte. Es roch durchdringend und zugleich aromatisch nach Tabak, vermischt mit Pfefferminze, Papier und Staub. Neben den bis zur Decke reichenden Regalen voll mit Zigarettenschachteln, Zigarrenkisten und Pfeifentabak-Dosen gab es französische, russische, deutsche und englische Zeitungen, dazu zahllose Zeitschriften, aber auch Bücher, Globen, Bilder, Poster, ein ganzes Regal mit altmodischen Feuerzeugen, eine Vitrine mit Blechspielzeug, Schreibwaren, Postkarten, Füller, gläserne Tintenfässchen, Briefumschläge, Notizbücher, automatische Spitzer, ein Grüppchen bunt bemalter Babuschkas, chinesische Winkekatzen in Reih und Glied sowie eine Armee von Eiffeltürmen aus Messing. Auf dem Boden lag ein abgetretener Teppich mit orientalischem Muster, und an der Wand, unterhalb des Regalbretts mit den Eiffeltürmen, stand ein Sofa mit flaschengrünem Cordbezug, daneben eine Stehlampe und ein kleiner Beistelltisch, sodass man trotz des vielen Krimskrams den Eindruck gewann, man sei bei jemandem zu Besuch im Wohnzimmer und nicht in einem Laden. Die Theke mit der Kasse befand sich ganz am Ende des langen Schlauchs, und als Louise eintrat, erhob sich von dort ein Mann mit kurz gestutztem, eisgrauem Bart und sehr dunklen Augen in einem schmalen Gesicht. Er hielt ein kräftiges Seil in beiden Händen. Als Louise überrascht darauf blickte, stopfte er es rasch unter die Theke.

»Womit kann ich Ihnen behilflich sein, Mademoiselle?« Er lächelte abwartend, und um seine ein wenig traurig wirkenden Augen erschien ein Netz feiner Falten und Fältchen.

»Monsieur Sorokin?«, fragte Louise, und als er etwas verwundert nickte, reichte sie ihm die Hand. »Ich bin Ihre neue Nachbarin, Isabelle Bonnets Nichte. Louise Barclay aus London.«

»Aus London! Wie schön.« Monsieur Sorokins Lächeln wurde offener. »Ja, ich erinnere mich, Paulette erwähnte so etwas.« Der alte Herr kam um die Theke herum, um ihr die Hand zu schütteln. Er war groß und schlank und sicher früher eine stattliche Erscheinung gewesen, doch jetzt ging er leicht gebückt und bewegte sich langsam. Er deutete auf das Sofa. »Bitte, setzten Sie sich doch, Mademoiselle Barclay. Möchten Sie einen Tee? Ich habe mir gerade einen aufgebrüht.«

Schon wieder Tee. Trank man hier eigentlich tatsächlich ständig Tee, oder wollten die Leute nur höflich zu ihr sein? Louise lächelte und nickte. »Gern, Monsieur Sorokin.«

»Nennen Sie mich Isaac.« Er nickte ihr zu und verschwand im Hinterzimmer. Keine zwei Minuten später kam er mit einem Tablett zurück, auf dem zwei kleine, bis zum Rand gefüllte Teegläser mit Metallgriffen und ein Teller voller goldbrauner Gebäckkringel standen. Er stellte das Tablett auf den Beistelltisch und holte den Stuhl hinter der Theke hervor, um sich Louise gegenüber hinzusetzen. Dann deutete er auf das Gebäck. »Es ist russischer Rauchtee, ich hoffe, den mögen Sie. Und das sind Baranki. Auch ein russisches Gebäck. Hier nicht sehr bekannt, aber Finkelsztajn bäckt sie hin und wieder. Allerdings sind sie nicht so gut wie die von Isabelle.« Als er Louises fragenden Blick bemerkte, erklärte er: »Sacha Finkelsztajn, er hat eine Bäckerei in der Rue des Rosiers. Koscher. Obwohl mich das nicht interessiert. Religiöse Dinge sind mir gleichgültig. Ich kaufe erst bei ihm ein, seit es unsere Bäckerei hier nicht mehr gibt.« Sein Blick wurde wehmütig. »Ich habe Ihrer Tante damals das Rezept meiner Großmutter verraten, und sie hat sie für mich gebacken. Nur für mich.« Er machte eine lebhafte Geste mit der Hand. »Es waren die besten Baranki, die ich je hier in Frankreich gegessen habe.«

Louise trank einen Schluck von dem starken, süßen Tee, dann nahm sie sich einen der glänzenden Kringel und biss hinein. Er schmeckte knusprig, leicht nach Vanille und Sesam, nicht besonders süß, aber gut.

»Sie kommen aus Russland?«

»Sankt Petersburg. Bin in den Neunzigern emigriert wie viele Juden damals. Seit über zwanzig Jahren lebe ich schon in Paris… aber erzählen Sie mir lieber von London!«, forderte er sie übergangslos auf. »Ich war früher einmal dort. Und in Oxford.« Er tunkte einen Kringel in seinen Tee und zuckte die Schultern. »In einem anderen Leben.«

Louise war sich nicht sicher, was er hören wollte. Sie stotterte ein bisschen herum, erzählte vom London Eye und den umgebauten Docklands, die er noch nicht kannte, dann fing sie an, Camden und die Straße zu beschreiben, in der sie bis vor zwei Tagen noch gewohnt hatte, und kam unvermittelt ins Schwärmen in Bezug auf die Stadt, in der sie so lange gelebt hatte.

Isaac Sorokin war ein aufmerksamer, intelligenter Zuhörer, und ehe sichs Louise versah, war es Abend geworden. Sie stand eilig auf. »Jetzt muss ich aber gehen«, sagte sie fast ein wenig wehmütig. »Danke für den Tee. Und die Kringel.«

Sorokin stand ebenfalls auf. Seine Augen leuchteten jetzt viel lebhafter als noch vor einer Stunde, und fast kam es Louise so vor, als ginge er nicht mehr so gebückt. Er reichte ihr seine Hand. »Es ist schön, dass Sie endlich gekommen sind«, sagte er. »Paulette war, glaube ich, ein wenig aufgeregt ...«

Louise konnte sich Paulette nicht wirklich aufgeregt vorstellen, aber sie kannte sie ja kaum, ebenso wenig wie ihre Tante Isabelle.

»Kannten Sie meine Tante?«, fragte Louise.

Als Monsieur Isaac nickte, fragte sie: »Wie war sie denn so? Ich weiß kaum etwas über sie. Wir hatten keinen Kontakt.«

Isaac Sorokin nickte erneut. »Ja. Familiengeschichten sind immer sehr kompliziert. Es ist wie… Obertongesang.«

»Wie bitte?« Louise war sich nicht sicher, ob sie verstanden hatte.

Isaac Sorokin lächelte. »Entschuldigung, Sie halten das vielleicht für einen seltsamen Vergleich, aber meine Frau hat das immer gesagt, wenn es um Familienzwiste ging, und sie hatte recht. Sie war Musikerin, wissen Sie. Beim Obertongesang gibt es nicht den einen klaren Ton. Es schwingen immer andere Töne gleichermaßen mit. Sie hören also zum Beispiel die einfache Melodie von Hänschenklein und dazu gleichzeitig das ganze Tonspektrum. Mehrstimmig sozusagen. Und bei einem Familienstreit ist es ebenso. Alte Verletzungen, geplatzte Träume, Hoffnungen, Erwartungen – all das lebt beim kleinsten Anlass jedes Mal wieder auf und überdeckt am Ende vielleicht sogar die eigentliche Melodie.«

Louise nickte nachdenklich. »Sie haben recht. Ich habe nie ganz begriffen, warum meine Mutter und Tante Isabelle überhaupt keinen Kontakt mehr hatten.«

»Ihre Tante Isabelle war ein guter Mensch. Sehr temperamentvoll und impulsiv, ein wenig stur vielleicht, aber immer herzlich. Ich habe sie wirklich sehr gern gemocht.«

Louise nickte langsam. »Schade, dass ich sie nicht gekannt habe.« Sie kramte das Päckchen aus ihrer Tasche, das Paulette ihr gegeben hatte, und zeigte ihm das Thermometer. »Das hat sie mir zusammen mit der Wohnung vermacht. Ich habe keine Ahnung, was das sein soll. Und Paulette wollte es mir auch nicht verraten.«

Monsieur Isaac lächelte. »Paulette ist eine alte Geheimniskrämerin. Es macht ihr Spaß, Dinge für sich zu behalten und die Leute rätseln zu lassen.«

»Wissen Sie denn, was das ist?«

»Das ist nicht schwer, wenn man so lange hier wohnt wie ich. Es ist ein altes Zuckerthermometer. Man braucht es, um Baiser zu machen. Es war Isabelles Glücksbringer. Sie wissen vielleicht, dass die Patisserie, in die sie die Bäckerei zusammen mit Paulette verwandelt hat, Isabelle damals nicht nur vor dem finanziellen Ruin bewahrt hat. Es ging ihr auch gesundheitlich sehr schlecht, und das neue Geschäft hat ihr wieder auf die Beine geholfen. Hat ihr ihren Lebensmut zurückgegeben. Man kann also sagen, das Zuckerthermometer hat ihr das Leben gerettet.«

Louise betrachtete das Thermometer mit einer gewissen Ehrfurcht.

Isaac Sorokin nahm es ihr behutsam aus der Hand. »Darf ich?«

Louise nickte.

Er ging an ihr vorbei nach draußen, und Louise folgte ihm. Sie gingen zu dem leer stehenden Laden nebenan, und der alte Mann steckte den Schlüssel, der an dem Thermometer hing, in das Schloss, drehte ihn um und öffnete die Glastür der alten Bäckerei.

»Ihre Tante hat Ihnen nicht nur eine Wohnung vermacht, Mademoiselle Barclay, sie hat Ihnen auch ihren Traum überlassen.«

Louise trat in den Laden und schaute sich um. Es war nicht viel zu sehen: Der Raum war klein und leer, die Ladentheke mit der Vitrine war mit einem Tuch verhüllt, und überall lag Staub. Was man allerdings sehen konnte, waren die reich mit Stuckornamenten verzierte Decke und die alten Deckenlampen. Jugendstil auch hier. Unverkennbar und wunderschön mit ihren schlichten, geometrischen Formen, stilisierten Blütenranken und verspielten Messingornamenten. Und sie erinnerte sich genau, solche Muster in einer Vorlesung vor vielen Jahren an der Universität in London schon einmal gesehen zu haben. Dieser Kurs über französischen Jugendstil war damals nicht besonders populär gewesen, man hatte sich für ganz andere Epochen, ganz andere Stile interessiert. Sie war dennoch hingegangen, ohne genau zu wissen, warum, vielleicht aus Verbundenheit mit ihrer Herkunft, ihrer Muttersprache, und sie war aus ihrem Jahrgang die Einzige gewesen. Jetzt schien es ihr, als läge genau hier in dieser verstaubten Patisserie in der Rue d'Estelle die Antwort darauf, warum sie den Kurs besucht und zusammen mit einer Handvoll Freaks der alten französischen Professorin ein ganzes Semester lang gelauscht hatte.

Ein Hüsteln riss sie aus ihren Gedanken, und sie drehte sich um. Dort stand noch ihr neuer Nachbar aus dem Tabakladen und lächelte ein feines, kleines Lächeln.

Louise nahm seine Hand in beide Hände und drückte ihm ohne viel Federlesens einen dicken Kuss auf die graubärtige Wange. »Danke!«

Paulette Petit stand am Fenster ihres Salons, als Monsieur Isaac die Bäckerei verließ und zurück in seinen Laden ging. Sie sah die junge Frau mit den leuchtenden Haaren allein in Isabelles Bäckerei stehen, den Kopf in den Nacken gelegt, und sie meinte zu erkennen, dass sie lächelte. Zufrieden wandte sie sich vom Fenster ab, goss sich ein Gläschen Lillet ein und prostete Isabelle auf dem Foto zu. »Jetzt bleibt nichts mehr zu tun, Isabelle, als abzuwarten.« Sie trank erleichtert das Glas Likör mit einem einzigen Schluck aus.

Als Louise an diesem Abend wieder auf ihrer Terrasse saß, vor ihr die flackernde Kerze am Boden und leise Musik im Hintergrund, schrieb sie einen zweiten Eintrag in das Notizbuch.

LOUISE BARCLAYS GEBRAUCHSANWEISUNG
FÜR EIN NEUES LEBEN

REGEL NUMMER ZWEI:
Mit alten Herren Tee trinken, wenn sich die Gelegenheit dazu ergibt.

Contretemps

»Zwischenfall«

Begriff aus dem klassischen Ballett:
Verbindungsschritt zum Richtungswechsel.

10

Als Nicolas an diesem Abend nach Hause kam, fiel ihm das rote Fahrrad auf, das im Hausflur stand. Es fiel ihm vor allem deswegen auf, weil er um ein Haar darüber gefallen wäre. Sein Rucksack machte sich selbstständig und landete mit einem dumpfen Krachen auf dem Treppenabsatz. Nicolas fluchte. Hoffentlich war nichts kaputtgegangen. Er war recht eigen in diesen Dingen. Obwohl er im Café an der Place George Pompidou die Möglichkeit hatte, seinen alten Spielkoffer und noch ein paar sperrige Utensilien unterzubringen und sich auch umzuziehen und zu schminken – dafür bedachte er das Bistro und seine Gäste immer besonders aufmerksam mit seinen Kunststücken –, nahm er seine restlichen Requisiten dennoch jeden Abend im Rucksack mit nach Hause. Er hing an ihnen wie manch anderer an Familienerbstücken. Denn genau wie solche waren sie für Nicolas voller Erinnerungen. Er wusste bei jedem Jongliersatz, jeder Keule, jedem Ball und jedem anderen noch so kleinen Ding in seinem Sack, woher er es hatte und wie lange es ihn schon begleitete. Diese Dinge konnten ihm die letzten dreizehn Jahre seines Lebens erzählen. Aus der Zeit davor besaß er nichts und vermisste auch nichts. Sein Leben hatte erst begonnen, als er sechzehn Jahre alt war. So besehen konnte man sagen, die Dinge, die sich in diesem Rucksack befanden, waren nicht nur so etwas wie Familienerbstücke, nein, sie waren Nicolas' Familie. Alles, was er hatte.

Er hob seinen Rucksack auf und tastete ihn ab. Nichts klirrte verdächtig, vermutlich war alles heil geblieben. Die zerbrechlichen Gegenstände hatte er sicher verpackt. Als er die Treppe hinaufging, kam ihm die Nachbarin aus dem ersten Stock entgegen. Sie hieß Camille, wusste er, und sie kannten sich, wie man sich als Bewohner des gleichen Hauses kennt, eine Treppenhausbekanntschaft, kurzes Nicken im Vorübergehen, flüchtiges Lächeln beim Aufeinandertreffen an der Haustür, am Briefkasten. Jetzt kam sie ihm mit einer Mülltüte entgegen, nickte ihm zu wie üblich, ihre Augen müde, ein wenig abwesend. Sie registrierte ihn kaum. Er sprach sie dennoch auf das Fahrrad an, vielleicht ein wenig zu forsch, war wütend wegen des Rucksacks. Und überhaupt, es gab mehr Dinge, die ihn heute wütend gemacht hatten, die aber nichts mit seiner Nachbarin zu tun hatten, daher tat ihm sein Ton sofort leid, unfreundlich, aggressiv. Er hob die Hände, ruderte ein wenig zurück, lächelte sogar, doch Camille schien seine Wut gar nicht bemerkt zu haben.

»Fahrrad?«, wiederholte sie verwundert, »ich habe kein Fahrrad.«

»Nicht? Aber wem …?«

Sie betrachteten beide das Fahrrad, das leuchtend rot und glänzend mitten im Hausflur stand. Vorne war eine alte Obstkiste montiert, mit dem Aufdruck *naranjas de cuba*.

Camille zuckte die Schultern. »Vielleicht Paulette?«

»Jedenfalls nicht Monsieur Isaac«, vermutete Nicolas mit einem Lächeln. Die Vorstellung, wie der alte Herr, den er nur im korrekten Anzug und mit Hut kannte, auf einem quietschroten Hollandrad durch die Straßen fuhr, erheiterte ihn.

»Sicher nicht.« Camille lachte kurz auf, und Nicolas bemerkte, dass sie Grübchen in den Wangen hatte, die ihm zuvor noch nie aufgefallen waren. Er wusste, dass Camille Balletttänzerin war, und dieses Wissen flößte ihm ziemliche Ehrfurcht ein. Selbst jahrelang als Artist unterwegs gewesen, hatte er eine ungefähre Ahnung davon, was es bedeutete, Profitänzerin an der Opéra National zu sein. In letzter Zeit hatte er sie allerdings häufiger zu Hause gesehen. Vielleicht war sie verletzt? Krank? Sie war furchtbar blass.

»Geht es dir gut?«, fragte er, ohne nachzudenken.

»Wie bitte?« Camille sah ihn etwas irritiert an.

»Ich dachte nur, weil du in letzter Zeit oft zu Hause warst …« Nicolas spürte, wie seine Ohren heiß wurden. Er war aufdringlich. Das war eigentlich gar nicht seine Art. »Entschuldigung, geht mich nichts an.« Er machte sich daran, nach oben zu gehen. »Schönen Abend noch …«

»Warte …«

Er blieb stehen. »Ja?«

»Du hast recht. Ich war tatsächlich verletzt …« Camille

hob ihren rechten Fuß, der, wie ihre Füße meistens, in dicken grauen Wollsocken steckte. Bereits diese kleine Bewegung sah anmutig aus. »Ermüdungsbruch.«

»Oh, das ist übel.« Nicolas sah sie mitfühlend an.

»Aber morgen habe ich einen letzten Termin beim Arzt. Ich denke, danach darf ich wieder tanzen.« Sie seufzte. »Endlich.«

»Du tanzt an der Oper, nicht wahr? Paulette hat mir davon erzählt.«

Camille nickte. »Seit meiner Ausbildung an der Ballettschule hier in Paris. Ich war noch nie woanders. Die Opéra National war immer schon mein Traum.«

»Sagst du mir Bescheid, wenn du wieder auftreten kannst? Dann komme ich mal und sehe dir zu«, schlug Nicolas vor und wunderte sich einen Moment lang über sich selbst, war er doch sonst nicht so spontan, was Verabredungen anbelangte. Im Gegenteil. Doch es war ja keine Verabredung. Er hatte lediglich Mitleid mit der jungen Frau, denn er wusste, wie es sich anfühlte, ausgebremst zu werden. Er kannte dieses Sehnen, das Zählen der Tage, bis man wieder zum Training gehen durfte, und wusste, wie wichtig der erste Auftritt nach einer Verletzung war.

Camille errötete leicht. »Tatsächlich? Du interessierst dich für Ballett?«

»Eigentlich nicht«, gab Nicolas freimütig zu. »Ich kenne mich damit überhaupt nicht aus. Aber ich weiß, wie es ist, verletzt zu sein und nichts tun zu können.«

»Bist du Sportler?«, fragte Camille.

»So etwas Ähnliches«, erwiderte Nicolas vage und ging ein paar Stufen hinauf. »Du denkst also an mich? Ja?«

»Versprochen.«

Als Nicolas die Tür zu seiner Wohnung aufsperrte, war er immer noch erstaunt über sich selbst. Wie lange wohnte er schon in diesem Haus? Fast drei Jahre. Noch nie hatte er mit Camille St. Pierre mehr als zwei, drei Worte gewechselt. Guten Morgen, guten Abend, Mistwetter heute … schönen Tag noch. Sie schien ihm immer so entfernt, entrückt, ein Wesen, das auf einem anderen Stern lebt. Mehr noch. In einem anderen Sonnensystem. Würde sie ihm ihren nächsten Auftritt verraten? Wahrscheinlich nicht. Solche Versprechen waren schnell gegeben, schnell ausgesprochen, ein Lächeln, ja klar, versprochen, und ebenso schnell vergessen. Aber er hatte es ja auch nicht wirklich ernst gemeint mit seinem Vorschlag. Was hatte er schon mit Ballett zu schaffen? Er wollte nur nett sein. Höflich. Weil er sie zuvor so angeschnauzt hatte wegen des Fahrrads, das gar nicht das ihre war.

Nicolas stellte seinen Rucksack im Flur ab, ging in die Küche, holte sich ein Bier aus dem Kühlschrank und nahm es mit auf die kleine Dachterrasse, die zu seiner Wohnung gehörte. Es war noch nicht ganz dunkel, Schwalben flogen hoch über den Dächern, und ein Flugzeug hatte seine leuchtende Spur am Himmel hinterlassen. Er setzte sich in einen der beiden mit Kunststoffseilen bespannten Gartenstühle, die neben einem aus einer Palette gebauten Tisch das Mobiliar der Terrasse darstellten, öffnete die Bierflasche mit seinem Feuerzeug, trank einen Schluck und schloss dann für einen langen, schmerzhaften Moment die Augen. Seine Einnahmen heute waren erbärmlich gewesen. Wie in den letzten Tagen auch. Eigentlich das ganze letzte halbe Jahr schon. Wenn er ehrlich war, musste er sich eingestehen, dass er kaum noch über die Runden kam. Wenn Paulette nicht so großzügig auf einen Teil der Miete verzichten würde, wäre er schon längst nicht mehr hier. Es gelang ihm nicht mehr, die Leute zum Lachen zu bringen. Er konnte sie mit seinem Spiel nicht mehr fesseln. Sie blieben, wenn überhaupt, nur kurz stehen, lächelten womöglich flüchtig, dann gingen sie weiter. Und in seinem Hut lag nichts. Es blieb ihm nicht mehr die Zeit, nach einer Vorstellung den Hut zu nehmen und zu den Zuschauern zu gehen, sich vor ihnen zu verbeugen, ein kleines Späßchen zu machen, einem Kind ein Bonbon zu schenken. Wenn er fertig war, hatten sich die Leute meist längst zerstreut. Dabei spielte es keine Rolle, was er vorführte. Nicolas hatte verschiedene Nummern im Repertoire, jonglierte mit seiner Kristallkugel, spielte Musik auf seinem grasgrünen Bandoneon, zauberte große Seifenblasen, dazu ein bisschen Akrobatik, Stelzen hatte er auch. Im Grunde konnte er alles, was sich auf der Straße machen ließ, Klassisches, aber auch Ungewöhnliches. Hauptsache, ein wenig Poesie war dabei. Stoff zum Lachen und Träumen. Er machte das lange genug und hatte alles, was man wissen musste, von Grund auf gelernt. Vom besten Lehrer, den man sich vorstellen konnte. An den alten Marcello zu denken versetzte ihm einen Stich. Seit einem halben Jahr hatte er ihn nicht mehr gesehen.

Nicolas stand auf und ging ein paar Schritte auf der Terrasse hin und her, nervös wie das Tier im Käfig, als das er sich fühlte.

Vor einem halben Jahr, am dreizehnten November, war seine Welt aus den Fugen geraten. Und nicht nur seine Welt. Es war bereits vermessen, so zu denken, war er doch nur Randfigur des Geschehens gewesen, hatte die Schüsse mehr gehört als gesehen, die Attentäter kaum wahrgenommen in der allgemeinen Panik, die geherrscht hatte. Doch das war zugleich das Problem. Für diejenigen, die es direkt getroffen hatte, waren die Folgen klar: Verlust, Leid, Tod, Auslöschung. Sinnlos. Endgültig. Das allein verbot es den anderen, den Randfiguren, denjenigen, die weiterleben durften, die niemanden verloren hatten, zu leiden. Ja, sogar darüber sprechen war nicht möglich. Zumindest nicht für ihn. Er hatte bisher mit niemandem darüber gesprochen. Mit keiner Silbe. Doch langsam drohte er, daran zu ersticken. Buchstäblich blieb ihm hin und wieder die Luft weg. Auf großen Plätzen, wenn er laute Stimmen hörte, ohne die Urheber zu erkennen, bei unerwarteten Geräuschen. Dann schnürte sich ihm die Kehle zu. Es war keine Panik, nicht so, wie man es sich vorstellte. Sein Herz klopfte nicht stärker als sonst, ihm brach nicht der Schweiß aus. Nein, er wurde stumm. Leise und kaum merklich entwich die Luft aus seinen Lungen, so als ob es irgendwo in ihm eine undichte Stelle gäbe wie in einem Schlauchboot, einer Luftmatratze, und der nächste Atemzug schien unerreichbar weit entfernt. Es bedurfte jedes Mal einer heroischen Anstrengung, wieder Luft zu holen. Und es war nicht nur das Luftholen. Es ging um mehr. Er hatte Angst, ihm könnte irgendwann die Kraft ausgehen weiterzuleben.

Nicolas trank seine Bierflasche aus. Inzwischen war es fast dunkel geworden. Von irgendwoher drang leise Jazzmusik. Er kannte den Song. Nina Simone, *I Put A Spell On You*. Woher kam das? Es klang sehr nah. Erst jetzt bemerkte er den Lichtschein, der von der benachbarten Terrasse herüberdrang. Es war eine Kerze oder etwas Ähnliches, das Licht bewegte sich. Nicolas runzelte die Stirn. Die Terrasse, die noch kleiner als seine eigene war, gehörte zum Atelier von Hugo Bonnet, Isabelles verstorbenem Mann. Er war seit vielen Jahren tot, und seit Nicolas hier wohnte, stand das Atelier leer. Doch das Licht und die Musik kamen von dort, es war kein Irrtum möglich. Er konnte nicht hinübersehen, eine wild wuchernde Kletterranke verbarg die Terrasse fast vollkommen.

»Hey!« Nicolas stellte sein Bier ab. »Hey, da drüben! Nina Simone!«

Die Musik verstummte, das Terrassenlicht flammte hell auf, und zwischen den Kletterranken erschien ein Kopf. »Wer ist da?«

Haare in der Farbe von Butterkaramell, eine zu große schwarze Brille, ein geblümtes Kleid … ihm fiel vor Überraschung die Bierflasche aus der Hand.

Louise blinzelte in die Dunkelheit hinaus. Sie glaubte, einen Mann auf der Terrasse nebenan stehen zu sehen. Doch das Licht war diffus, und er bewegte sich nicht, es konnte also auch nur ein Schatten sein. Aber es hatte jemand gerufen, ganz sicher. Von dort drüben. Es musste die Terrasse ihres Nachbarn sein. Wie hieß der noch? Jaurès. Etwas klirrte, ein Glas, eine Flasche, die am Boden zerschellte.

»Monsieur Jaurès?«

Der Schatten machte eine hastige Bewegung. Louise erkannte nun, dass es tatsächlich ein Mann war, doch dann, im nächsten Moment, war er verschwunden.

Während Louise noch darüber nachgrübelte, warum ihr Nachbar sich so merkwürdig verhielt, hatte Nicolas seine Wohnung bereits verlassen. Raschen Schrittes ging er die Rue d'Estelle entlang und dann weiter in Richtung Metrostation Bastille. Er hatte beschlossen, diese unerklärliche zweite Begegnung mit dieser Frau als ein Zeichen zu nehmen. Eine Aufforderung, das zu tun, was längst überfällig war: Er würde Marcello besuchen.

11

Nicolas fuhr mit der Metrolinie 8 bis zur Station Filles du Calvaire und machte sich dann auf den Weg zur kleinen Rue de Malte, direkt hinter dem Winterzirkus. Der Cirque d'Hiver war eines der ältesten Zirkusgebäude der Welt, und es war fast eine Ironie, dass Marcello jetzt, da er ein Alter erreicht hatte, wo das ständige Unterwegssein allzu beschwerlich geworden war, nur einen Steinwurf davon entfernt seine erste feste Wohnung seit Jahrzehnten hatte. Oder vielleicht war es auch Absicht gewesen. Er hatte fast sein ganzes Leben im Zirkus verbracht. In Nicolas' Augen war er der beste Clown von allen. Und er hatte ihm alles beigebracht, was er konnte. Alles, was er war. Marcello stammte ursprünglich aus Sizilien, aber wie Nicolas auch, hatte er einst als junger Mann sein altes Leben hinter sich gelassen und den Zirkus zu seiner Heimat gemacht. Das war nichts Ungewöhnliches. Der Zirkus war immer auch ein Schmelztiegel gewesen, eine Art Fremdenlegion für Flüchtende, für Träumer und Streuner und für solche, die aus irgendwelchen Gründen mit der Welt der Sesshaften, der Berufstätigen, der Beständigen nicht zurechtkamen. Die einmal zu oft gescheitert waren oder es nie versucht hatten. Nicolas wusste nicht, warum Marcello zum Zirkus gegangen war, sie hatten nie darüber gesprochen. Es hätte bedeutet, dass auch Nicolas etwas hätte preisgeben müssen, und das vermied er.

Er war sechzehn Jahre alt, als der Cirque de Loulou in Saint-Malo Station machte. In jenem schicksalhaften Sommer, der sein bisheriges Leben mit einem einzigen Schlag beendete. Nicht dass es ein Leben gewesen wäre, das sich gelohnt hätte weiterzuleben. Aber trotzdem. Er war erst sechzehn gewesen. Seine Mutter hatte ihn rausgeworfen, wieder einmal, mit einer Ohrfeige, die sein Trommelfell hatte platzen lassen. Ihr neuer Liebhaber stand in der Küche, spuckte in die Spüle und glotzte ihn mit leeren Augen an, die Hände drohend zu Fäusten geballt. Nicolas ging in das Zimmer, das er mit seiner kleinen Schwester Julie teilte, und packte seinen Rucksack, einen stechenden Schmerz im linken Ohr und mit dem Gefühl, dass dieser Schlag eine Tür in ihm geöffnet hatte. Fast genoss er den Schmerz, das hohle Gefühl, das dünne Rinnsal Blut, das aus dem Ohr tropfte und sein T-Shirt beschmutzte, die Taubheit, die ihm das Gefühl gab, leichter zu sein, als er war, irgendwie über den Dingen zu schweben. Es passierte nicht ihm, es ging ihn nichts an. T-Shirts, Socken, Unterhosen, eine zweite Jeans, ein bisschen erspartes Geld, kaum der Rede wert. Seine Schwester saß auf ihrem Bett, einen zerfransten Teddy im Arm, den Mund verschmiert von Nutella, und sah ihm schweigend dabei zu, wie er sich anschickte, ihrer, seiner bisherigen Welt den Rücken zu kehren.

An diesem Abend begegnete er Marcello. Er stand vor seinem Wohnwagen am Zirkus und rauchte, und als er Nicolas bemerkte, bot er ihm eine Zigarette an. Ein großer, kräftiger Mann mit zerfurchtem Gesicht. Er sah das Blut an Nicolas' Ohr und gab ihm ein Taschentuch. Ohne zu fragen. Diese kleine Geste trieb Nicolas Tränen in die Augen, die er vergeblich hinter dem Zigarettenrauch zu verstecken versuchte. Marcello nahm ihn mit. Und Nicolas war seitdem nie wieder in Saint-Malo gewesen.

Es war ein langer und mitunter harter Weg, der den mageren, zornigen Jungen mit den schwarzen Haaren und den zu großen Ohren, den seine Mitschüler früher Gargoyle nannten – nach der Abbildung auf einer Postkarte, die einer von ihnen aus Paris bekommen hatte und die die Galerie der Chimären von Notre-Dame zeigte –, in die Rue d'Estelle geführt hatte. Er soll hier nicht nachgezeichnet werden. Die Leben, die er hinter sich ließ, sollen in der Geschichte, die hier erzählt wird, keine Rolle spielen. Das Gepäck wird zu schwer, wenn es einem nicht gelingt, das eine oder andere Stück auf seinem Weg zurückzulassen. Welchen Ausgang eine Geschichte nimmt, liegt an den Begegnungen, die erst noch passieren, an den Richtungen, die neu eingeschlagen werden, nicht an den begangenen Wegen, die man hinter sich herzieht, wie ein deutscher Dichter in schwermütiger Stimmung einst schrieb.

Bleiben wir also dabei: Ein geplatztes Trommelfell, der Schmerz, der eine Tür öffnet, ein Sizilianer, der es sich zum Beruf gemacht hat, Menschen zum Lachen zu bringen, eine Zigarette und ein Taschentuch zur rechten Zeit. Diese Dinge brachten einen jungen Mann auf verschlungenen Pfaden von der Bretagne nach Paris, wo er – und das soll nicht vergessen werden – auf sechsundvierzig Metern Höhe seinem Alter Ego aus der Schulzeit begegnete, dem Gargoyle, der ihm einst seinen Spitznamen verpasst hatte. Man kann sich fragen, ob Nicolas Jaurès' einzige Verbindung zur Heimat ein steinerner Wasserspeier ist, mit dem er einst verspottet wurde. Bliebe noch die Sehnsucht hinzuzufügen. Die Sehnsucht nach dem Meer, die Nicolas nie loswurde, auch wenn er nie das Bedürfnis gehabt hatte, wie sein Vater Fischer zu werden. Was am Vater und nicht am Meer lag, an dessen Zorn, daran, dass seine einzige Beständigkeit die Unberechenbarkeit war, monatelanges Verschwinden und plötzliches Wiederauftauchen, Schläge und dann wieder stille, friedliche Spaziergänge entlang der steinernen Stadtmauer der Altstadt von Saint-Malo, um Möwen im Flug zu füttern. Es war die Erinnerung an seinen Vater, die Nicolas mit dem Meer verband, mit Ebbe und Flut, mit Gefahr und Schönheit. Deswegen hatte er dem Meer nie zu nahe kommen wollen. Doch die Sehnsucht war geblieben.

Nachdem er zunächst vergeblich an Marcellos Wohnungstür geklopft hatte, machte sich Nicolas auf den Weg zu dessen Stammkneipe, einem schmalen Schlauch, eingezwängt zwischen einem Imbiss und einem Handyladen, dem *Là-Bas*. Vornehmlich alte Männer saßen dort vor ihren Gläsern, einige spielten Schach oder Karten.

Marcello saß an der Bar, vor sich ein Glas Weißwein, und tat nichts. Neben ihm hockte, zusammengesunken wie ein Bündel alter Kleider, ein spindeldürres Männlein, das selbstversunken gestikulierte. Nicolas kannte ihn. Silvain, ein Korse, eine Art Mädchen für alles in ihrem Zirkus, war zusammen mit Marcello in Rente gegangen. Er war nicht ganz richtig im Kopf, seit ihn als junger Bursche ein Pferd getreten hatte, und brabbelte den lieben langen Tag vor sich hin. Niemand machte sich die Mühe, ihm zu antworten, er erwartete es auch nicht, schien zufrieden damit, seinen zwischen katholischen Liturgien und italienischer Literatur changierenden Sermon loszuwerden, der in einem abenteuerlichen Gemisch aus Korsisch, Italienisch und Latein aus ihm heraussprudelte wie Wasser aus einem Leck in der Leitung.

»Salut.« Nicolas trat an die Bar und nickte den beiden zu.

Marcello zog die Brauen hoch und sagte, zu Silvain gewandt: »Sieh mal einer an, der Kleine schaut doch tatsächlich wieder einmal bei uns vorbei …«

»*Nel mezzo del cammin di nostra vita mi ritrovai per una selva oscura ché la diritta via era smarrita …*«*, kommentierte Silvain und lächelte Nicolas zu.

»Wie geht's?« Nicolas holte sich einen Barhocker.

Marcello musterte ihn schweigend. Sein Gesicht war mit den Jahren noch zerfurchter geworden, das Leben,

* Übersetzung der Zitate aus dem Italienischen siehe S. 287

seine Fluchten und die Schminke, die er jahrzehntelang getragen hatte, hatten Spuren hinterlassen. Es sah aus wie eine seltsame Landschaft aus zerklüfteten Felsen, Schluchten und Bombenkratern. Ungewöhnlich helle, blaue Augen blitzten wach und schlau daraus hervor.

»Offenbar besser als dir, so wie du aussiehst, Kleiner«, sagte er, und seine vertraute, knarzende Stimme, die für gewöhnlich klang wie eine rostige Türangel, sich aber bei seinen Auftritten in schwindelnde Höhen emporschwingen konnte, rührten Nicolas so sehr, dass ihm für einen Moment die Worte fehlten. Wie hatte er mit diesem Besuch nur so lange warten können?

»*Ah! Quanto a dir qual era è cosa dura, esta selva selvaggia e aspra e forte, che nel pensier rinova la paura!*«, fügte Silvain freundlich hinzu, und Nicolas entkam für einen Moment der Notwendigkeit, das zu kommentieren, was Marcello sofort gesehen hatte: Es ging ihm nicht gut. Ganz und gar nicht.

»Was ist heute dran?«, fragte er stattdessen und knuffte Silvain freundschaftlich gegen den dürren Oberarm.

»Dante. Inferno, was sonst?«, antwortete Marcello für Silvain, und seine zerfurchten Züge verzogen sich zu einem Lächeln. »Und dazu wie üblich ein bisschen *mea culpa …*«

Nicolas nickte. Das entsprach durchaus seiner eigenen Verfassung. In welchem Kreis der Hölle mochte er selbst sich wohl gerade befinden? Die Göttliche Komödie – in einem altertümlichen Italienisch verfasst – trug Silvain immer mit sich herum. Kein Mensch wusste, woher er sie hatte, sie war bereits zerfleddert und der Umschlag braun von Schmutz. Er, der kaum lesen und schreiben konnte, hatte dieses Buch in den Jahren nahezu auswendig gelernt und war sämtlichen seiner Kollegen, die mit Literatur in der Regel eher wenig zu tun hatten, damit auf die Nerven gegangen. Nicolas hatte ihm einmal vor Jahren sogar ein anderes Buch geschenkt – einen Roman, den er gerade gelesen hatte –, in dem Versuch, Silvains Interesse von Hölle und Verdammnis abzulenken, doch Silvain hatte nicht einmal einen Blick hineingeworfen, sondern das Buch stattdessen als Unterlage für eine grell bemalte Marienfigur aus Gips benutzt. Es schien, als genüge es ihm, ein einziges Buch in seinem Leben gelesen zu haben. Wobei man die Obsession, mit der er dies tat, nicht wirklich Lesen nennen konnte. Er verschlang die einzelnen Wörter geradezu, kaute darauf herum, verleibte sie sich ein wie Hostien in der Messe, um sie dann bei passender und unpassender Gelegenheit wieder auszuspucken.

Nicolas bestellte sich ein Bier und setzte sich neben Marcello.

»Warst lange nicht mehr da«, begann Marcello das Gespräch, doch Nicolas antwortete nicht gleich. Die Worte blieben zwischen ihnen hängen wie vergessene Wäsche auf der Leine.

Neben ihnen brabbelte Silvain unverdrossen auf Italienisch weiter: »*Tanto è amara che poco è più morte …*«

Nach einer Weile sagte Nicolas: »Es ist etwas passiert…«

»*… ma per trattar del ben …*«

»in der Stadt…«

»… *ch'io vi trovai* …«

»letzten Herbst…« Nicolas machte eine hilflose Handbewegung.

»… *dirò dell'altre cose, ch'io v'ho scorte* …«

»Halt mal einen Moment deinen Rand!«, fuhr Marcello Silvain an, und dieser klappte erschrocken den Mund zu.

»Die Attentate. Ich war ganz in der Nähe…« Nicolas klammerte sich an sein Bierglas, bis die Fingerknöchel weiß wurden, und schloss die Augen in einem vergeblichen Versuch, die Bilder zu vertreiben, die ihn seitdem heimsuchten. »Ich bin eingebrochen, Marcello«, sagte er leise. »Das Eis trägt mich nicht mehr. Ich versinke.«

Es war im Elsass gewesen. In der Nähe von Colmar hatte der Zirkus sein jährliches Winterquartier bezogen, und sie hatten sich darauf eingerichtet, dort bis zum Frühjahr zu bleiben. An einem klirrend kalten Sonntagmorgen hatte Marcello ihn geweckt, zwei paar Schlittschuhe in der Hand, und ihm vorgeschlagen, eislaufen zu gehen. Nicolas konnte nicht eislaufen, er hätte nicht zu sagen gewusst, ob es in Saint-Malo überhaupt Gelegenheit dazu gegeben hat. Seine Eltern jedenfalls wären nie auf die Idee gekommen, etwas Derartiges mit ihm zu unternehmen. Später hatte er Eislaufplätze gesehen, meist in größeren Städten, oder Stadien, doch Marcello wollte etwas anderes. Er wollte an einen zugefrorenen See, den er von früher kannte. Als sie sich aufmachten, ging gerade die Sonne auf. Es hatte noch kaum geschneit in diesem Jahr, und die Wohnwägen waren mit glitzerndem Raureif überzogen. Sie gingen ungefähr eine halbe Stunde, an brach liegenden Feldern entlang, deren bucklige Ränder von Stauden gesäumt wurden, vorbei an den schlafenden Weinbergen, deren gestutzte Reben so kahl und dürr wirkten, als hätten sie für immer vergessen, wie sich Sommer anfühlt. Umgeben von einem Wäldchen, aus dem verschreckte Vögel aufflatterten, als sie mit knirschenden Schritten hindurchstapften, lag ein zugefrorener Weiher. Die Sonne leckte bereits an einer Uferseite und ließ das Eis verführerisch glitzern. Nicolas, damals ein schlaksiger, noch immer viel zu magerer Achtzehnjähriger, zögerte, als Marcello seine Schlittschuhe anzog und ihn mit einer knappen Geste aufforderte, es ihm nachzutun. Er konnte sich nicht vorstellen, auf diesen erschreckend schmalen Kufen, ohne Geländer und ohne irgendeinen Halt über einen zugefrorenen See zu fahren. Was, wenn das Eis nicht hielt? Wenn er einbrach?

»Du willst doch Artist sein?«, fragte Marcello und fuhr mit einem eleganten Schwung hinaus auf die glitzernde Fläche. »Dann musst du schwerelos werden.«

»Ich will kein Artist mehr sein!«, hatte Nicolas geantwortet und war dann, überrascht über seine eigenen Worte, verstummt. Was redete er denn da? Seit über einem Jahr war er nun bei der Truppe des Wanderzirkus, half, das nostalgische Zelt auf- und abzubauen, versorgte mit Silvain die drei Pferde und zwei Esel, ging Gassi mit Kiki, dem Lieblingspudel der Zirkusdirektorin, und bekam dafür hin und wieder Unterricht von den Artisten. Er hatte inzwischen Jonglieren und Trampolinspringen gelernt, beherrschte Sprünge mit dem Schleuderbrett, konnte Flickflack und Handstand einigermaßen mühelos. Jede Bewegung, jeder Handgriff, den er dabei lernte, bereitete ihm immense Freude und entfernte ihn einen Schritt weiter von der dumpfen, gewaltgetränkten Tristesse seiner Kindheit. Es war wie eine nie enden wollende Entdeckungsreise zurück zu sich selbst.

»Ach, nicht?« Marcello fuhr rückwärts einen Kreis. »Was willst du dann, Kleiner?«

Nicolas wusste seit einiger Zeit, was er wollte. Genauer gesagt wusste er es, seit er Marcello in der Manege gesehen hatte.

»Ich will Clown werden«, flüsterte Nicolas.

»Wie? Ich verstehe dich nicht.«

»ICH WILL CLOWN WERDEN!«, brüllte Nicolas, und es hallte weit über den See. Erneut flatterten Vögel auf. Nicolas sah ihnen nach, wie sie sich, schwarz wie Scherenschnitte gegen die Sonne, in den gläsern blauen Himmel erhoben und schließlich hinter den Bäumen verschwanden.

»Sag ich doch!« Marcello war zurückgekommen und stand jetzt vor ihm. »Der Clown ist der größte Artist von allen. Für ihn gibt es weder Netz noch Sicherungsseil. Um die Leute zum Lachen zu bringen, hast du nichts als deinen Glauben an dich selbst, Kleiner.« Marcello hüpfte ein wenig auf und ab, und das Eis knackte. Am Rand schwappte dunkles Wasser ans Ufer.

Nicolas, der gerade einen ersten, zaghaften Schritt auf die glatte Fläche gewagt hatte, stolperte hastig auf sicheren Grund zurück und fiel prompt auf sein Hinterteil. »Spinnst du? Willst du uns umbringen?«, schrie er wütend.

Marcello lachte. »Keine Sorge, das Eis ist dick genug. Aber du musst daran glauben. Sonst wirst du nie ein Clown werden.«

An diesem Tag lernte Nicolas eislaufen. Und vieles mehr. Marcello nahm ihn von da an auch in der Manege unter seine Fittiche und lehrte ihn alles, was er selbst wusste. Nicolas begriff, wie viel Sorgfalt in der Vorbereitung einer Clownnummer steckte, wie viel Übung, bis sie wirklich saß. Er lernte, seine Bewegungen genauestens zu kontrollieren, seinen Gesichtsausdruck, die Art zu stolpern und zu fallen, er lernte seine Stimme zu verändern, zu singen und Akkordeon zu spielen. Und nach einer Weile durfte er als Assistent zusammen mit Marcello auftreten. Das Wichtigste jedoch lernte er an jenem Morgen am See, als er zum ersten Mal auf Schlittschuhen stand und unsicher schwankend auf das Eis hinausstolperte: Er lernte, die inneren Geländer loszulassen und ohne Halt durchs Leben zu gleiten, nur im Vertrauen darauf, dass es ihn trug.

12

Die orthopädische Fachpraxis von Dr. Arnault lag in der Rue Vaugirard im 6. Arrondissement und grenzte unmittelbar an den Jardin du Luxembourg. In dem eleganten, in kühlen Grautönen gestrichenen Wartezimmer wartete nur noch eine einzige Patientin. Camille konnte vom Wartezimmer aus den hohen Zaun mit den goldenen Spitzen sehen, der den Park umgab. Dahinter breiteten sich die gepflegten Rasenflächen mit den Blumenrabatten bis zum Palais Luxembourg aus. Ihr fiel auf, dass sie seit Jahren nicht mehr dort gewesen war. Irgendwann war dieser Ort aus ihrem Blickfeld entschwunden so wie viele andere Dinge auch. Wann hatte sie zuletzt im Bois de Boulougne ein Picknick gemacht? Wann zuletzt mit Freundinnen am Boulevard Haussmann eingekauft, in Saint-Germain Kaffee getrunken, an den Ständen der Bouquinisten entlang der Seine ein Buch gekauft? Und war sie eigentlich jemals … Ihre Gedanken stockten. Ihr war etwas eingefallen, das sie völlig vergessen hatte.

Als es sicher war, dass sie – mit gerade mal elf Jahren – in der Pariser Ballettschule aufgenommen werden und die nächsten Jahre in Paris im Internat verbringen würde, hatte sie sich in manch bangen Nächten, in denen die

Angst über die Vorfreude und den Stolz triumphierte, damit getröstet, dass sie jeden Tag mit dem Riesenrad fahren könne, das auf der Place de la Concorde stand. Als sie mit ihren Eltern zu der Aufnahmeprüfung nach Paris gekommen war, waren sie mit diesem Riesenrad gefahren, am Tag nach der Prüfung. Es war kurz vor Weihnachten gewesen, ein kalter, grauer Tag. Ganz oben, am höchsten Punkt, war damals ihre Gondel plötzlich stehen geblieben. Ein unvermitteltes, überraschendes Innehalten. Keine Bewegung war mehr zu spüren, nur das lautlose, ganz sachte Schaukeln der Gondel. Camille erinnerte sich an den unbegrenzten Blick über die Stadt und den kalten Atem, der in weißen Wölkchen aus ihrem Mund strömte. Sie hatte keine Angst gehabt, hatte nur ein Kribbeln in der Magengegend verspürt und sich dann vorsichtig nach vorn gebeugt, um nach unten zu sehen. Die Menschen gingen zwischen den bauklötzchenartigen, bunt beleuchteten Buden des Weihnachtsmarkts hin und her, winzig, unendlich weit entfernt, unwichtig. Sie war sich vorgekommen wie ein Vogel, leicht und frei, der auf einem Kirchturm sitzt und nur die Flügel ausbreiten muss, um davonzufliegen. Dieses Gefühl hatte sie über ihre Angst, fortan allein in Paris im Ballettinternat leben zu müssen, hinweggetröstet, und immer wenn sie sich einsam fühlte – und das war in der ersten Zeit sehr oft gewesen –, hatte sie es hervorgeholt. Doch tatsächlich noch einmal mit dem Riesenrad gefahren war sie nicht. Kein einziges Mal. Die Schule, die in Nanterre, außerhalb der Stadt, lag, das ständige Lernen und vor allem das Tanzen nahmen sie völlig in Beschlag. Zwischen Unterrichts- und Übungsräumen, dem Speisesaal und ihrem kleinen Zimmer, das sie sich mit einer anderen Schülerin teilte, gab es keine Freiräume, in denen man sich um Riesenräder und Vögel auf Kirchturmspitzen kümmern konnte. Irgendwann vergaß sie schließlich das Versprechen, das sie sich selbst einst gegeben hatte. Wie man solche Kindergedanken eben vergisst. Sie verblassen wie alte Fotos, und irgendwann weiß man nicht einmal mehr den Ort, wo das Foto gemacht worden war, und auch nicht die Namen der Personen auf dem Bild. Es waren Fremde geworden. Camille verschränkte ihre Hände ineinander. Ihre Finger waren eiskalt. Ihr erwachsenes Leben hatte ihr ebenfalls nicht viel Zeit für Zerstreuungen gelassen. Es spielte sich zwischen der Rue d'Estelle und der Oper ab. Training an der Stange, Adage-Training, Choreographie, Proben, Aufführungen, Premierenfeiern, Essen, Schlafen, wieder Training … Und in den letzten Wochen war das Wichtigste weggefallen. Das, wofür sie lebte, mit jedem Atemzug: Auftrittsverbot, Trainingsverbot. Unbedingte Schonung. Die Wohnung in der Rue d'Estelle hatte sich um sie geschlossen wie die Dornenhecke um Dornröschen. Sie hätte die Zeit nutzen können, um spazieren zu gehen, sich Museen anzusehen, ja … um Riesenrad zu fahren. Stattdessen war sie in eine Art Lähmung verfallen, hatte ihre Tage in einer Warteschleife zugebracht, die leeren, untätigen Stunden zwischen ihren Fingern zerrinnen lassen. Jetzt war es zu spät. Zu spät für ihr Bedauern. Das Training würde wieder beginnen und ihr keine Zeit mehr für andere Dinge lassen. Sie würde in der nächsten Saison die Giselle tanzen. Eine Rolle, auf die sie insgeheim hin fieberte, seit sie das Stück in Paris zum ersten Mal gesehen hatte. Und vielleicht, vielleicht war die Giselle ihre Chance, zum Étoile ernannt zu werden. Sterne, so wurden die ersten Solotänzer der Pariser Oper genannt. Und als solche wurden sie verehrt und bewundert. Nein, sie wurden geliebt. Die Stadt war verrückt nach ihrem Ballettkorps. Sie hatte es gespürt, bei ihrem ersten Défilé, gleich nachdem sie in der Schule aufgenommen worden war. Sie hatte damals den Reigen der kleinen Ballettratten anführen dürfen, eine ganz besondere Ehre. Noch heute erinnerte sie sich an den Schauder, der sie erfasste, als die ersten Takte von Berlioz' Marché erklangen und sie, zitternd vor Aufregung, als Erste auf die Bühne trat. Ihre Haare waren so fest zurückgezurrt, dass sie kaum die Lider schließen konnte. Doch das war gleichgültig. Sie spürte es nicht. Vergessen waren auch die endlosen Proben unter dem strengen Blick von Madame Picoult, die wunden Füße, die Erschöpfung am Abend, als noch Hausaufgaben zu machen waren. Es gab nur noch die Bühne, das Licht, die Musik. Sie spürte nichts sonst. Jeder Schritt war ein Schritt in den Himmel, und sie musste sich nicht anstrengen, um zu lächeln, sie strahlte ganz von selbst, ihr ganzer Körper strahlte vor Glück.

»Ihr sollt leuchten wie die Sterne am Himmel, ihr seid die *graines d'étoiles*, die Saatkörner zukünftiger Sterne, vergesst das nicht!«, hatte ihnen Monsieur Scott, ihr Lehrer für tänzerischen Ausdruck, immer und immer wieder eingeschärft. Richtig, *graines d'étoiles* hatte man sie damals genannt …

Camille wandte den Blick vom Fenster ab. Es war bereits später Nachmittag, und die Sonne warf lange Schatten. Sie war die letzte Patientin von Dr. Arnault. Morgen würde das Training wieder beginnen. Das richtige Training, nicht die lächerlich vorsichtigen Dehnungsübungen an der Stange, die man ihr erlaubt hatte und die nur dazu dienten, nicht völlig einzurosten. Sie kam sich ohnehin schon eingerostet vor, wenn sie im Übungsraum ihre Beine lediglich ein bisschen nach vorn und hinten streckte wie eine Schülerin der ersten Klasse, während ihre Kolleginnen um sie herum Spitzentanz und Pirouetten übten.

»Mademoiselle St. Pierre?«

Camille schreckte aus ihren Gedanken auf. Sie hatte nicht bemerkt, dass die Arzthelferin hereingekommen war.

»Dr. Arnault wäre jetzt so weit.«

Als Camille aufstand und der jungen Frau folgte, die in etwa so alt war wie sie, ergriff sie plötzlich ein leichter Schwindel. Keiner von der Art, der einen tatsächlich schwanken ließ, eher eine Art Benommenheit. Ihr Kopf fühlte sich merkwürdig an, so als habe er sich vom übrigen Körper gelöst, als schwebe er frei im Raum. Ihre Beine, die Füße, der spiegelnde Kunststoffboden schienen unerreichbar weit entfernt. Ihr Herz begann, schneller zu schlagen. Sie spürte das Pulsieren des Blutes in der Halsschlagader, es rauschte in den Ohren, und die Schritte der Arzthelferin klangen wie aus der Ferne zu ihr.

Eine Tür öffnete sich, es war die vertraute Tür zum Behandlungszimmer von Dr. Arnault, und Camille riss sich zusammen. Sie zwang sich, ruhiger zu atmen, und reichte dem beleibten Mann mit der Stirnglatze und den buschigen Augenbrauen die Hand. Es gelang ihr, das beunruhigende Gefühl der Unwirklichkeit, das sie erfasst hatte, zu bannen. Dr. Arnault bat sie, sich zu setzen, bevor er die Röntgenunterlagen und die Ergebnisse der Kernspintomografie zur Hand nahm.

Camille bemühte sich, genau zuzuhören, während Dr. Arnault etwas umständlich, wie es seine Art war, über die Ergebnisse der aktuellen Untersuchung referierte. Doch es war seltsam. Obwohl sie sich so konzentrierte, gelang es ihr nicht, aufzunehmen, was sie hörte. Dr. Arnault sprach von der Fraktur des fünften Mittelfußknochens und benutzte die Bezeichnung *Ermüdungsbruch des Os metatarsale.* Diesen Ausdruck kannte sie schon, deswegen war sie hier. Außerdem reihte er eine Menge Fachbegriffe aneinander, mit denen sie nichts anfangen konnte. In ihren Ohren begann es wieder zu rauschen, Dr. Arnaults Stimme wurde leiser und leiser, und irgendwann fragte sie sich, wann sie wohl aufstehen und gehen könne.

Als er endlich zu reden aufhörte, stellte sie die einzige Frage, die sie interessierte: »Wann kann ich wieder trainieren?«

Dr. Arnault stutzte. »Mademoiselle, haben Sie nicht zugehört?«

»Doch. Aber ich habe nicht alles verstanden«, gab Camille zu und lächelte entschuldigend. Sie machte eine schnelle, abschließende Bewegung mit den Händen. »Das passt schon alles, was Sie sagen, ich vertraue Ihnen voll und ganz, Monsieur Arnault. Es ist nur so, ich werde in der nächsten Saison die Giselle tanzen und …«

Dr. Arnault räusperte sich und nahm seine Brille ab. »Mademoiselle St. Pierre, ich sagte gerade, in der Kernspintomografie haben wir festgestellt, dass dieser Ermüdungsbruch nicht der erste seiner Art war. Hatten Sie früher beim Tanzen auch schon Schmerzen im rechten Fuß?«

Camille starrte ihn an. »Schmerzen? Im Fuß?«, wiederholte sie.

»Ja. Beim Absprung, zum Beispiel. Beim Landen. Beim Spitzentanz.« Dr. Arnault sprach jetzt ganz langsam mit ihr, so als ob ihr Problem nicht im fünften Mittelfußknochen, sondern irgendwo in ihrem Gehirn verortet sei. Er hob sogar seinen eigenen Fuß ein wenig hoch und deutete, sich mühsam über seinen Bauch beugend, auf die Stelle unterhalb des Spanns, so als ob sie nicht begriffen hätte, von welcher Stelle er sprach.

Camille konnte nicht anders, sie musste lachen. Wie konnte ein Arzt, der sich auf Sportverletzungen von Tänzern spezialisiert hatte, so einfältig sein? Sie konnte kaum mehr aufhören zu lachen. Sie lachte, bis ihr die Tränen kamen. »Dr. Arnault«, schniefte sie schließlich und wischte sich über die Augen, »professionelles Ballett geht nicht ohne Schmerzen. Das ist unser tägliches Brot. Fragen Sie mich lieber, ob mir meine Füße in den letzten zehn Jahren einmal nicht wehgetan haben.« Sie lachte wieder auf.

Dr. Arnault nickte, ohne auf ihr Lachen einzugehen. »Ich weiß. Und ich weiß auch, dass viele Tänzer deshalb die Warnsignale, die der Körper aussendet, gar nicht mehr wahrnehmen. Weil der Schmerz Alltag ist.«

»Warnsignale? Wovon sprechen Sie?« Camille runzelte die Stirn.

»Es gibt den, sagen wir – normalen – Belastungsschmerz, und es gibt den Überlastungsschmerz, der spätestens dann auftritt, wenn etwas kaputtgegangen ist.« Er zeigte ihr die Röntgenaufnahme ihres Fußes und deutete auf einen weißlichen Schemen. »Hier, an dieser Stelle, wo aktuell der Knochen gebrochen war, ist auch noch eine alte Bruchstelle, die nicht behandelt wurde, sodass sie sich chronisch entzündet hat. Dieser alte Bruch ist außerdem mit der Zeit unsauber verheilt, was wiederum den neuen Bruch begünstigt hat. Sie haben also an dieser Stelle so etwas wie eine Sollbruchstelle zurückbehalten, um es mal etwas salopp auszudrücken.« Er sah Camille ernst an, und sie meinte, so etwas wie Mitleid in seinen Augen zu erkennen.

»Sollbruchstelle?«, wiederholte sie, und ihre Stimme klang plötzlich ebenfalls brüchig. »Was heißt das?«

Dr. Arnault räusperte sich erneut und spreizte die Hände, nur um sie dann zu Fäusten zu ballen, die er so bedächtig auf den Tisch legte, als handle es sich um besondere Wertgegenstände. »Wenn Sie weiterhin professionell tanzen, Mademoiselle, ist es nur eine Frage der Zeit, bis die Stelle wieder bricht.« Er zuckte die Schultern und fügte leise hinzu: »Und wenn das passiert, dann …« Er schüttelte den Kopf und sprach nicht weiter.

»Dann was?«, wollte Camille wissen, und ihre Stimme klang zittrig.

»Dann ist Ihre Karriere vorbei. Spätestens dann.« Er räusperte sich und fügte hinzu: »Es tut mir leid, das sagen zu müssen, aber Sie bewegen sich auf sehr, sehr dünnem Eis, Mademoiselle.«

Als Camille auf die Straße trat, schien ihr die Stadt vollkommen verändert. Sie fühlte sich wie an einem unbekannten Ort. Die Sonne stand tief, und die hohen Häuser der Rue Vaugirard hoben sich unwirklich, ohne Tiefe, gegen den leuchtenden Himmel ab. Camille hatte einen Moment lang Schwierigkeiten, sich zurechtzufinden. Von wo war sie gekommen? Sie musste zur Metrostation Odéon, lag das links … oder …? Sie ging los, langsam und schwerfällig wie unter Wasser, vorbei am Jardin du Luxembourg, vorbei an der Église Saint-Sulpice, ignorierte die Metrostation Odéon, bog ab nach links hinunter zur Seine, lief am Ufer entlang bis zur Pont des Arts und überquerte dort den Fluss. Sie war schneller geworden, und als sie die Tuilerien erreichte, rannte sie fast, hastete mit offenem Mantel und gerötetem Gesicht die Wege entlang in Richtung Place de la Concorde. Plötzlich blieb sie abrupt stehen. Das Riesenrad, auf das sie, hastig, fast wie in Panik, die ganze Zeit zugesteuert war, war nicht mehr da.

Das konnte doch nicht sein? Hatte sie es nicht immer aus der Ferne gesehen? Sie schaute sich um, lief ein paar Schritte zurück, in der Hoffnung, sich getäuscht zu haben und das Riesenrad doch noch irgendwo zu entdecken. Was natürlich vergeblich war. Ein fünfundfünfzig Meter hohes Rad wäre schwerlich zu übersehen gewesen. Sie strich sich die Haare aus dem Gesicht, die sich aus dem Knoten gelöst hatten, ließ dann, wie tödlich erschöpft, die Arme schwer sinken. Ein wenig schwankend stand sie da, mitten auf dem sauber geharkten Weg, die Augen geschlossen. Und weinte.

Pirouettes

»Drehungen um die eigene Achse«

Begriff aus dem klassischen Ballett:
Schnelle Drehung auf einem Bein.
Man muss den Blick fest auf einen Punkt richten,
um nicht das Gleichgewicht zu verlieren.

13

Mit dem Beginn eines neuen Lebens kannte sich Louise Barclay zwar bestens aus, womit sie sich jedoch überhaupt nicht auskannte, das waren Träume. Genauer gesagt, Lebensträume. Manch einen mochte das verwundern, beginnt doch ein neues Leben meist mit einem lang gehegten Traum. Denkt man. Nicht so jedoch bei Louise. Diese Erkenntnis überkam sie ganz plötzlich am Abend, nachdem sie, aufgeschreckt von einem nicht zu ortenden Ruf und einer zerbrochenen Flasche, von der Terrasse zurück in ihre ihr noch ziemlich fremd erscheinende Wohnung gegangen war und die Tür fest verschlossen hatte. Ihr Blick traf auf das Zuckerthermometer, das, nicht minder fremd, rostig und aus einer anderen Zeit, auf dem Tisch lag, und ihr fiel wieder ein, was Monsieur Isaac dazu gesagt hatte: »Isabelle hat Ihnen ihren Traum überlassen.«

Ihre bisherigen – gescheiterten – Versuche, ein neues Leben zu beginnen, hatten mit lang gehegten, leidenschaftlich verfolgten Träumen nicht das Geringste zu tun gehabt. Und wenn sie so darüber nachdachte, musste sie sich ernüchtert eingestehen, dass ihr Leben überhaupt nicht viel Leidenschaftliches vorzuweisen hatte. Bereits ihre Kindheit war bemerkenswert unspektakulär gewesen. Einzelkind, Londoner Vorort. Vater Anwalt, Mutter Hausfrau. Freundschaften in der Nachbarschaft, die üblichen Zänkereien, Versöhnungen, Spiele im Hof, Eis vom Supermarkt, Geheimverstecke auf dem brach liegenden Grundstück neben dem Sportplatz. Später die klassischen Pubertätskonflikte mit ihren Eltern. Wütendes Türenschlagen, laute Musik, Hausarrest, Flucht aus dem Fenster. Hier und da ein Besäufnis auf einer Party, Knutschen auf der Parkbank, ein Joint, der nicht schmeckte, hin und wieder eine vage Sehnsucht nach etwas, ohne es jedoch benennen zu können. Als sie sechzehn Jahre alt war, ließen sich ihre Eltern scheiden, sie litt laut und heftig, voll heißem Zorn, doch nicht von langer Dauer. Zu dem Zeitpunkt hatte sie sich bereits von ihren Eltern entfernt. Freunde, Musik, Partys waren wichtiger geworden. Ihre Schulzeit: Mittelmaß. Nicht herausragend, aber auch nicht abgrundtief schlecht. Auf Anraten ihres Vaters, und weil sie keine bessere Idee hatte, begann sie nach dem Abitur, zunächst halbherzig, Jura zu studieren, hörte jedoch schon nach einem Semester wieder auf. Danach schrieb sie sich im Studienfach Kunstgeschichte ein und meldete sich zu einem Auslandssemester in Florenz an. Aus dem Semester wurde ein träges, tatenloses Jahr, in dem sie sich mit drei anderen Studenten aus den USA und England eine heruntergekommene Wohnung teilte und in dem sie nichts anderes tat, als den ganzen Tag durch die Stadt zu streunen und am Abend mit anderen am Flussufer zu sitzen und Wein zu trinken. Nach dem darauffolgenden, erwartungsgemäßen Versagen in den Prüfungen weigerte sich ihr Vater, noch einen einzigen Cent für ihre Ausbildung lockerzumachen. Und während ihre Mutter dies als willkommene Gelegenheit ansah, mit ihrem Exmann wieder einmal über Geld und den ganzen enervierenden Rest zu streiten, suchte sich Louise einen Job. Ihr war – unabhängig vom Urteil und Geld ihres Vaters – aufgegangen, dass eine akademische Laufbahn vielleicht nicht das Richtige für sie darstellte. Doch was war das Richtige? Das versuchte sie seitdem herauszufinden. Mit mäßigem Erfolg. Sie hatte Ausbildungen angefangen und abgebrochen, sich mit großer Begeisterung auf einige, von vorneherein zum Scheitern verurteilte Projekte von Freunden eingelassen, die danach nicht mehr ihre Freunde waren, hatte ihr Glück in der Natur versucht, ein halbes Jahr lang auf einer Schaffarm in Schottland sowie auf einem Umweltschiff vor der Küste der Hebriden gearbeitet und sich bemüht, in verschiedenen sozialen Engagements ihre wahre Berufung zu finden. Alles vergeblich. Nichts hatte sie viel länger als höchstens ein Jahr durchgehalten.

Sie begriff, dass es nichts anderes als der Akt des Anfangs selbst war, der sie faszinierte und sie dazu brachte, es immer wieder aufs Neue zu versuchen. Die Euphorie, die sie immer dann erfasste, wenn ihr die Gelegenheit geboten wurde, alles hinter sich zu lassen, alle Brücken hinter sich abzureißen und ganz neu zu beginnen, war unwiderstehlich. Leider hat es der Zustand der Euphorie generell an sich, nicht allzu lange anzudauern, sodass sie sich jedes Mal bereits nach kurzer Zeit, noch bevor sich die Langeweile der Routine, des faden Immergleichen, einstellen konnte, schon wieder auf der Suche nach etwas Neuem befand. Nichts übertraf diese Faszination, neu anzufangen, wie sie fand.

Nichts, außer – womöglich – die Verwirklichung eines Lebenstraums.

Dieser unerwartete, unerhörte Gedanke, der sogar geeignet schien, ihre aktuelle Anfangseuphorie ins Wanken zu bringen, hatte Louise über alle Maßen beunruhigt. Weil sie nämlich keinen Lebenstraum hatte. Weil sie gar nicht wusste, woher man so etwas bekam. Das Nachdenken über den Lebenstraum, den sie nicht hatte, bescherte ihr eine schlaflose Nacht. Und so stand sie ganz früh am Morgen, als es gerade hell wurde, auf und verließ Hugo Bonnets Atelier, das ihr keine Antwort auf ihre nächtlichen Fragen bot. Sie befürchtete plötzlich, ersticken zu müssen in diesem Raum, umgeben von Dingen, die voller Träume anderer Leute waren, die sie nicht einmal gekannt hatte. Zweifellos war es ein wunderbarer Lebenstraum, Kunstmaler wie ihr Onkel zu sein und in einem eigenen Atelier arbeiten zu können, und ganz offenbar war es für Tante Isabelle ein Traum gewesen, Bäckerin und Konditorin zu sein.

Aber was galt für sie?

Sie lief durch die schlafenden Straßen, in denen Läden und Cafés noch eine ganze Weile geschlossen sein würden, und gelangte schließlich an die Seine, genau dort, wo die Île Saint-Louis mit ihren prächtigen weißen Stadtpalästen, dem stillen, baumbestandenen Ufer und den idyllischen Winkeln dazwischen wie eine Verheißung des Traums von Paris im lichten Morgennebel trieb. Louise schloss die Augen und wandte sich ab. Sie wollte sich nicht entzücken lassen, noch nicht mal von dieser Stadt, die so viele vor ihr entzückt, hingerissen, rettungslos verzaubert hatte. Nicht jetzt, wo es galt, eine Antwort zu finden. Jetzt konnte sie diese Art von Begeisterung nicht gebrauchen. Schließlich fand sie sich auf einer Bank in jenem kleinen Park wieder, der die Rue d'Estelle begrenzte und in dem sie gestern schon gesessen und nachgedacht hatte. Die Tauben waren bereits erwacht, gurrten wie auch gestern freundlich unbeteiligt von ihren Ästen herab, die Statue in der Mitte des Rondells lächelte ihr kindlich steinernes Lächeln. Louise nahm das Thermometer aus ihrer Manteltasche und betrachtete es fast böse. Sie hatte einen Traum geschenkt bekommen. Es kam ihr jetzt geradezu wie Hohn vor, wie ein Bohren des Fingers in der Wunde ihres eigenen, traumlosen Lebens.

Als Nicolas den Park betrat, sah er die junge Frau mit dem herbstlaubfarbenen Haar schon von Weitem. Sie hatte ihre langen Haare zu einem Zopf geflochten, trug einen orangefarbenen Mantel mit Karomuster und saß auf einer Bank, den Blick auf etwas gesenkt, das sie in ihrer Hand hielt.

»Salut!« Er blieb vor ihr stehen, die Hände in den Taschen seiner Jeans versenkt.

Sie zuckte zusammen.

»Pardon, ich wollte Sie nicht erschrecken…« Er hob entschuldigend die Hände.

»Wer sind Sie?« Sie rückte ihre Brille zurecht und musterte ihn misstrauisch. »Kennen wir uns?«

»Ich glaube, ich bin Ihr Nachbar.«

»Monsieur Jaurès?«, fragte sie verblüfft.

»Ja…«

Sie lachte ein wenig.

»Warum lachen Sie?«

»Ich hatte Sie mir ganz anders vorgestellt.«

»So? Wie denn?«, fragte er neugierig.

Sie zögerte. »Älter… anders… eher so der Typ Filzpantoffeln und Strickpullunder…«

»Kreuzworträtsel und Häkeldeckchen auf dem Fernseher?«

»Genau! Vielleicht noch einen Kanarienvogel…«

Er nickte, scheinbar bedrückt. »Verstehe. Und jetzt sind Sie enttäuscht. Ich habe weder Kanarienvogel noch Filzpantoffeln.«

Sie zuckte die Schultern. »Ich kann damit umgehen. Enttäuschungen pflastern mein Leben.«

»Tatsächlich?« Nicolas zog die Brauen hoch. »So sehen Sie gar nicht aus.«

»Ach. Wie sehe ich denn aus?«

Nicolas zögerte. Er hatte etwas Witziges, etwas Charmantes sagen wollen, irgendeine schlagfertige Entgegnung, die ihr unterhaltsames Geplänkel fortsetzte, doch es schien ihm plötzlich nicht mehr passend. Etwas in der Frage der jungen Frau hatte zu ernst geklungen, um es einfach mit einem Scherz oder einem Kompliment abzutun. Daher sagte er das, was ihm als Erstes durch den Kopf gegangen war, als er sie auf der Parkbank hatte sitzen sehen, etwas verloren, den Blick auf das seltsame Ding gerichtet, das sie noch immer in der Hand hielt: »Sie sehen aus wie jemand, der auf der Suche nach etwas ist.«

Sie starrte ihn an, öffnete den Mund zu einer Entgegnung und schloss ihn dann wieder. Nicolas biss sich auf die Lippen. Er hatte wohl das Falsche gesagt. Doch da lachte sie schon wieder und hielt ihm das Ding in ihren Händen entgegen. Es war so etwas wie ein Thermometer. »Eigentlich muss ich gar nicht suchen. Man hat mir einen Traum geschenkt.«

»Oh. Wie großzügig.«

»Ja. Aber ich fürchte, es ist es nicht der meine.«

»Dann geben Sie ihn doch ab.«

»Abgeben?«

»Im Fundbüro.«

Sie lächelte. »Nehmen die auch Träume entgegen?«

»Natürlich. Es gibt eine ganze Abteilung dafür. Gleich neben den herrenlosen Ideen, den vergessenen Sehnsüchten und unerfüllbaren Wünschen. Sie können es nicht verfehlen.«

»Oh, danke. Waren Sie auch schon dort?«

»Andauernd!«

»Wieso das denn?«

»Ich finde ständig so Zeug. Nur mein Traum war noch nicht dabei. Ich muss weitersuchen.«

»Viel Glück!« Sie reichte ihm – noch immer lächelnd – die Hand. »Ich heiße übrigens Louise. Louise Barclay. Ich bin die Nichte von Isabelle Bonnet.«

Ihr Händedruck war warm und fest.

»Nicolas. Freut mich.«

Er wandte sich zum Gehen, doch dann blieb er noch einmal stehen. »Warte noch ein bisschen mit dem Fundbüro, Louise Barclay.«

»Warum?«

»Träume bekommt man nicht ohne Grund geschenkt.«

Darauf wusste Louise nichts zu erwidern. Sie sah ihrem neuen Nachbarn nach, wie er durch den Park davonschlenderte, die Hände wieder in den Hosentaschen vergraben. Er trug einen olivgrünen Parka und Turnschuhe, und seine Haare waren lockig, schwarz und ein klein wenig zu lang. Auch wenn sie ihn heute erst kennengelernt hatte, war er ihr rätselhaft bekannt vorgekommen. So, als wären sie sich schon einmal irgendwo begegnet.

Louise ging zurück in die Rue d'Estelle und sperrte Tante Isabelles Laden auf. Sie hatte noch nicht lange genug nachgedacht. Vor allem war sie noch zu keinem befriedigenden Ergebnis gekommen. Zu überhaupt keinem

Ergebnis, um genau zu sein. Mit langsamen Schritten durchmaß sie den Raum, der für eine Bäckerei recht geräumig war, und nahm die schützenden Leintücher von der langen Vitrine und der Theke. Die Wand dahinter war bedeckt mit den typischen, schrägen Holzregalen, in denen Baguettes und Brote ausgelegt werden konnten. Darunter gab es leere Weidenkörbe für kleineres Gebäck. Sie ging durch die Tür hinter der Theke und gelangte in die Backstube, die, wie Paulette schon erwähnt hatte, zwar klein und alt, aber gut und mit neuen Geräten ausgestattet war. Es gab einen großen Ofen, Backbleche ordentlich in einem Gestell gestapelt, eine überdimensionale Rührmaschine, eine rundumlaufende Arbeitsfläche, alles peinlich sauber. Dennoch meinte Louise, noch immer jenen vertrauten, heimeligen Geruch nach warmem Gebäck, Zuckerguss und Schokolade wahrzunehmen, der einen wie kein anderer in die Kindheit zurückversetzt und Bilder beschwört von heißer Schokolade an eisigen Wintertagen, Naschen aus der Teigschüssel, Weihnachtsplätzchen und Geburtstagskuchen. Louises Finger wanderten über die hohen Gestelle mit den Backblechen, glitten an den Edelstahlkanten der Arbeitsfläche entlang, betasteten die Ringformen, Spritztüten, Pralinengabeln, leere Mehleimer, Zuckersiebe. Es stand alles bereit. Schien auf jemanden zu warten. Auf sie?

Träume bekommt man nicht ohne Grund geschenkt, hatte ihr ungewöhnlicher Nachbar, der so witzig und nachdenklich gleichermaßen gewirkt hatte, zu ihr gesagt.

Aber auch wenn das ein schön klingender Satz war, so beantwortete er noch immer nicht die Frage, was sie damit anstellen sollte. Sie war keine Bäckerin. Keine Konditorin. Sie konnte sich nicht vorstellen, jeden Morgen zahllose Baguettes und Brötchen und Brotlaibe zu backen. Geschweige denn, dass sie keine Ahnung davon hatte, wie man so etwas machte. Sie hatte zwar eine Weile in einem Café gejobbt, aber dort hatte man die Kuchen geliefert bekommen... Sie verharrte mitten in der Bewegung. Nach einem Moment der völligen Bewegungslosigkeit, in der sie kaum zu atmen wagte, um den Gedanken, der ihr gerade gekommen war, nicht wieder zu vertreiben, machte sie auf dem Absatz kehrt und ging zurück in den Laden. Die Boulangerie Bonnet war zuletzt keine wirkliche Bäckerei mehr gewesen, hatte Paulette erzählt, sie hätten sie in eine Patisserie verwandelt, in der es statt Baguettes Feingebäck, Kuchen und Macarons zu kaufen gab. Was, wenn sie den Laden erneut verwandelte? In ein Café? Mit selbst gebackenen Kuchen, Scones, englischem Tee? Dazu französisches Gebäck... frisch gebrühten Kaffee... sie holte tief Luft... und Macarons wie die von Paulette. So etwas konnte man doch lernen. Sie würde es lernen.

Sie schloss die Augen und glaubte, bereits die Geräusche zu hören. Das leise Klirren der Tassen, gemütliches Gemurmel, sanfte Musik im Hintergrund, Jazz vielleicht oder französische Chansons... und dazu die Gerüche nach Kaffee und Tee, warmer Milch und Kuchen. Sie musste an sich halten, um keinen Luftsprung zu machen. Das klang zu wunderbar, und sie fragte sich, warum sie nicht sofort, auf der Stelle, gestern schon, auf die Idee gekommen war, als sie die Tür geöffnet und den Stuck und die Jugendstillampen gesehen hatte. Im Grunde war dieser Laden wie geschaffen für ein Café. Und konnte es nicht vielleicht sein, dass sie selbst, Louise Barclay aus East Horsewick, deren größtes Verdienst es bisher gewesen war, die Nummer eins im Gummistiefel-Weitwerfen zu sein, eigentlich schon immer dafür vorgesehen war, ein Café in Paris zu eröffnen? Träume bekommt man schließlich nicht geschenkt.

14

»Ein Café?« Paulettes Augenbrauen hoben sich bis fast unter ihren grauen, akkurat geschnittenen Pony.

Louise nickte. »Es wird wunderschön werden. Man muss gar nicht viel verändern, alles kann so bleiben, nur eine Kaffeemaschine braucht man natürlich, und Stühle und Tische und Geschirr und Besteck und so, aber das kann man ja auch vom Flohmarkt besorgen …«

»Flohmarkt?« Paulettes Brauen wanderten noch ein paar Millimeter höher.

»Ich habe sogar ein bisschen was gespart in der letzten Zeit, habe in einem dämlichen Callcenter gejobbt, das war zwar nervtötend, aber ganz gut bezahlt, außerdem habe ich vor der Abreise mein Auto verkauft … für eine Kaffeemaschine wird's schon reichen.« Louise grinste. »Und für Teewasser reicht zur Not ein Wasserkocher.«

»Hast du denn eine Ahnung davon, wie man ein Café führt?«, wollte Paulette wissen.

»Klar! Ich habe in London mal eines gehabt. Also, es hat nicht direkt mir gehört, aber ich war die Geschäftsführerin.« Diese Aussage war zwar gewaltig übertrieben, wenn nicht sogar gelogen, aber das konnte und wollte Louise in diesem Moment nicht so eng sehen. Sie musste Paulette unbedingt überzeugen. Sie wusste, ein Café war das Richtige. Für sie und für den Laden. Ohne jeden Zweifel.

Paulette machte es ihr leichter als erwartet. Sie schwieg einen Augenblick und sagte dann: »Warum eigentlich nicht? Versuch es.«

Als Louise gegangen war, warf Paulette einen Blick auf Isabelles Foto und hob entschuldigend die Hände. »Schau mich nicht so an. Ich habe ihr den Schlüssel gegeben, damit sie etwas daraus macht. Warum also kein Café?«

Mit Paulettes »Warum eigentlich nicht?« kam das Leben mit unerwarteter Heftigkeit zurück in die Rue d'Estelle Nr. 5, zumindest, was die Boulangerie Bonnet anbelangte. Fenster wurden geputzt, Böden wurden gewienert, Wände wurden gestrichen. Es kam Louise zugute, dass sie schon so viele Dinge ausprobiert hatte, sodass sie vieles konnte. Wenigstens ein bisschen. Sie baute aus Brettern, die sie in einer nahen Schreinerei zuschneiden ließ, Regale für das Geschirr und die Gläser, hängte die nicht mehr benötigten Weidenkörbe als Fächer für Deko und Blumen an die Wände, kaufte alte Bücher bei den Bouquinisten an der Seine, die sie in den Körben verteilte, mietete einen Lieferwagen und fuhr die Flohmärkte und Trödelläden der Stadt ab, um günstig Tische, Stühle und Geschirr zu erstehen. Irgendwann kam Paulette zu ihr, wie immer im dunkelblauen Kostüm und in hohen Schuhen, und brachte ihr einen großen schwarzen Koffer voll altem Silberbesteck.

»Damit du nicht auf die Idee kommst, das Besteck auch noch auf dem Flohmarkt zu kaufen.«

Louise, die genau das vorgehabt hatte, schwieg und besah sich ehrfürchtig die schön ziselierten Messer, Gabeln und Löffel. »Hoffentlich klaut man mir die nicht«, sagte sie.

Paulette zuckte gleichmütig die Schultern. »Das Besteck war für meine Aussteuer gedacht. Ich glaube nicht, dass ich es noch brauche.«

»Hast du nie geheiratet?«, wollte Louise wissen.

Paulette schüttelte den Kopf. »Ich war ein Mal verliebt. Unsterblich, wie man so schön sagt. Er hieß Raoul. Er hat mich auch geliebt. Aber leider nicht genug.«

»Was ist passiert?«

»Er wurde Priester.«

»Oh.«

»Von da an habe ich mir geschworen, an dieses schwache Geschlecht keine allzu tiefen Gefühle mehr zu verschwenden. Daran habe ich mich gehalten.« Sie lächelte etwas boshaft und fügte hinzu. »Meinen Spaß hatte ich trotzdem. Sicher mehr, als wenn ich geheiratet hätte.« Sie zündete sich eine Zigarette an und öffnete die Ladentür, um den Rauch hinauszulassen. »Was wirst du deinen Gästen anbieten?«, erkundigte sie sich dann.

»Na ja … Kaffee, Tee, Kuchen. Macarons …«

»Ach. Macarons auch?«

»Ja, ich dachte, du könntest …«

»Kommt gar nicht infrage«, entgegnete Paulette scharf, noch bevor Louise den Satz zu Ende bringen konnte.

»Aber …«, begann Louise erneut.

»Nein. Ich habe genug Zeit in dieser Backstube verbracht. Diese Tage sind vorbei.«

»Ich wollte doch nur, dass du mir zeigst, wie man sie macht.«

Paulette warf den Zigarettenstummel auf die Straße und schloss die Tür.

»An welche Kuchen hattest du denn gedacht?«, fragte sie, ohne auf die Macaron-Frage noch einmal einzugehen.

»Keine Ahnung, mal dies, mal das. Ich kann Muffins machen und Scones …«

Paulette schüttelte den Kopf. »So geht das nicht. Du brauchst einen Plan. Und du musst die Kuchen vorher ausprobieren.«

»Alle?«

»Nun, zumindest die, die du regelmäßig anbietest. Sie müssen von Anfang an gelingen, verstehst du? Du musst wissen, was für Zutaten du brauchst, wie hoch der Aufwand und die Kosten sind, du musst kalkulieren, um die Preise festlegen zu können.«

»Okay …«, erwiderte Louise gedehnt. So hatte sie die Sache noch nicht gesehen. Am liebsten hätte sie gleich morgen geöffnet und alles andere nach und nach einfach ausprobiert.

»Von dem Moment an, in dem die ersten Gäste kommen, wird sich jedes Detail herumsprechen. Das willst du dir doch nicht verderben, indem du schlechten Kuchen und missratene Macarons verkaufst?«

»Aber …«

Paulette schnitt ihren Einwand mit einer harschen Handbewegung einfach ab. »Wenn du willst, dass das Café ein Erfolg wird, mach es auf diese Weise. Dann werde ich dich auch unterstützen. Sonst nicht.« Sie sah sie streng an. »Und es wäre schön, wenn es auch ein paar französische Kuchen gäbe, nicht nur Scones und Muffins.« Sie ging zur Theke und nahm das ledergebundene Buch, das dort lag und in das Louise bisher die Regeln für ihr neues Leben notiert hatte. Es waren noch nicht mehr als zwei. Sie hatte es jeden Tag mit in die Bäckerei genommen, aber bisher war ihr noch keine neue Regel eingefallen.

»Das ist dein Notizbuch, oder? Schreib auf, welche Kuchen du anbieten willst, und probier sie aus, so oft, bis sie dir im Schlaf gelingen. Wenn du so weit bis, können wir über die Macarons reden.«

Louise sah Paulette mit gemischten Gefühlen nach, wie sie mit energischen Schritten die Straße überquerte und in ihrem Hauseingang verschwand. Sie hasste es, wenn sich jemand auf diese Weise in ihre Pläne einmischte, alles besser wusste und meinte, sie herumkommandieren zu können. Das erinnerte sie an ihren Vater. Andererseits kam sie nicht umhin, Paulettes Vorschlägen eine gewisse Logik zuzugestehen. Sie konnte es ja mal versuchen.

Am Abend brannte in der Boulangerie Bonnet noch immer Licht. Louise hatte sich in einer Buchhandlung in der Nähe ein französisches Backbuch gekauft und saß an einem der Tische, die sie bereits erstanden hatte, und grübelte über den französischen Bezeichnungen für Zutaten, Mengenangaben und Backzeiten. Sie hätte ihre Mutter fragen können, aber das war das Letzte, was sie tun wollte. Stattdessen wühlte sie sich gleichzeitig durch Internetseiten und das Kochbuch, schaute sich die wunderschön arrangierten Bilder feinster Tartes und Tartelettes an und sah schließlich ein, dass sie so nicht weiterkam. Sie hatte keine Ahnung vom Backen. Sie hatte keine Ahnung von Kuchen. Es würde ihr tatsächlich nichts anderes übrigbleiben, als jedes einzelne Rezept auszuprobieren, um überhaupt entscheiden zu können, welche Kuchen sie anbieten wollte. Aber wo anfangen? Sollte sie alphabetisch vorgehen? Ratlos blätterte sie im Inhaltsverzeichnis. Armagnac-Kuchen, Baba au rhum, Cannelés … und schlug dann das Buch zu. Das war doch Blödsinn.

Sie sah Monsieur Isaac am Laden vorbeigehen und winkte ihm zu. Er blieb stehen und lüpfte seinen Hut. Einem plötzlichen Einfall folgend sprang sie auf und lief nach draußen. »Guten Abend, Monsieur Isaac!«

»Guten Abend, Mademoiselle Barclay. Geht es Ihnen gut?«

»Ja. Prima! Würden Sie mir einen Gefallen tun?«

»Wenn ich kann?« Er lächelte.

»Verraten Sie mir das Rezept dieser russischen Kringel, die ich bei Ihnen gegessen habe?«

»Sie meinen, Baranki?«

Louise nickte. »Ich eröffne demnächst ein Café hier in der Bäckerei, und ich würde sie gern für Sie backen.«

Er sah sie überrascht an. »Ein Café, sagen Sie?«

Louise nickte eifrig. »Es ist schon fast fertig. Nur ein paar Stühle und Tische und die Speisekarte fehlen noch …«

»Ich habe bereits gesehen, dass sich etwas tut, aber ich wusste nicht …« Ein warmes Leuchten trat in die Augen des alten Mannes. »Was für eine wunderbare Idee, Mademoiselle. Ein Café, das wird die ganze Straße beleben …«

Louise nickte.

»Und Sie backen Baranki für mich?«

»Ja. Vielleicht haben Sie ja noch ein weiteres Lieblingsrezept?«

Monsieur Isaac zögerte. »Meine Frau, sie hat immer Priwet gebacken … das ist eine Honigtorte …«

Louise rannte in den Laden und kam mit einem Blatt Papier und einem Stift zurück. »Baranki und Priwet«, notierte sie.

»Vielleicht finde ich die Rezepte. Meine Frau hatte ein Rezeptbuch, das ist zwar russisch, aber ich kann die Rezepte ja für Sie übersetzen«, schlug er vor.

»Das wäre wunderbar, Monsieur!«, rief Louise und drückte dem alten Mann erneut einen Kuss auf die Wange. »Das sind meine ersten beiden Rezepte für mein neues Leben!«

Isaac Sorokin lachte, dann verbeugte er sich leicht vor Louise und sagte: »Es wir mir eine Ehre sein, Ihnen die ersten Rezepte für Ihr neues Leben zu liefern, Mademoiselle Louise.«

Louise war von ihrer Idee und dem Erfolg bei Monsieur Isaac so beflügelt, dass sie, gleich nachdem der alte Herr sich verabschiedet hatte, zurück ins Haus lief und an der Tür von Camille St. Pierre klingelte. Sie hatte ihre Nachbarin aus dem ersten Stock bisher noch nicht getroffen und fand, dass es eine gute Idee wäre, sich mit der Bitte um ein Lieblingsrezept endlich bei ihr vorzustellen. Immerhin wohnte sie nun schon über zwei Wochen in der Rue d'Estelle.

Auf ihr Klingeln hin öffnete eine junge Frau, etwa in ihrem Alter, im Jogginganzug und mit müden Augen. Sie hörte sich Louises hervorgesprudelte Erklärung mit offensichtlichem Desinteresse an, dann sagte sie: »Ich esse keinen Kuchen.« Damit schlug sie Louise die Tür vor der Nase zu.

In ihrer Begeisterung ein wenig gedämpft, ging Louise einen Stock höher und klingelte bei Nicolas Jaurès. Ihn kannte sie wenigstens schon. Er würde ihr zuhören. Tatsächlich war er zu Hause und lauschte ihr mit diesem feinen Lächeln, das sie von ihrem letzten Gespräch über Träume und Fundbüros schon kannte und von dem man nicht so genau wusste, ob es nur liebenswürdig war oder leichten Spott beinhaltete. Als sie ihr Sprüchlein aufgesagt hatte, öffnete er die Tür etwas weiter und fragte: »Hast du Lust auf ein Glas Wein?«

Nicolas' Wohnung, die nur unwesentlich größer als ihre eigene war, wirkte seltsam karg und unfertig, fast so, als sei er gerade erst eingezogen. Es gab keine Teppiche und keine Vorhänge, und im Flur standen noch zwei Umzugskisten. Von der Decke hing eine nackte Glühbirne. Das Wohnzimmer, das wie bei Louise zugleich das Schlafzimmer darstellte, war bis auf das Bett, das kein plüschiges Großmuttermonster, sondern ein aus alten Paletten selbst gezimmertes Exemplar mit einer Matratze darauf war, nahezu vollkommen leer. Auf dem Boden lag eine große, dunkelblaue Gummimatte ähnlich wie in einer Turnhalle. Aber es gab immerhin eine Lampe, einen riesigen, roten Ball aus knittrigem Reispapier, der in dem hohen, leeren Raum wie eine untergehende Sonne schwebte und ein ähnlich diffuses Licht verbreitete. Nicolas verfügte außerdem über eine separate Küche, in der er jetzt verschwand und mit einer Flasche Rotwein und zwei Gläsern wiederkam. »Terrasse?«

Louise nickte. In dem Zimmer gab es außer dem Bett keinen Platz, wo man sich hätte hinsetzen können. Nicolas Jaurès schien nicht sehr oft Gäste zu haben.

»Du hast also deinen Traum gefunden?«, fragte Nicolas, während sie sich setzten und er ihnen die Gläser füllte.

»Hab ich.« Louise erzählte ihm, wie sie nach ihrem Gespräch im Park in den Laden gegangen und ihr die Eingebung mit dem Café gekommen war. »Ich musste also gar nicht zum Fundbüro.«

»Umso besser.« Nicolas lächelte und hob das Glas. »Gratuliere.«

Der Wein war stark und stieg Louise schnell zu Kopf. Sie war es nicht gewohnt, Rotwein zu trinken. »Hast du ein Rezept für mich?«, wollte sie wissen. »Ich werde mit den Lieblingsrezepten der Bewohner der Rue d'Estelle Nummer fünf anfangen. Monsieur Isaac hat mir zwei versprochen.«

»Warst du auch schon bei Camille aus dem ersten Stock?«, erkundigte sich Nicolas.

Louises Gesicht verdüsterte sich. »Ja, aber sie sagte, sie äße keinen Kuchen, und hat mir die Tür vor der Nase zugeschlagen. Dumme Ziege.«

Nicolas sah sie nachdenklich an. »Vielleicht geht es ihr nicht gut. Sie hat vor einiger Zeit einmal etwas von einem Arzttermin erzählt, wegen einer Fußverletzung. Sie ist Tänzerin, weißt du.«

»Ach!« Louise hob interessiert den Kopf. »Balletttänzerin?«

»Ja. An der Oper. Aber sie war offenbar lange verletzt.«

»Kennst du sie gut?«

Nicolas schüttelte den Kopf. »Eigentlich gar nicht. Wir haben uns mal im Treppenhaus unterhalten und uns gefragt, wem wohl das rote Fahrrad gehört, wegen dem ich mir fast den Hals gebrochen hätte.«

»Oh. Das ist meins«, gestand Louise, peinlich berührt.

»Das habe ich mir inzwischen schon gedacht.« Nicolas grinste, und Louise dachte erneut, dass sie dieses Gesicht schon mal gesehen hatte. Sie war sich ganz sicher, doch sie kam nicht darauf, wo das gewesen sein könnte.

»Ich werde es noch einmal bei ihr versuchen«, erklärte Louise. »Wenn es ihr womöglich nicht gut geht … irgendetwas Süßes mag doch schließlich jeder, oder?«

Nicolas musterte sie amüsiert. »Die meisten ließen sich durch eine zugeknallte Tür von einem zweiten Versuch abbringen.«

Louise zuckte die Schultern. »Ich glaube, das ist genetisch bedingt. Es ist wie mit den roten Ampeln.«

»Wie meinst du das?«

Louise lachte ein bisschen verlegen. »Ich sehe sie und fahre trotzdem weiter. War immer schon so.«

»Ganz schön gefährlich.«

»Ganz schön blöd.« Louise seufzte. »Hab schon mal den Führerschein deswegen verloren.«

Sie unterhielten sich noch eine Weile über dies und das, und als Louise aufstand, um zu gehen, stellte sie fest, dass sie leicht schwankte. Es war fast Mitternacht, und die Flasche Wein war leer. Sie hatte gar nicht bemerkt, wie die Zeit vergangen war.

Nicolas brachte sie bis zu ihrer Tür. »Gute Nacht.«

»Gute Nacht.« Louise musste sich am Türrahmen festhalten. Dennoch sah sie im hellen Licht des Treppenhauses, was ihr vorher noch gar nicht aufgefallen war: Nicolas Jaurès hatte schöne Augen. Sehr schöne Augen.

Als Louise im Bett lag und die Blümchen auf der Tapete betrachtete, die seltsame Tänze tanzten, fiel ihr ein, dass Nicolas ihr kein eigenes Rezept genannt hatte. Stattdessen hatte er wissen wollen, welches das ihre war. Spontan hatte sie Macarons sagen wollen, doch dieses Rezept war für Paulette reserviert. Und Paulette würde ihr die Herstellung von Macarons beibringen, sobald sie ihre Aufgabe erfüllt hatte. Doch ein anderes Rezept war Louise nicht eingefallen. Der Wein hatte ihre Gedanken vernebelt.

Sie wandte den Blick von den tanzenden Blümchen ab und schaltete die Nachttischlampe aus. Sie würde über diese Frage etwas genauer nachdenken müssen.

Morgen.

15

Nicolas begegnete Camille am nächsten Morgen zufällig und wie üblich im Treppenhaus. Sie grüßte wie immer mit einem knappen Nicken und war schon an Nicolas vorbei, als er sie ansprach.

»Alles in Ordnung?«

Er konnte sehen, wie sie leicht zusammenzuckte.

»Ja, wieso?« Sie verharrte vor der geöffneten Haustür, ohne ihn anzusehen.

»Wie geht es dem Fuß?«

Es schien, als zöge sich etwas in Camille zusammen: Die Schultern hoben sich, ihr Rücken wurde einen Augenblick lang ganz krumm wie zum Schutz gegen einen Sturm, doch dann drehte sie sich zu ihm um und lächelte ihn an. »Wunderbar. Alles in Ordnung. Ich trainiere wieder.«

»Das freut mich.« Er hob mahnend einen Finger und zwinkerte ihr dabei zu: »Nicht vergessen, Bescheid sagen.«

»Wie bitte?« Ihre Miene zeigte Ratlosigkeit. Ganz offensichtlich erinnerte sie sich nicht mehr an ihre lockere Abmachung. Nicolas war zwar nicht überrascht, dennoch versetzte es ihm einen Stich. Er winkte ab. »Nicht so wichtig. Hast du schon gehört? Wir bekommen ein Café ins Haus.«

»Ah ja, ja …« Camille nickte geistesabwesend. »Diese neue Nachbarin … Lucie irgendwie, hat gestern bei mir deswegen sogar geklingelt …«

»Sie heißt Louise. Louise Barclay. Und sie ist Madame Bonnets Nichte.«

»Tatsächlich?« Camille sah auf die Uhr. »Tut mir leid, aber mein Training beginnt …«

»Natürlich, ich will dich nicht …«

»Aufhalten«, hatte Nicolas sagen wollen, doch Camille war schon verschwunden. Grußlos war sie durch die Tür geschlüpft, die leise, fast schuldbewusst, hinter ihr ins Schloss fiel.

»Salut, Camille vom anderen Stern«, murmelte Nicolas und schulterte seinen Rucksack. Für ihn war es auch Zeit, zur Arbeit zu gehen. Und wie Arbeit fühlte es sich heute auch an. Vielleicht zum ersten Mal in seinem Leben.

Louise war auf dem Weg zum Centre Pompidou. Sie hatte am Morgen ihre Überlegungen vom Vortag, die aufgrund des Rotweins und der tanzenden Blümchen auf der Tapete nicht mehr von Erfolg gekrönt gewesen waren, wieder aufgenommen und war zu dem Entschluss gekommen, dass der Kuchen, den sie bei ihrem ersten Frühstück in Paris gegessen hatte, ein gutes Lieblingsrezept abgeben würde. Dennoch wollte sie ihn noch einmal probieren, um ganz sicher zu sein.

Sie hatte sich nicht getäuscht. Die Tarte au citron meringuée schmeckte genau wie erwartet: nach Anfang. Bereits beim ersten Bissen, beim Schmelzen des Baisers auf ihrer Zunge, der zu einem Lächeln auffordernden Mischung zwischen zuckersüß und zitronensauer, kam das Gefühl zurück, von dem sie an jenem ersten Morgen in der Stadt erfüllt gewesen war. Dieses leichte Prickeln der Erwartung auf etwas Neues, Unbekanntes, konserviert in einem kleinen Stück Kuchen. Sie nickte zufrieden. Das würde ihr persönliches Lieblingsrezept werden.

Sie war noch ganz in der Erinnerung an diesen ersten Morgen vor zwei Wochen gefangen, der ihr seltsam weit entfernt und gleichzeitig so nah schien, als sei es gestern gewesen, als eine Gestalt unweit des Cafés ihre Aufmerksamkeit erregte. Es war ein Straßenclown, und bei genauerem Hinsehen stellte sie freudig überrascht fest, das es der gleiche war wie beim letzten Mal. Dieses Mal trug er ein überweites grünes Jackett über seinen schwarzen Hochwasserhosen und eine große Wollmütze, auf der eine Blume wippte, aber die rot geschminkten Ohren waren dieselben. Ebenso der Schrankkoffer, den er neben sich abgestellt hatte. Er stand nur da, reglos, und spielte auf einem kleinen, ebenfalls grünen Bandoneon eine einfache Melodie, die eher traurig als lustig wirkte. Überhaupt schien sich der Clown dieses Mal keine Mühe zu geben, besonders lustig zu sein. Im Gegenteil. Wie er so dastand und spielte, strahlte er etwas ausgesprochen Melancholisches aus. Ein paar Leute blieben stehen, warteten darauf, was noch käme. Louise sah an ihrem irritierten Gesichtsausdruck, dass sie sich wunderten, weil der Clown nicht auf ihre Anwesenheit reagierte, sondern einfach mit gedankenverlorenem Blick weiterspielte. Sie blieben dennoch stehen und hörten ihm zu. Immer mehr Menschen kamen, bildeten einen Kreis um den unermüdlich spielenden, traurig wirkenden Clown, und Louise konnte ihn bald in der Menge nicht mehr sehen. Sie hörte nur noch die Musik, ein langsamer französischer Walzer, der unvermittelt in ein Lied überging, das wohl jeder, der es kannte, mit Paris in Verbindung brachte: *La vie en rose.* Louise zahlte und beeilte sich, zu der schnell immer größer werdenden Menschenmenge zu gelangen. Sie drängte sich durch die hinteren Reihen, zwängte sich zwischen Ellenbogen, Taschen, Rucksäcken hindurch, an Rücken, Bäuchen, Brüsten vorbei, spürte den leichten Stoff von Sommerkleidern unter ihren Händen, rauen Jeansstoff. Ihr stieg der Duft verschiedener Parfums, vermischt mit den Gerüchen nach Crêpes, Rasierwasser, Schweiß und Zigarettenrauch, in die Nase, und sie hörte hier und da leises Unmutsgemurmel hinter sich. Es war ihr egal. Über allem schwebte das Lied, und sie hatte das unbestimmte, aber umso dringendere Gefühl, dass es etwas mit ihr zu tun hatte.

»Quand il me prend dans ses bras
Il me parle tout bas
Je vois la vie en rose …«

Jemand links von ihr sang den Refrain mit, ganz leise, fast verschämt, und dann war Louise in der vordersten Reihe angelangt, stand direkt vor dem Clown, sah sein Gesicht, die dunklen Locken, die unter der Mütze hervorlugten, und seine Augen, graublau mit dunklem Rand, und sie wusste plötzlich, warum ihr Nicolas' Gesicht so bekannt vorgekommen war. Sie hatte ihn schon ein Mal getroffen. An ihrem ersten Morgen in der Stadt. Er hatte ihr eine Papierrose geschenkt. Ihr traten unvermittelt Tränen in die Augen. Nicolas hatte sie nicht bemerkt, sein Blick war in die Ferne gerichtet, er spielte unverdrossen weiter, und die Menschen um ihn herum schwiegen und lauschten. Irgendwann verklang der letzte Takt, und er stand noch immer da, das Bandoneon in den Händen, und senkte langsam den Kopf. Dann, fast in Zeitlupe, drehte er sich um, öffnete den Deckel seines Koffers und kletterte hinein. Er rollte sich zusammen, eine behandschuhte Hand griff nach dem Deckel, und der Koffer schloss sich über ihm. Die Menschen warteten noch eine Weile, dann begannen sie zu klatschen, erst unsicher, dann lauter, jedoch noch immer schweigend, und einer nach dem anderen warf Geld in den schwarzen Hut, der neben dem Koffer lag. Nicolas jedoch ließ sich nicht mehr blicken, bis sich die Menschenmenge zerstreut hatte.

Louises Gesicht war nass vom Weinen, und sie glaubte, auch bei einigen anderen Zuschauern Tränen in den Augen gesehen zu haben. Etwas an diesem Spiel hatte sie zutiefst angerührt. Sie verstand nicht genau, was es gewesen war, es hatte etwas mit der Stadt zu tun, womöglich, vielleicht aber auch mit Nicolas oder mit ihr selbst, und sie hatte das Gefühl, dass es den anderen, die zugehört hatten, ähnlich ergangen war. Alle hatten auf ihre Weise etwas begriffen. Etwas Wortloses, Namenloses, sie jedoch alle Vereinendes. Sie hatte sich diesen fremden Menschen nah gefühlt, ohne dass sie gewusst hätte, warum. Louise wischte sich die Tränen ab, setzte sich neben den Koffer und wartete darauf, dass Nicolas wieder herauskam.

Nicolas atmete in den Stoff des grünen Jacketts, das einmal Marcello gehört hatte und noch immer nach seinen Zigarillos roch, und vor ihm gehörte es einem anderen Clown aus dem Cirque de Loulou, der jahrelang Nicolas' Heimat gewesen war, bevor es Paris wurde. Er hatte das Gefühl, dass dieses Jackett, ja, die Dunkelheit dieses Koffers, nun die Stelle der Heimat eingenommen hatte. Er würde einfach nicht mehr herauskommen, würde hier, auf der Place George Pompidou, in diesem Koffer liegen bleiben und das Leben draußen vergessen. Irgendwann würde man auch ihn vergessen, irgendwann würde nur noch der Koffer übrig sein, dieser alte, ramponierte Schrankkoffer, den er schon seit Jahren hinter sich herzog wie ein leeres Schneckenhaus.

Jemand klopfte.

Nicolas hob den Kopf. Vielleicht ein Kind? Konnte es sein, dass noch immer Leute draußen standen und warteten, dass er wieder herauskam? Es waren viel mehr Menschen als sonst stehen geblieben, das hatte er bemerkt, auch wenn er gar nicht wirklich die Absicht gehabt hatte, für jemanden zu spielen. Nach ein paar kleineren, halbherzigen Späßen, die niemand beachtet hatte, war er es plötzlich so leid gewesen. Es konnte sein, dass die offensichtliche Gleichgültigkeit seiner Nachbarin, die vergessen hatte, dass er zu einem ihrer Auftritte kommen wollte, bereits den Ausschlag gegeben hatte, oder vielleicht war es nur ein Passant zu viel gewesen, der an diesem Vormittag an ihm vorübergegangen war, ohne ihn zu beachten. Jedenfalls hatte er seine Bälle, seine Kristallkugel, den Schirm, mit dem er gerade Kunststücke gemacht hatte, eingepackt und sein Bandoneon herausgeholt. Es war Marcello gewesen, der ihm das Spielen darauf beigebracht hatte. Wie alles. Und er war es auch gewesen, der ihm bei seinem Besuch im *Là-Bas,* als er ihm von seinem Kummer erzählt hatte, riet, Musik zu machen. »Spiel Bandoneon. Das geht immer. Wenn sie dir nicht zuhören, spielst du wenigstens für dich.« Und Silvain hatte ihm dazu aufmunternd auf die Schulter geklopft und hinzugefügt: *»La gloria di Colui, che tutto move per l'universo penetra e risplende in una parte più e meno altrove.«*

Und Nicolas, der zwar kein Italienisch sprach, hatte dennoch geahnt, dass dieser Satz nicht von der Hölle erzählte.

Und nun ein Klopfen. Er schloss einen Moment die Augen, holte Luft und öffnete den Kofferdeckel einen Spalt. Niemand war zu sehen. Der Platz war leer. Zumindest stand niemand mehr vor dem Koffer, soweit er das erkennen konnte. Leute gingen vorbei, er hörte ihre Schritte, sah Hosenbeine, nackte Beine, Turnschuhe, Pumps, Sandalen, dahinter die Röhrenlandschaft des Centre Pompidou, die silbern glitzerte, gläsern, metallisch rot wie ein gestrandetes Raumschiff in der Sonne. Er seufzte und öffnete den Deckel ganz.

Sie saß neben dem Koffer, dort, wo er sie nicht hatte sehen können. Ihr Gesicht schimmerte feucht, die Augen hinter den großen Brillengläsern waren leicht gerötet, doch sie lächelte. »Ich dachte schon, du kommst nie mehr da raus.«

Er kletterte aus dem Koffer und setzte sich neben sie. »Bist du eine Fee oder so etwas?«, fragte er, und es war nur halb im Scherz gemeint. Dieses Mädchen hatte tatsächlich etwas Magisches an sich. Sie kam immer zur rechten Zeit.

»Wieso?«

»Die Stadt ist riesengroß, und doch kreuzt du ständig meinen Weg. Es kommt mir vor, als würdest du – wie eines dieser Zauberwesen in den Filmen – immer wieder einfach *plopp* vor mir auftauchen, verwandelt aus einem Lichtpunkt an der Wand, einem Schmetterling oder aus einer Haselnuss geschlüpft, wie Aschenbrödel …« Er schüttelte noch immer verwundert den Kopf.

Louise lachte. »Aschenbrödel ist nicht aus einer Haselnuss geschlüpft.«

»Ach, nicht?«

»Nein. Es war nur das Kleid.«

»Schade.« Nicolas nahm seine Mütze ab und fuhr sich mit beiden Händen kräftig durch die Haare. »Stell ich mir schön vor, so ganz klein und geschützt in einer Haselnuss zu sitzen …«

»Wie in deinem Koffer?«

»Ja. So ähnlich.« Er kramte in den Taschen seines riesigen Jacketts herum und beförderte schließlich eine krumme, selbst gedrehte Zigarette zutage. »Rauchst du?«, fragte er, während er sie anzündete.

Louise schüttelte den Kopf. »Ich trinke nur.«

Nicolas lachte lautlos. »Hast recht. Man muss Prioritäten setzen.«

Sie blieben schweigend sitzen, mitten auf der Place George Pompidou, so, als gäbe es nichts zu sagen, so, als gäbe es nichts zu bemerken über Papierblumen und seltsame Zufälle im Leben, nichts über traurige Clowns und Kofferverstecke, Verzweiflung und brüchiges Eis, nichts über das Glück des Anfangs, versteckt in einem kleinen Stück Kuchen. Sie saßen dort nebeneinander auf dem Boden, als wüssten sie schon alles voneinander, und vielleicht war das auch so.

Die Menschen gingen vorüber, kreuz und quer, manche hastig, manche schlenderten, den Blick in die Ferne gerichtet, Kinder hüpften, andere quengelten, wurden an der Hand hinter den Eltern hergezogen. Eine junge Frau brachte einen Stuhl und stellte daneben ein Schild auf, das eine kostenlose Nackenmassage versprach, und über allem flog ein Flugzeug, das ein Werbebanner für einen neu eröffneten Hypermarché hinter sich herflattern ließ. Nach einer Weile sagte Louise: »Du bist mir noch ein Lieblingsrezept schuldig.«

»Ich habe leider keines.«

»Tatsächlich? Gibt es nichts Süßes, was du gern magst?«

Nicolas schüttelte den Kopf. »Mir fällt nichts ein.«

»Vielleicht aus deiner Kindheit?«

»Ganz sicher nicht«, erwiderte Nicolas.

Louise schwieg eine Weile, dann sagte sie: »Macht nichts. Wir werden schon noch etwas für dich finden. Ich habe auch etwas gefunden.« Als er sie fragend ansah, schüttelte sie lächelnd den Kopf. »Überraschung.«

Sie stand auf. »Ich muss jetzt gehen. Backen üben.«

Er sprang ebenfalls auf die Beine, ergriff ihre Hand und hielt sie fest. Ihr Händedruck war so warm und fest wie beim letzten Mal, tröstlich wie etwas, an das man sich erinnert, wenn man traurig ist.

»Bis bald!«, sagte sie, und als sich ihre Finger in seiner Hand ein wenig bewegten, wurde ihm bewusst, dass er ihre Hand noch immer festhielt, und ihm wurde heiß vor Verlegenheit. Gott sei Dank waren seine Ohren bereits rot geschminkt, so konnte man nicht sehen, wie sie sich verfärbten. Abrupt ließ er ihre Hand los und nickte.

»Bis bald«, brachte er etwas mühsam heraus. »Ich werde auf Schmetterlinge und Haselnüsse achten …«

Sie war schon am Gehen, da drehte sie sich noch einmal um und rief zurück: »Vergiss das viele Geld nicht!«

Erst jetzt bemerkte Nicolas, dass sein Hut mit einer Menge Münzen und sogar Scheinen gefüllt war. Er konnte sich kaum erinnern, wann er in letzter Zeit bei einer einzigen Vorführung so viel eingenommen hatte. Langsam und mit Bedacht nahm er das Geld heraus und packte es in seine Brieftasche. Es war so viel, dass er Paulette nun endlich einen Vorschuss für die Miete würde geben können.

Während Nicolas sich den Staub von der Hose klopfte, die Mütze wieder aufsetzte und mit seinem Koffer langsam über den Platz ging, um einen neuen Standort zu suchen, womöglich noch einmal zu spielen und sich auf eine geheimnisvolle Weise dabei ein Stückchen selbst zu retten, saß Camille auf den Stufen der Opéra Bastille und hätte einer solchen Rettung ebenso dringend bedurft wie er. Nein, womöglich sogar noch ein wenig dringender, denn anders als Nicolas, der gerade einer Fee begegnet war, war sie gerade in der Realität gelandet. Und der Aufprall war hart.

Mitten im Training hatte die Direktorin, Amélie Dugard, sie heute Morgen beiseitegenommen und sie gebeten, in ihr Büro zu kommen. Amélie war erst seit Kurzem Leiterin des Ballettkorps. Vorher war sie eine gefeierte Danseuse Étoile an der Oper gewesen. Camille kannte sie noch von ihrer aktiven Zeit, und sie mochte sie eigentlich recht gern. Obwohl jahrelang Étoile und nun sogar Direktrice, schien sie nicht vergessen zu haben, was es bedeutete, eine Tänzerin unter vielen zu sein, die davon träumt, es einmal ganz nach oben zu schaffen. In einer Welt, in der eine so knochenharte Hierarchie herrschte wie im Ballett, war diese Haltung eine Seltenheit. Jetzt allerdings, nach ihrem Gespräch, war Camille sich nicht mehr so sicher, ob ihre Sympathie tatsächlich gerechtfertigt gewesen war. Natürlich, ein Teil von ihr konnte Amélie verstehen, zumindest ein bisschen, der Rest von ihr jedoch war blanke Wut. Und darunter lauerte Verzweiflung.

»Es geht nicht«, hatte Amélie zu ihr gesagt und ihren Kopf bedauernd zur Seite geneigt. »Ich kann das nicht verantworten. Und du auch nicht, Camille.«

Niemand sollte für sie entscheiden, was sie verantworten konnte und was nicht, hatte Camille gedacht, doch sie hatte geschwiegen und auf den Todesstoß gewartet. Sie hatte gewusst, was jetzt kommen würde.

»Roxane wird die Giselle tanzen.«

Camille hatte das Gefühl gehabt, sich selbst dabei zusehen zu können, wie sie langsam zu Eis erstarrte.

»Nein, das geht nicht«, hatte sie geflüstert. Mehr als ein Flüstern drang schon nicht mehr durch den Eispanzer hindurch. »Ich tanze die Giselle. Ich muss sie tanzen, Amélie, bitte …«

Amélies Blick war voller Mitgefühl gewesen, doch sie hatte den Kopf geschüttelt. »Dr. Arnault hat mir sein Gutachten geschickt. Warum hast du es mir nicht gesagt?«

»Was denn? Es ist alles verheilt …«

»Es kann jederzeit wieder passieren. Jederzeit. Verstehst du? Und dann?«

»Bitte«, wiederholte Camille, und sie hörte selbst, wie erbärmlich flehend ihre Stimme klang, »Gib mir doch eine Chance …«

»Es liegt nicht an mir, Camille. Du weißt es selbst. Wie willst du das Solo im ersten Akt schaffen? Zwölf Takte Spitzentanz auf einem Bein? Auf einem kaputten Bein?«

»Es ist nicht kaputt!« Camille weinte jetzt, und auch wenn sie sich dafür hasste, konnte sie nichts dagegen tun. Die Tränen liefen ihr ohne ihr Zutun über die Wangen.

»Wenn es das nicht schon vorher ist, wird es das danach in jedem Fall sein«, sagte Amélie trocken.

»Ich tanze das Solo mit dem linken Bein …«

Amélie sah sie nur an.

»Aber …«

»Du kannst vielleicht noch im Corps mittanzen, aber ich wäre auch da vorsichtig. Jede Spitze, jeder Sprung könnte dein letzter sein.«

»Im Corps? Ich bin Solotänzerin …«

»Nicht mehr.«

»Nein … nein …« Camille schüttelte wie in Zeitlupe den Kopf.

Amélie wollte nach Camilles Hand greifen, doch Camille zog sie zurück. Sie seufzte. »Es tut mir so leid, Camille, aber das ist unser Berufsrisiko.«

»Du nimmst mir mein Leben weg, Amélie, alles, was ich habe …«

Amélie Dugards Augen waren voll Trauer. »Ich weiß.«

Es war vorbei. Im Grunde hatte sie es bereits nach ihrem Besuch bei Dr. Arnault gewusst, doch sie hatte es verdrängt. Hatte einfach weitergemacht wie bisher. Und ihr Fuß machte mit. Klaglos. Genau wie früher. Sie spürte keine Schmerzen mehr, mit Ausnahme derer, die bereits so vertraut waren, dass sie sie kaum noch wahrnahm. Und doch, wenn sie ganz ehrlich zu sich war, musste sie zugeben, dass etwas anders geworden war. »Sie bewegen sich auf dünnem Eis«, hatte Dr. Arnault gesagt, und sie begriff, was er damit gemeint hatte. Der Satz hatte sich wie eine Barriere zwischen ihren Kopf und ihren Fuß gestellt, wie ein unsichtbares Gewicht jede einzelne ihrer Bewegungen beschwert. Ihre Trainerin bemerkte es und auch der Choreograph. Darauf angesprochen hatte sie auf die lange Trainingspause verwiesen, doch es war mehr. Sie hatte das Vertrauen in ihren Körper verloren, und das gab ihren Bewegungen etwas Verhaltenes, Zurückgenommenes. Ihr fehlte die frühere Leichtigkeit, und sie wusste nicht, wie sie sie wieder zurückgewinnen konnte.

Sie musste an ihren alten Lehrer denken, Monsieur Scott. »Ihr seid Sterne am Himmel, ihr schwebt und leuchtet …«

Nun, so gesehen war es ganz einfach: Sie schwebte nicht mehr, und damit war auch das Leuchten erloschen.

»Du bist jung, es gibt so viele andere Dinge, die du noch tun kannst«, hatte Amélie versucht, sie zu trösten, doch Camille hatte nicht darauf reagiert. Wortlos war sie aus dem Zimmer gestürmt, hatte ihre Sachen aus der Garderobe zusammengepackt und war gegangen. Amélie Dugard war ihr nicht gefolgt. Sie wusste genau, was es bedeutete, auf diese Weise aufzuhören zu müssen. Wie die meisten Tänzer an der Oper hatte Camille keine

»anderen Dinge«. Sie tanzte, seit sie vier Jahre alt war. Seit sie denken konnte, war das Ballett ihre Leidenschaft, ihre große Liebe gewesen. Und von dem Tag an, als sie mit elf Jahren in das Internat der Pariser Ballettschule aufgenommen worden war – als eine der wenigen unter Hunderten von Bewerbern –, hatte sie ausschließlich dafür gelebt und alles andere klaglos untergeordnet. Sie hatte keine Freunde außerhalb des Balletts, keine anderen Interessen, keine Pläne, keine Träume. Sie hatte kein anderes Leben.

Die Sonne schien warm auf die Place de la Bastille und heizte die dunklen Steinstufen auf, die hinauf zum Eingang des Opernhauses führten. Die Wärme drang durch ihre dünnen Leggings, die sie noch vom Training trug, doch es gelang ihr nicht, den Eispanzer zu durchdringen, der sich bei Amélie Dugards Worten um Camille gelegt hatte. Sie würde aufhören zu tanzen. Ganz aufhören. Es kam nicht infrage, im Corps zu bleiben, unter den jungen Mädchen, die gerade frisch von der Schule kamen, begierig, sich zu beweisen, kräftig, beweglich, grazil. Ohne kaputte Füße. Camille stand auf. Sie wischte sich eine letzte Träne aus den Augenwinkeln und schulterte ihre Sporttasche. Sie würde ein neues Leben finden müssen. Irgendwo. Irgendwie.

16

»Du machst was?!?«

»Ich eröffne ein Café.«

Das Schweigen auf der anderen Seite der Leitung war beredt genug und bedurfte keiner zusätzlichen Worte. Irgendwann räusperte sich Maisie und sagte: »Wow. Das ist toll.«

»Du klingst ja unglaublich begeistert«, kommentierte Louise ironisch.

»Ähm … es kommt etwas überraschend«, gab Maisie zu. »Ich meine, du bist ja erst ein paar Wochen dort.«

»Spielt doch keine Rolle, wie lange ich schon hier bin. Ich muss sowieso alles neu lernen. Ich habe ja nicht viel Ahnung davon.« Louise lachte ein bisschen zu laut.

»Eben. Meinst du nicht, du solltest das noch einmal überdenken?«, fragte Maisie vorsichtig nach. »Such dir doch erst mal einen Job in einem Café …«

»Hatte ich doch schon. Erinnerst du dich nicht?«

»Du meinst den assligen Backshop, in dem du gearbeitet hast? Wie lange ging das denn, zwei oder drei Monate?«

»Ist doch egal.« Louise wurde allmählich ärgerlich. All diese Bedenken. Ihre Mutter, mit der sie ebenfalls telefoniert hatte, hatte sich ähnlich skeptisch geäußert. Konnte sich nicht wenigstens Maisie einfach für sie freuen?

»Es ist das Richtige. Ich weiß es.« Sie drehte das alte Zuckerthermometer in ihren Händen. Es fühlte sich gut an.

»Wenn du meinst …«

»Danke für deine aufmunternden Worte. So viel Zuspruch hätte ich nicht erwartet.« Louise war selbst überrascht, wie verbittert sie klang.

»Entschuldige, Lou« – Maisie hörte sich jetzt aufrichtig zerknirscht an –, »aber du hast das schon so oft gesagt. Erinnerst du dich noch an die Schaffarm? Den Secondhandladen in Soho? Den Blumenstand? An diesen chaotischen Hundegassigeh-Service, an dem du dich mit deinem ganzen Ersparten beteiligt hast und wo du dann am ersten Tag von einem Dobermann gebissen wurdest? An …«

»Ja, schon gut, ich weiß«, unterbrach Louise sie. »All die roten Ampeln …«

»Rote Ampeln? Wie kommst du jetzt plötzlich auf rote Ampeln?«

»Vergiss es. Du meinst also, dass ich nichts Neues anfangen soll, weil alles Bisherige Mist war?«

»Nein …«

»Doch. Genau das meinst du.« Louises Hand schloss sich fest um das Zuckerthermometer. »Weißt du was? Ich mach's trotzdem.« Sie legte auf.

Louise Barclay begann mit dem Backen, so wie sie alle Dinge begann: ganz und gar, mit Haut und Haar. Mit der ihr eigenen wirbelnden, flimmernden Begeisterung stürzte sie sich in das Projekt, als gelte es, ihr Leben zu retten. Sie focht erbitterte Kämpfe mit dem Ofen aus, der so ganz anders war als ihr kleiner Backofen zu Hause, schabte zu Kohle Verbranntes und klumpig Gebliebenes aus den Formen, ließ Rauchschwaden aus dem Küchenfenster entweichen, schwitzte und fluchte und wunderte sich, wie lange es dauerte, bis sie halbwegs vorzeigbare Baranki, eine nicht mehr kläglich in sich zusammensinkende Honigtorte und schließlich sogar eine Tarte au citron zustande brachte, die den Namen verdiente, auch wenn sie noch lange nicht so aussah wie das Exemplar in dem Café und das Baiser sich noch immer weigerte, diese zarte Knusprigkeit anzunehmen, die sie so begeistert hatte.

Und obwohl es ihr schwerfiel, sie hielt sich an Paulettes Anordnungen. Notierte die Zutaten, die Mengen und ihre Ausgaben in dem ledergebundenen Büchlein von Maisie, das eigentlich die Regeln für ihr neues Leben enthalten sollte. Eine echte neue Regel war ihr bisher jedoch noch nicht eingefallen, und irgendwie waren Rezepte ja auch so etwas wie Regeln, oder etwa nicht?

Hin und wieder ging sie zu Monsieur Isaac, um ihn an den Ergebnissen ihrer Versuche teilhaben zu lassen. Monsieur Isaac nahm seine Aufgabe sehr ernst. Er probierte mit Bedacht, kaute mit geschlossenen Augen, dachte nach und gab erst nach einer Weile ein Urteil ab. Es war wohlwollend, aber unbestechlich, begann meist mit vorsichtig geäußerten Vorschlägen wie: Es könnte noch ein wenig … es fehlt vielleicht noch … und führte dazu, dass Louise mit ihren Baranki und ihrer Torte wieder abzog, um es noch ein bisschen besser zu machen. Sie verbrachte mehr Zeit in der alten Bäckerei, als sie sich je hätte träumen lassen, entwickelte eine Leidenschaft für Backwaren, von der sie nicht wusste, dass man so etwas überhaupt haben konnte. Längst hatte sie ihr Sortiment erweitert, hatte englisches Gebäck mit aufgenommen, Shortbread, Scones, dazu Schokoladenkuchen mit flüssigem Kern, Kirschkuchen, Blaubeermuffins und Hefekranz. Sie musste Paulette recht geben, es war durchaus hilfreich, das Ganze planvoll anzugehen, zu wissen, wie viel man wofür benötigte und was es kostete. In ihrem braunen Büchlein fanden sich neben diesen Angaben nach und nach auch Notizen zu Backzeiten, Fehlversuchen, Eigenheiten der einzelnen Teigsorten und hin und wieder die eine oder andere philosophische Betrachtung: *Schokoladenkuchen hilft gegen Traurigkeit (gut auf die Temperatur achtgeben, damit das flüssige Herz nicht fest wird); Hefeteig ist störrisch, er mag mich nicht, und ich mag ihn nicht. Wir müssen uns zusammenraufen. Shortbread nicht bei Regenwetter backen, da wird es schwermütig (zu krümelig).* Sie machte kleine Zeichnungen neben ihre Überlegungen, karikierte schwermütiges Shortbread und widerspenstigen Hefeteig, umzingelte hochmütige Tarte au citron mit quirligen Muffins, und ihrem eigenwilligen Backofen setzte sie eine Königskrone auf.

Nicolas besuchte sie öfter, meist, wenn er von seiner

Tagestour zurückkam, und sie plauderten ein bisschen. Hin und wieder kostete auch er von ihren Backkreationen, gab einen Kommentar ab, machte einen Vorschlag. Manchmal trafen sie sich auch auf seiner Terrasse, tranken Wein und schwiegen zusammen. Louise wurde nicht recht schlau aus ihrem Nachbarn. Einerseits witzig und liebenswürdig, war er gleichzeitig doch sehr verschlossen. Während sie mittlerweile ihr ganzes, recht chaotisches Leben vor ihm ausgebreitet hatte, wusste sie von ihm kaum etwas. Fast schien es ihr, als sei es ihm sogar unangenehm, dass sie darüber Bescheid wusste, dass er als Clown arbeitete. Er redete nie davon. Ihren Fragen zu seinem Leben und seiner Vergangenheit wich er geschickt aus, machte einen Scherz, erzählte eine seiner wunderlich verwickelten, poetischen Geschichten, über die Louise ganz vergaß, was sie eigentlich gefragt hatte. Eine Nähe, wie sie Louise an dem Vormittag auf der Place Pompidou empfunden hatte, als sie einfach nur dasaßen, Nicolas rauchend, in seinem Clownskostüm, und die Leute betrachteten, stellte sich nicht wieder ein.

Paulette schaute ebenfalls hin und wieder vorbei, und Louise fürchtete sich jedes Mal ein wenig davor. Sie ließ Paulette auch nichts von ihren Backergebnissen probieren, vertröstete sie auf später, wenn sie »so weit« sei. Doch wann würde das sein? Paulette fragte nicht nach, sie hatte noch immer Probleme mit den neuseeländischen Behörden, die Überführung von Isabelles Leichnam verzögerte sich weiter, und sie bat Louise schließlich, einen geharnischten Brief für sie zu schreiben, da sie ihr Englisch nicht für gut genug hielt, um diesen »unfähigen Idioten« ordentlich die Meinung zu geigen.

»Was für ein Chaos!«, seufzte Paulette, rauchte eine ihrer dünnen Zigaretten und rührte in ihrem Tee. »Die Beerdigung sollte doch längst stattgefunden haben. Stattdessen sitzt die arme Isabelle am anderen Ende der Welt in einem Kühlschrank fest. Mon Dieu!«

Louise widersprach nicht, doch sie fand, es eilte nicht so sehr mit der Beerdigung. Ihre Mutter würde wahrscheinlich kommen, und darauf konnte sie gut verzichten. Am liebsten wäre es ihr gewesen, sie hätte zu dem Zeitpunkt ihr Café bereits eröffnet und es wäre ein voller Erfolg. Etwas, das sie vorzeigen konnte. Doch dazu fehlte noch einiges. Sie brauchte noch zwei, drei Tische und die Stühle dazu, der Raum erschien noch ein wenig leer, und dann waren da noch die Macarons. Louise hatte sich vorgenommen, das Café erst dann zu öffnen, wenn sie auch deren Zubereitung perfekt beherrschte. Doch dazu musste sie mit Paulette reden, ihr zuerst ihre Kuchen präsentieren. So lautete die Abmachung. Und diesen Moment schob sie noch immer vor sich her. Stattdessen machte sie sich daran, dem Raum den letzten Schliff zu geben. Es sah bereits sehr hübsch aus. Sie hatte zarte weiße Vorhänge in die großen Fenster gehängt, auf den Fensterbrettern stand eine Kollektion alter Tee- und Kaffeekannen, die sie auf den Flohmärkten gesammelt hatte, und an den Wänden, zwischen den Weidenkörben, hingen alte Emailleschilder und Schwarz-Weiß-Bilder von Paris um die Jahrhundertwende. Diese hatte sie bei einem Bouquinisten an der Seine in einer Pappschachtel entdeckt und ihm gleich den ganzen Stapel abgekauft. Sie hatte den alten Fotos schlichte Rahmen in knalligen Farben verpasst, um es nicht allzu nostalgisch werden zu lassen. Hinter der Verkaufstheke mit der Vitrine, die auf das Kuchensortiment wartete, dort, wo früher die Körbe mit dem Gebäck gestanden hatten, thronte seit ein paar Tagen ihr ganzer Stolz, eine professionelle Kaffeemaschine, die einen dicken Brocken ihres Ersparten verschlungen hatte.

Irgendwann jedoch ließ es sich nicht mehr aufschieben. Der Frühling gewann langsam an Fahrt, wurde zum Frühsommer, die Sonne strahlte warm vom lichten blauen Pariser Himmel, und sogar die Rue d'Estelle schien langsam aus ihrem Dornröschenschlaf zu erwachen. Hier und dort konnte man Musik aus einem offenen Fenster hören, jemand übte Geige, und im angrenzenden Park spielten Kinder. Louise hatte ihr Mobiliar vervollständigt, und sie hatte es überdies sogar geschafft, sich im Behördendschungel eine Genehmigung für drei Tische *en terrasse* zu besorgen. Fehlte nur noch Paulette. Um sich ihrem gestrengen Urteil nicht allein aussetzen zu müssen, beschloss Louise, eine Einladung sämtlicher Hausbewohner daraus zu machen. Sie bastelte kleine Einladungskarten in Form eines aufklappbaren Macarons – als dezenten Hinweis an Paulette – und brachte sie Isaac, Nicolas und Paulette persönlich vorbei. Alle drei versprachen zu kommen. Als sie vor Camilles Tür stand, zögerte sie. Sie hatte die junge Frau kaum gesehen, geschweige denn gesprochen, seit sie den erfolglosen Versuch gestartet hatte, sie nach einem Kuchenrezept zu fragen. Camille St. Pierre kam ihr wie ein Schatten vor, eine Wolke, flüchtiger Rauch am Himmel, wie sie jeden Morgen nahezu geräuschlos aus dem Haus huschte und am Nachmittag gegen vier ebenso unauffällig wieder zurückkam. Mehr bekam man von ihr nicht zu Gesicht. Gut, als Tänzerin musste man vermutlich viel üben und ein diszipliniertes Leben führen, aber es gab doch wohl auch noch etwas anderes? Louise überwand sich und klingelte, lange und energisch. Dieses Mal würde ihre Nachbarin nicht so einfach davonkommen.

Camille öffnete ihr mit einem erschrockenen Blick. Sie hielt einen Blumentopf in der Hand, eine Orchidee, die jedoch in einem traurigen Zustand zu sein schien. Lediglich eine einzelne weiße Blüte hing noch an der Spitze eines der langen, elegant gebogenen Stängel.

Louise schenkte ihr ihr freundlichstes Lächeln und hob zu ihrer Erklärung an. Camille nahm die Einladung zwar entgegen, schüttelte aber zugleich den Kopf. »Ich habe keine Zeit. Ich muss zum Training…«

»Wir beginnen erst um halb fünf. Da bist du doch immer schon zu Hause«, wandte Louise ein.

»Schon, aber… trotzdem geht es nicht.«

»Warum nicht?«

Camille gab keine Antwort. Sie betrachtete stattdessen

betrübt den Blumentopf in ihrer Hand und sagte: »Ich habe Madame Cannot versprochen, mich um ihre Orchidee zu kümmern. Aber irgendetwas habe ich falsch gemacht, und jetzt stirbt sie auch.« Sie schniefte kurz, und Louise bemerkte verwundert, dass sie weinte.

»Zeig mal her.« Sie musterte die Pflanze und schüttelte den Kopf. »Alles in Ordnung. Sie ist nur in der Ruhephase. Lass sie einfach stehen und gieße weiter, sie wird wieder blühen, wenn sie so weit ist.«

»Tatsächlich?« Camille hob den Kopf und sah Louise zum ersten Mal direkt an. Louise war überrascht, wie hübsch Camille war. Sie sah so aus, wie man sich eine Ballerina vorstellt – fast unwirklich perfekt mit ihren großen, grünen Augen, den hohen Wangenknochen und einem grazilen, zerbrechlich wirkenden Hals. Auf dem Nasenrücken saßen ein paar Sommersprossen.

»Ich wollte sie gerade wegwerfen …«, sagte die junge Frau zögernd.

»Nein, tu das nicht. Ich habe recht, du wirst sehen.«

Camille lächelte ein wenig, zumindest sah es für einen kurzen Moment so aus. Sie entblößte dabei eine Lücke zwischen ihren Schneidezähnen, die ihrem makellosen Äußeren etwas sympathisch Unperfektes gab.

»Danke«, sagte sie und schloss die Tür.

»Aber …«, sagte Louise zu dem glatt polierten Holz der Tür, in dem sie sich schwach widerspiegelte. »Kommst du nun oder nicht?« Sie wartete eine Weile, doch als sich die Tür nicht mehr öffnete, wandte sie sich schulterzuckend ab. Das sollte wohl ein Nein sein.

Es war wie ein Spiel. *So tun als ob*, hatte es früher, als sie ein Kind war, immer geheißen, wenn man sich in eine ausgedachte Fantasiewelt begab. Du sollst jetzt die Mutter sein oder der böse Räuber oder der Zirkusdirektor. Mehr war damals nicht nötig, um in eine andere Welt einzutauchen. *Du sollst sein*, diese Worte waren der Schlüssel – überallhin. Das heutige Spiel hieß *Café*, und die Zauberworte waren, *du sollst die Chefin sein. La Patronne.* Louise fühlte sich auf eine fast magische Art an diese alten Kinderspiele zurückerinnert, während sie alles für ihre Gäste vorbereitete und dabei so tat, als sei das Café längst eröffnet. Sie steckte sich die Haare zu einem hohen Dutt auf, verzierte ihn mit einer Schleife wie ein Geschenk und band sich ihre neue weiße Trägerschürze um. Dann schaltete sie die Kaffeemaschine ein, stellte die Unmengen vorbereiteter Kuchen in die mit weißem Spitzenpapier ausgelegte Vitrine, rückte ein letztes Mal die Tische zurecht, suchte auf dem Computer nach passender Musik, fand eine Playlist mit dem vielversprechenden Namen *Coffeetable Jazz*, sah auf die Uhr und machte sich daran, die zartgrünen Papierservietten zu falten und auf den kunterbunt gemischten Holztischen zu verteilen. Während sie faltete und wartete und im Hintergrund John Coltrane *I'll wait and pray* spielte, wurde ihr plötzlich klar, dass es tatsächlich nur ein Spiel war.

Sie glaubte nicht daran.

Sie glaubte nicht wirklich daran, dass sie dieses Café eröffnen würde, sie, Louise Barclay aus East Horsewick, London, Meisterin im Scheitern, Hohepriesterin in

Sachen vergeigter Chancen, Rekordhalterin im Überfahren von roten Ampeln. Maisie und ihre Mutter würden – wie immer – recht behalten. Ein Café in Paris, lächerlich! Es war nur wieder eine dieser Schnapsideen von ihr, immer volle Kraft voraus in die nächste Pleite. Spätestens nächstes Jahr um diese Zeit, wahrscheinlich aber schon um einiges früher, würde sie wieder in ihrer Wohnung in Camden sitzen, abgebrannt, in einem Supermarkt Regale einräumen, in einem Pub Tabletts voll Lager und Stout über die Köpfe der betrunkenen Gäste balancieren und davon träumen, irgendwann ein neues Leben zu beginnen. Sie sank auf einen Stuhl und sah sich um. Das hübsche Café um sie herum verblasste zu einer bloßen Kulisse aus Pappe und billiger Farbe, verschwand wie die Fantasiewelt eines Kindes, das mitten im Spiel unvermittelt zum Essen gerufen wurde.

»Mademoiselle Louise?«

Erschrocken fuhr sie herum.

An der Ladentür stand Monsieur Isaac und fragte unsicher. »Störe ich Sie? Es tut mir leid …«

»Nein, nein.« Louise stand hastig auf und bemerkte dabei, dass eine der Servietten, die sie gerade hatte falten wollen, auf dem Boden lag, in tausend kleine Fetzen gerissen.

»Sie sind ein wenig zu früh«, sagte Louise und bemühte sich um ein Lächeln. »Es ist erst drei.«

»Oh, ich weiß!« Monsieur Isaac winkte ab. »Ich komme aus einem anderen Grund.« Wieder schien er ein wenig unsicher und zögerte, bevor er weitersprach.

»Ich dachte … vielleicht … könnten Sie noch etwas für Ihr Café gebrauchen …« Er zupfte an den Ärmelaufschlägen seines Hemds herum. »Natürlich nur, wenn Sie mögen …«

»Aber gern! Was ist es denn?«, fragte Louise und betrachtete ihn neugierig. Es musste etwas sehr Kleines sein, etwas, das in die Tasche seines Jacketts oder seiner Hose passte, denn seine Hände waren leer.

Er deutete nach hinten in seinen Laden. »Es steht drüben, Sie müssten mir helfen …«

Louise staunte nicht schlecht, was unter einer alten Tischdecke in der finstersten Ecke von Isaacs Laden verborgen war. Es war ein Klavier. Dunkel honigfarben schimmerte das Holz im matten Licht des Ladens. »Meine Frau war Pianistin«, hob Monsieur Isaac zu einer Erklärung an. »Ich habe auch viel gespielt, in einem Kammermusikensemble, so haben wir uns kennengelernt, doch ich war nie so gut wie Natalja. Außerdem« – er lächelte ein wenig verschämt – »mochte ich eigentlich Jazz immer lieber als Klassik.«

Louise erwiderte sein Lächeln. »Ich auch.«

Isaac nickte. »Ich weiß. Ich habe Ihre Musik gehört, in der letzten Zeit, und da dachte ich … ich dachte …« Er geriet ein wenig ins Stocken und rieb sich über das faltige Gesicht. Louise bemerkte, dass seine Hand zitterte. »Seit meine Frau gestorben ist, habe ich nicht mehr darauf gespielt. Es war ihr Klavier.« Er deutete auf einen Schriftzug auf dem schimmernden Holz. »Tschaika, das ist die

Firma, die es gebaut hat. Es bedeutet Möwe. Und es war mein Spitzname für Natalja. Es passte zu ihr, sie war so … frei, sie hatte vor nichts Angst …«

Seine Stimme wurde brüchig. Es dauerte eine Weile, bis er weitersprechen konnte, und Louise wartete schweigend.

»Wir haben sehr gelacht, als wir das Klavier kurz nach unserer Ankunft bei einem Händler entdeckten. Ausgerechnet ein russisches Modell. Es gab bessere, teurere, aber Natalja wollte nur dieses. Sie hat es sich in den Kopf gesetzt …« Er verstummte.

»Wann ist Ihre Frau denn gestorben?«, fragte Louise, berührt von der offensichtlichen Trauer des alten Mannes.

»Vor drei Jahren. Der Krebs hat uns beide überrascht. Wir wollten noch …« Er machte eine heftige Handbewegung, als wolle er eine Fliege verscheuchen, und vollendete den Satz nicht. Louise erfuhr nicht, was sie noch vorgehabt hatten. Stattdessen fuhr er fort: »Es verstaubt hier nur. Ich habe es neu stimmen lassen und dachte, es würde sich vielleicht ganz hübsch in der Ecke neben Ihrem Schaufenster machen. Meinen Sie, Sie können es gebrauchen?«

Ohne zu zögern, wiederholte Louise, was er selbst vor einiger Zeit zu ihr gesagt hatte: »Es würde mir eine Ehre sein, Monsieur Isaac.«

Mit Hilfe von Monsieur Isaac gelang es Louise, das Spiel weiterzuspielen. Mehr noch, es gelang ihr fast, selbst wieder daran zu glauben. Mit vereinten Kräften schoben und zogen sie das Klavier nach nebenan, wobei sie ein starkes Seil zu Hilfe nahmen, das Monsieur Isaac aus einer Schublade hinter der Verkaufstheke holte. Louise erinnerte sich, das Seil schon bei ihrer ersten Begegnung dort gesehen zu haben, und wunderte sich, wozu der alte Mann wohl in seinem Tabakladen so ein kräftiges Seil benötigte. Nachdem sie das Klavier an die vorgesehene Stelle transportiert und auch noch den passenden Hocker platziert hatten, wickelte er das Seil wieder sorgfältig auf und brachte es in seinen Laden.

Als er zurückkam, fragte Louise neugierig: »Wofür brauchen Sie das denn?«

»Wie bitte?« Der alte Mann sah sie erschrocken an. »Was meinen Sie, Mademoiselle?«

»Das Seil«, sagte Louise. »Es sieht so kräftig aus wie zum Bergsteigen, ich fragte mich, wozu …« Doch als sie Monsieur Isaacs Blick bemerkte, verstummte sie abrupt. »Entschuldigung, das geht mich nichts an«, murmelte sie verlegen.

Monsieur Isaac lächelte leichthin. »Ach das. Ich habe es gekauft, um das Klavier in Ihr Café zu transportieren«, erklärte er. »Und es hat wunderbar funktioniert, nicht wahr?«

Louise nickte und betrachtete den alten Mann nachdenklich. Wie sie wusste, lag das Seil schon an dem Tag hinter seiner Theke, an dem Louise sich bei ihm vorgestellt hatte. Er log also, und sie fragte sich, warum.

Jetzt deutete er zögernd auf das Klavier: »Soll ich …?«

Louise lächelte. »O ja, ich bitte darum!«

Monsieur Isaac setzte sich auf den Hocker und legte seine altersfleckigen Hände vorsichtig auf die Tasten, ohne zu spielen. Sein Blick wanderte hinaus auf die sonnenbeschienene Straße, und sein Gesicht bekam dabei einen fast zärtlichen Ausdruck. Dann schloss er die Augen und schlug die ersten Töne an.

Louise hatte sich ebenfalls gesetzt. Da er die schlichte Melodie mit Verästelungen und Improvisationen umschmeichelte wie eine geliebte Frau mit Schmuck und schönen Kleidern, dauerte es eine Weile, bis sie das Lied erkannte, das Isaac Sorokin gewählt hatte, um nach drei Jahren zum ersten Mal wieder auf dem Klavier seiner Frau zu spielen. Es war *Summertime*, die bekannte Gershwin-Nummer, doch sie klang unter den Händen des alten Mannes so frisch und neu, als würde sie zum ersten Mal im Leben gespielt werden.

Summertime … and the living is easy …

Louise hörte schweigend zu. Die Töne breiteten sich in ihrem Café aus wie das warme Licht der Nachtmittagssonne, leuchteten in jeden Winkel.

Nach einer Weile bückte sie sich und hob die zerfetzte Serviette auf. Sie war bereit. Die Gäste konnten kommen.

17

Nervenzusammenbruch. Was für ein seltsames Wort, dachte Louise. Paulette hatte es benutzt, bevor sie sich auf die Suche nach Camille machten. Was brach da eigentlich zusammen? Die Nerven? Verursachten sie nicht eher den Zusammenbruch? Louise hatte dieses Wort noch nie verstanden. Es passte einfach nicht zu dem Gemütszustand, den es umschrieb, fand sie. Es klang zu plump, zu polternd, fast tösend und gleichzeitig nichtssagend. Dabei handelte es sich doch um etwas völlig anderes, etwas Spitzes, Scharfes, Klirrendes. Ein Nervenzusammenbruch war eher ein Zerbrechen als ein Zusammenbrechen. Nervenzerbrechen? Nun ja, das klang auch etwas seltsam. Louise dachte an die Scherben in ihrem Café, an die vielen glitzernden Splitter im Licht der Kerzen, an das Knirschen unter den Schuhen, als sie begonnen hatte, die größeren Scherben aufzuheben und sich dabei in den Finger geschnitten hatte, erschrocken, ratlos, verwirrt. Ja. Genau so fühlte sich ihrer Meinung nach ein Nervenzusammenbruch an. Wie Scherben, Splitter, zerborstenes Glas.

Fast alle Gläser auf dem Tisch waren zu Bruch gegangen. Mit einer einzigen heftigen Handbewegung hatte Camille sie zu Boden gefegt. Camille, der unsichtbare

Schatten der Rue d'Estelle Nr. 5, dieses zarte, so zerbrechlich wirkende Wesen. Louise schüttelte leicht den Kopf, immer wieder aufs Neue verwundert über die Überraschungen, die die Menschen bereithielten, und trank einen Schluck direkt aus der Champagnerflasche, die sie mit nach oben genommen hatte. Sie war noch halb voll. Auf ein Glas hatte sie aus gegebenem Anlass verzichtet. Genug Scherben für heute.

Sie hatte sich nicht erklären können, was Camilles Ausbruch oder Zusammenbruch oder wie immer man es nennen wollte verursacht hatte. Nach Isaacs überraschendem Geschenk war der Nachmittag zuerst ganz wunderbar weitergegangen. Nicolas war der erste Gast gewesen, hatte sie auf beide Wangen geküsst und ihr eine Papierblume mitgebracht. Keine filigrane Rose wie bei ihrer ersten Begegnung, sondern eine große, lustige, orangefarbene Blume, so wie Kinder Blumen zeichnen, wenn man sie darum bittet. Paulette war gleich danach gekommen, in einem schönen, milchkaffeefarbenen Kostüm mit Seidentuch. Damit hatte sie nicht nur farblich perfekt zu Monsieur Isaac gepasst, der am Klavier sitzen geblieben war und weitergespielt hatte. Er trug wie immer seinen braunen Anzug zum weißen Hemd, allerdings hatte er sein Outfit zur Feier des Tages noch mit einer dunkelroten Fliege ergänzt, die er – etwas verschämt – aus seiner Jacketttasche gezogen hatte. Als schließlich tatsächlich auch noch Camille kam, war Louises Freude perfekt gewesen, denn mit ihr hatte sie nicht gerechnet. Sie hatte Camille spontan umarmt und war ein wenig darüber erschrocken, wie dünn sie war. Man wagte kaum, sie fester zu drücken. Sofort hatte sie ihr ein Stück vom Schokoladenkuchen mit Sahne gereicht. Ihr konnte es beileibe nicht schaden, ein paar süße Kalorien mehr zu sich zu nehmen.

Doch was war dann passiert? Man hatte Kaffee getrunken, jeder hatte von den Kuchen gekostet und sich lobend geäußert. Louise hatte hin und wieder einen vorsichtigen Blick in Richtung Paulette geworfen, die schweigend ihren Teller bis auf den letzten Krümel leer gegessen hatte, und beschlossen, dies als gutes Zeichen zu werten. Nur Camille hatte an ihrem Schokoladenkuchen herumgepickt wie ein Rotkehlchen an einem Futterring. Als die Sonne hinter den Häusern verschwunden war und es dämmrig im Raum wurde, hatte Louise ein paar Kerzen angezündet, und Monsieur Isaac hatte sich zur Begeisterung aller noch einmal ans Klavier gesetzt und gespielt, bis …

Wie eine Furie war Camille plötzlich aufgesprungen, hatte den Tisch leer gefegt und war dann einen Moment lang wie erstarrt vor Schreck stehen geblieben. Schließlich stieß sie ein so schmerzhaftes, gequältes Schluchzen aus, dass sich Louise vor Mitleid und Entsetzen die Haare an den Oberarmen sträubten. Wenn man Verzweiflung einen Ton zuordnen wollte, dann musste es dieser sein. Camille hatte sich die Hände vors Gesicht geschlagen und war ohne ein Wort hinausgelaufen wie ein Kind, das eine Dummheit begangen hat und Strafe fürchtet. Alle sahen ihr nach, schweigend, erschrocken. Schließlich sagte Paulette: »Wir müssen ihr nach. Wir müssen sie suchen.« Und dann sprach sie das Wort: »Nervenzusammenbruch« aus.

Louise fröstelte, als sie daran dachte, wie sie hinaus auf die dämmrige Straße getreten waren, ratlos, wo sie nach Camille suchen sollten. Wie sie schließlich erkannt hatten, was passiert sein muss, nachdem Monsieur Sorokin die Vermutung geäußert hatte, es sei wohl seine Musik gewesen. Er habe Camille eine Freude machen wollen und ein Stück aus »Schwanensee« gespielt. Und sie fröstelte noch mehr, als sie daran dachte, wie sie Camille schließlich gefunden hatten. Es war zu schrecklich und gleichzeitig zu schön gewesen. Sie trank noch einen Schluck und gleich noch einen. Der Champagner rann ihr schal und warm die Kehle hinab. Das Schlimmste jedoch war Nicolas' Blick gewesen. Sein Gesichtsausdruck hatte sich schmerzhaft wie einer der am Boden verstreuten Glassplitter in Louises Herz gebohrt, noch bevor ihr klar geworden war, warum eigentlich. Nicolas hatte sich nicht abwenden können von Camilles Anblick. Er war fasziniert gewesen.

Bezaubert.

Verloren.

Jedenfalls für Louise. Sie erkannte es, noch bevor sie richtig begriffen hatte, dass sie sich in ihren seltsamen Nachbarn verliebt hatte. Und auch wenn Louise sich dafür schämte, angesichts Camilles Verzweiflung so egoistische Gedanken zu haben, hatte sie sich eingestehen müssen, dass sie sich in diesem Moment nichts anderes wünschte, als dass dieser Blick ihr gegolten hätte.

Sie setzte die Flasche an die Lippen und trank sie in einem Zug aus. Dann schlug sie ihr Büchlein auf und schrieb, nicht mehr ganz nüchtern, hinein:

LOUISE BARCLAYS GEBRAUCHSANWEISUNG
FÜR EIN NEUES LEBEN

REGEL NUMMER DREI:
Tschaikowsky kann Nerven zerbrechen … und Herzen.

Pas de Deux

»Tanz zu zweit«

Begriff aus dem klassischen Ballett:
Duett – Höhepunkt einer Choreographie
mit genauen Regeln.

18

Das *Là-Bas* schloss normalerweise um zwei Uhr nachts, doch heute machte Josephine, die Wirtin, eine Ausnahme. Es gab Dinge, die durfte man nicht tun: Bier zum Fisch trinken, Seidenstrumpfhosen mit Nagellack flicken, sich in verheiratete Männer verlieben und Gäste auf die Straße setzen, die in einer Stimmung waren wie dieser junge Mann, der seit einer halben Stunde sein volles Glas anstarrte. Man wusste nicht, wozu es führen konnte, wenn man solchen Gästen praktisch den Boden unter den Füßen wegzog. Sie konnten in einen Abgrund stürzen und womöglich andere mitreißen, oder sie konnten verloren gehen, irgendwo in den Gassen von Paris, und nie wieder auftauchen. Josephine hatte beides schon erlebt.

Der junge Mann hatte nach Marcello und seinem verrückten Freund gefragt, doch sie hatte keine Ahnung, wo die beiden sich herumtrieben. Es gab Zeiten, da kamen sie jeden Tag und blieben bis zu Sperrstunde, und manchmal ließen sie sich tagelang überhaupt nicht blicken. Es war kurz vor zwei, und das Lokal war bereits leer, als der junge Mann hereinkam, zerzaust und schon etwas unsicher auf den Beinen. Eigentlich hatte sie gerade schließen wollen, doch ein Blick in seine Augen hatte ihr gesagt, dass dies ein Fall war, bei dem sie eine Ausnahme machen musste. Und so hatte sie ihm das Bier hingestellt, das er nun schon seit einer halben Stunde anstarrte.

»Keinen Durst?«, fragte sie, und als er den Kopf schüttelte, zuckte sie die Schultern und nahm ihr Häkelzeug in die Hand. Sie häkelte für ihr Leben gern, es war die perfekte Tätigkeit für einsame Nächte in ihrer Bar, wenn die Gäste nicht gehen wollten und es nichts mehr zu tun gab. Im Grunde war es ihre größte Leidenschaft, jedenfalls, seit ihr Mann vor einigen Jahren das Zeitliche gesegnet hatte. Gut, manchmal nahm sie sich durchaus einen von den Gästen mit in ihre Wohnung hinauf, wenn die Einsamkeit allzu groß zu werden drohte oder wenn ihr einer besonders leidtat. Es gab da so drei, vier Kandidaten, da kam so etwas schon vor, doch im Grunde bevorzugte sie ihr Häkelzeug. Es hatte etwas ungemein Beruhigendes und Beglückendes zu sehen, wie die Reihen wuchsen, wie aus einem Faden langsam etwas Festes, Hübsches, Buntes entstand, da konnte kein Sex der Welt mithalten. Zumindest nicht mehr in ihrem Alter. Sie hatte überdies die Erfahrung gemacht, dass Häkeln nicht nur auf sie selbst, sondern auch auf ihre Gäste eine beruhigende Wirkung hatte. Es kam immer wieder vor, dass einige in Streit gerieten, die Erregung überzuschwappen drohte, bis sie kurz davor war, sich in Handgreiflichkeiten zu entladen. Früher hätte sie in solchen Fällen mit der Polizei gedroht, jetzt setzte sie sich einfach zu ihren aufgebrachten Gästen und begann zu häkeln, und nach einer Weile beruhigten sie sich wieder. Man sollte Häkeln als Antiaggressionstraining einsetzen, hatte sie sich schon oft gedacht. Es würde besser funktionieren als Boxen.

Bei dem jungen Mann jedoch half das Häkeln nichts, das wurde ihr jetzt klar. Er brauchte jemanden zum Reden, auch wenn er noch kein Wort gesprochen hatte. Er hatte Marcello gesucht, das sagte im Grunde alles. Marcello war der beste Zuhörer, den Josephine kannte, obwohl er Sizilianer war und Sizilianer ihrer Erfahrung nach besser reden als zuhören konnten. Sie kannte zwar nur noch einen Sizilianer außer Marcello, doch das war ihr Mann gewesen, und das hatte gereicht. Hatte man Renato gekannt, kannte man sie alle.

»Was ist dir denn über die Leber gelaufen?«, fragte Josephine und legte ihr Häkelzeug beiseite, um sich ein Glas Rotwein einzuschenken. »Siehst aus, als hättest du einen richtig miesen Tag gehabt.«

Der Mann nickte vage. »Bin eingebrochen«, murmelte er und trank nun doch einen Schluck von seinem Bier.

»In einen Laden? Du hast was geklaut?«

»Nein. Blödsinn. In einen See. Eis …«

Josephine nickte, obwohl sie kein Wort verstand. Wo sollte man zu dieser Jahreszeit auf einem zugefrorenen See einbrechen?

»Ich habe Camille heute tanzen sehen«, sprach der Mann weiter, und Josephine beglückwünschte sich insgeheim zu ihrem richtigen Riecher. Eine unglückliche

Liebesgeschichte. Darüber wollten fast alle reden, die in diesem Zustand an ihrer Theke landeten.

»Ihr wart tanzen? Du und ein Mädchen? Wo denn?«

»Am Square du Vert-Galant, am Pont Neuf. Aber sie hat allein getanzt. Ganz allein. Sie sah aus wie … wie …« Er hob den Kopf und machte eine hilflose Geste, dann murmelte er: »Wie ein Stern.«

O weia, dachte Josephine, den hat's ja richtig erwischt.

»Ist sie deine Freundin?«

»Freundin?« Der junge Mann blinzelte überrascht. »Aber nein. Camille ist Tänzerin, und sie hatte einen kaputten Fuß. Ich dachte, es wäre alles wieder gut und sie ginge wieder an die Oper, trainieren, aber Paulette, die jeden Tag dort spazieren geht, meinte, sie habe sie in der letzten Zeit oft im Park sitzen sehen, auf einer Bank an der Seine, am Vormittag, am Nachmittag, andauernd, und sie hat nichts getan, nur auf das Wasser geschaut. Und da haben wir alle begriffen, dass es wohl vorbei ist mit dem Tanzen und sie es niemandem erzählen wollte und nur noch so tut, als ginge sie zum Training. Und als dann der alte Isaac mit Schwanensee daherkam … er hat es gut gemeint, weißt du … da ist sie … einfach so … ausgeflippt.«

»Aha … verstehe«, sagte Josephine und nippte an ihrem Wein. Sie hatte nicht die geringste Ahnung, wovon dieser Bursche sprach. Aber es war ja auch nicht ihre Aufgabe zu verstehen, es genügte, wenn sie zuhörte.

Er zog einen zerknautschten Tabakbeutel aus seiner Hemdtasche und begann, sich unbeholfen eine Zigarette zu drehen. Als es nicht gelang, reichte ihm Josephine ihre eigene Zigarettenschachtel. »Und warum bist du dann so fertig?«, fragte sie. »Wenn sie nicht deine Freundin ist? Bist du verliebt in sie?«

Der junge Mann zündete sich eine Zigarette an und schien ernsthaft nachzudenken. Josephine fiel auf, dass er ein interessantes Gesicht hatte, nicht gerade hübsch, aber es hatte was.

»Sie ist eingebrochen. Wie ich«, sagte er schließlich, ohne auf ihre Frage einzugehen. »Und die arme Louise, sie stand da in ihrem hübschen Café, zwischen den Scherben, und ihre Hand hat geblutet. Ich hätte sie gern in den Arm genommen ...«

»Louise? Wer ist denn Louise?« Josephine konnte seinen Gedankensprüngen nicht folgen. War nicht gerade von Camille die Rede gewesen? Und von einer Paulette? Und wer war der alte Isaac mit seinem Schwanensee?

Er wedelte ihre Frage mit einer unbeholfenen Geste beiseite und verstreute dabei Asche auf der Theke. »Ich dachte, ich hätte sie verstanden, Camille.«

»Ah, ja ...?«

»Es geht ihr wie mir, das Eis trägt sie nicht mehr, verstehst du?«

Josephine nickte vage.

»Aber dann ... dann habe ich sie tanzen sehen«, erklärte der junge Mann in einem feierlich abschließenden Ton, als sage das alles. »Und ich habe begriffen, dass ...« Er stockte plötzlich und sah Josephine fast erschrocken an.

»Was hast du begriffen?«, wollte sie wissen.

»Ich muss wieder rauskommen. Darum geht es!«, flüsterte er, mehr zu sich selbst als zu der Wirtin. »Es ist wie bei Camille. Ich muss wieder rauskommen …«

»Aus dem See? In den du eingebrochen bist?«, fragte Josephine verwirrt nach.

»Ja! Nein! Aus dem Koffer! Ist ja klar!« Der junge Mann lächelte. Er wirkte plötzlich befreit und kramte Geld aus seiner Hosentasche, um das Bier zu bezahlen.

Aus dem Koffer? Sie schüttelte den Kopf. »Lass gut sein. Geht aufs Haus.« Irgendwann würde sie einmal einen Roman schreiben müssen über die Geschichten, die sie an dieser Theke schon gehört hatte. Es würde ein absurder Roman werden.

»Danke!« Er beugte sich über die Theke und gab Josephine einen Kuss auf die Wange. Er roch nach Rauch, Alkohol, und nach … war das etwa Kuchen?

Sie sah ihm nach, wie er zur Tür ging und ihr noch einmal zunickte, bevor er in der Nacht verschwand, dann folgte sie ihm und sperrte ab. Jemand hatte für ihn Kuchen gebacken. Dann war das wohl keiner von den Menschen, die verloren gingen in den Gassen von Paris, dachte sie. Zumindest hoffte sie es.

19

Louise schreckte aus ihrem Traum auf, als es klingelte. Sie taumelte aus dem Bett und öffnete verschlafen die Tür. Draußen stand Paulette. Sie trug sorgfältig gebügelte Jeans, ziemlich altmodisch geschnitten, der hohe Bund reichte ihr bis weit über den Bauchnabel, dazu ein blütenweißes Männerhemd mit aufgekrempelten Ärmeln. Sie hatte eine große Tasche neben sich am Boden stehen. Ganz entgegen ihrer üblichen Gewohnheit trug sie keine Schuhe mit hohen Absätzen, sondern weiße Sneakers in Puppengröße und wirkte so noch kleiner als sonst.

»Du bist ja noch im Nachthemd!«, sagte sie und musterte Louises ausgewaschenes Maxishirt mit dem glitzernden Union Jack auf der Brust vorwurfsvoll.

»Äh … ja, wieso?« Louise unterdrückte ein Gähnen. »Hab ich was verpasst?«

»Macarons«, sagte Paulette nur.

»Oh. Ach so. Ja …« Louise fuhr sich hastig durch ihre unordentlichen Haare. Paulette hatte gestern mit keiner Silbe zu verstehen gegeben, dass ihr Louises Backversuche zugesagt hatten. Und nach Camilles Zusammenbruch hatte es auch keine Gelegenheit mehr gegeben, sie zu fragen. »Bin gleich da.«

Paulette nickte. »Sagen wir, in fünfzehn Minuten?«

»Kein Problem!«, log Louise, und ein kurzer Schauer erfasste sie bei dem Gedanken, dass sie wohl kalt würde duschen müssen, da das Wasser im Boiler mindestens so lange brauchte, um warm zu werden.

»Wunderbar!« Ein feines Lächeln erschien auf Paulettes sonst so streng wirkendem Gesicht. »Ich freue mich.«

Louise sah Paulette nach, wie sie in ihren altmodischen Jeans und den kleinen weißen Turnschuhen die Treppe hinunterschritt wie eine Lady aus dem englischen Adel. Ich freue mich, hatte sie gesagt. Und Paulette, so gut kannte Louise sie inzwischen schon, sagte nie etwas, das sie nicht auch so meinte.

»Mandelpuder, Puderzucker, Sahne und Schokolade für die Füllung…«, zählte Paulette auf und sortierte die Backzutaten vor sich auf dem Tisch. »Dann natürlich Eiweiß…«

Louise holte eine Lage Eier aus dem Kühlschrank. Die beiden Frauen standen in der Backstube, Louise, noch nicht ganz wach – es war immerhin erst kurz nach acht, und sie hatte gestern eine Flasche Champagner fast allein getrunken –, hatte ihre feuchten Haare zu einem Dutt gezwirbelt und hielt eine Tasse Kaffee in der Hand. Paulette, adrett in Kochschürze über dem blütenweißen Hemd und sprühend vor Energie, stand neben ihr wie ein frisch gebackenes Baisertörtchen.

»Wie viele Eier brauchen wir? Ich habe noch eine Lage in der Kühlung…«, sagte Louise und zählte die Eier durch.

Paulette warf einen Blick auf die Eierschachtel, und sagte: »Vierunddreißig Gramm.«

»Wie bitte?«

»Vierunddreißig Gramm Eiweiß.«

»Aber … das ist ja höchstens ein Ei …«

Paulette nickte. »Meist ein bisschen weniger. Du brauchst die Feinwaage.«

»Aber wieso denn so wenig?« Louise holte die kleine Waage, die an einem Haken an der Wand hing.

»Aus dem Teig können wir sechzehn Macarons machen. Das reicht fürs Erste. Es wird ein wenig dauern, bis du es beherrschst, alles andere wäre also Verschwendung.«

Louise sagte nichts mehr. Es kamen ihr jedoch leichte Zweifel daran, ob es klug gewesen war, Paulette um Hilfe zu bitten. Wer fing an zu backen mit vierunddreißig Gramm Eiweiß? War das nicht ein wenig sehr schrullig? Sie hatte über Macarons bereits einiges gegoogelt und ein Rezept auf der Seite eines recht angesagten Londoner Lifestyle-Kochs gefunden, auf der ganz sicher nicht die Rede von vierunddreißig Gramm, von was auch immer, gewesen war.

Paulette kramte in ihrer Tasche und förderte schließlich eine Art Kosmetiktäschchen zutage, dem sie sechs kleine Döschen entnahm, im Durchmesser nicht größer als ein 20-Cent-Stück. Darin befand sich verschiedenfarbiger Puder – rot, grün, gelb, blau, lavendelfarben und gold. Es sah aus wie ein Sortiment Lidschatten.

»Das sind die Lebensmittelfarben. Ich beziehe sie von

Sève in Lyon, es sind die besten, die man dort bekommen kann«, verkündete Paulette und reihte die Döschen nebeneinander auf. »Wir sollten uns aber erst einmal auf eine Farbe konzentrieren. Oder sie blanc machen, bis du es kannst.«

Louise rollte ein wenig mit den Augen. Sie hatte keine Ahnung, wer oder was Sève aus Lyon sein sollte, und Paulettes Getue kam ihr langsam ein wenig albern vor. Gut, es mochte komplizierter sein, Macarons zu machen als Muffins, aber es war doch wohl auch keine Zauberei. Auf der Homepage dieses Kochs hatte es ausgesehen wie Cookies backen.

Paulette redete schon weiter. »Wir fangen mit dem einfachen Rezept an. Später versuchen wir es dann mit *meringue italienne*. Dafür brauchen wir ein Zuckerthermometer.«

Louise hob den Schlüsselbund hoch, an dem Isabelles Thermometer hing. »Hier!«

Paulette lächelte, griff in ihre Tasche und förderte ein chromglänzendes Hightech-Thermometer mit Digitalanzeige zutage. »Das ist besser, glaub mir.«

Ofen vorheizen auf hundertachtundsechzig Grad, kein Grad mehr oder weniger. Ober-/Unterhitze. Ei anwärmen, Eiweiß schlagen, Mandelpuder sieben, noch einmal sieben und ein drittes Mal, Puderzucker sieben, eine halbe Messerspitze rote Lebensmittelfarbe, mit einer winzigen Spritztülle kleine, runde rosafarbene Makronen auf das Backpapier spritzen. Louise schwitzte, weniger vor Anstrengung als vor Konzentration. Paulette war jedoch mit der Form der Macarons unzufrieden, kratzte den Teig wieder ab und ließ es Louise noch zweimal versuchen.

»Ein Koch im Internet hat den Teig ausgewalzt und ausgestochen«, wandte Louise ein, während sie fluchend mit der klebrigen Masse kämpfte.

Paulette riss die Augen auf. »*Was* hat er gemacht? Das waren aber doch sicher keine Macarons!«

»Doch!« Louise wischte sich mit dem Handrücken eine Strähne aus dem Gesicht. »*French Macaroons* hieß das Rezept.«

»Ach so, ein Engländer!« Paulette schnalzte verächtlich mit der Zunge. »Ja, dann …« Ganz offensichtlich traute sie den Engländern alles zu, sogar das Auswalzen von Macaronteig. Sie deutete mit dem Finger auf die fast noch flüssige Mandelbaisermasse. »Wie willst du das auswalzen, eh?«

»Jaja, schon gut«, gab Louise zu. »Ich dachte ja nur …«

Schließlich war Paulette mit dem Ergebnis einigermaßen zufrieden, konnte es sich jedoch nicht verkneifen, selbst noch ein perfekt rundes Schälchen neben Louises eher ovale, unregelmäßig geratene Modelle zu spritzen. »Voilà. So muss es irgendwann einmal aussehen, wenn du sie verkaufen willst.«

Louise nickte, allerdings um des lieben Friedens willen, denn auch, wenn Paulettes Macaron unzweifelhaft schöner aussah als die ihren, so fand sie doch, dass es auf den Geschmack ankam und nicht auf die perfekte Form.

Paulette schaute auf die Uhr. »Zeit für meinen Spaziergang. Du lässt die Macarons jetzt ruhen, damit sie *le croutage* bekommen.« Sie sah aus dem kleinen Küchenfenster in den Himmel. »Ich würde sagen, dreißig Minuten. Aber nicht länger, sonst wird die Kruste zu dick. Dann kommen sie in den Ofen. Nach fünf Minuten drehst du die Hitze fünf bis zehn Grad runter, und dann dauert es noch etwa zehn Minuten. Du lässt sie mit dem Papier auf der kühlen Arbeitsfläche abkühlen, dann lösen sie sich leicht vom Backpapier. Inzwischen machst du die Füllung, spritzt sie zwischen zwei Hälften und, voilà, fertig sind deine ersten Macarons.« Sie strahlte jetzt über ihr ganzes herbes Gesicht, und Louise wurde klar, dass es Paulette selbst am allerglücklichsten machte, ihr ihre Macarongeheimnisse verraten zu dürfen.

»Hast du alles notiert?« fragte Paulette beim Hinausgehen.

Louise nickte. »Ich glaub schon.«

Als sich die Tür hinter Paulette geschlossen hatte, stöhnte Louise leise. Was für ein Gedöhns wegen sechzehn Macarons, keines größer als eine Zwei-Euro-Münze. Paulette war unter ihrer etwas rauen Schale, *le croutage*, wie Louise gleich belustigt ihr neu gelerntes Wort auf ihre gestrenge Lehrerin anwandte, eine sehr liebenswürdige Person, aber die Sache mit den Macarons übertrieb sie schon ein wenig. Keine Frage, sie schmeckten köstlich, aber es konnte doch nicht im Ernst einen Unterschied machen, ob das Eiweiß 34 oder 43 Gramm wog? Sie bereitete sich noch einen Kaffee in ihrer neuen Kaffeemaschine zu und sah auf die Uhr. Wie lange ruhten die Dinger jetzt schon? Wird schon passen, entschied sie und schob sie in den Ofen, vergewisserte sich, dass sie die Küchenuhr auf fünf Minuten eingestellt hatte, um nach Madame Paulettes Anweisungen pünktlich auf die Minute die Temperatur zu drosseln, und ließ sich dann auf einen Stuhl fallen, um erst einmal richtig munter zu werden. So viele Informationen am frühen Morgen, das war sie nicht gewohnt. Draußen auf der Straße fielen ihr zwei Männer auf, die suchend herumgingen und sich dann der Bäckerei näherten. Einer war grauhaarig, groß und kräftig, mit einem zerfurchten Gesicht, der andere klein und schwarzhaarig, mit spektakulär dichten, rußig schwarzen Augenbrauen über leicht unstet blickenden Augen, dazu dürr wie ein Reisigbesen. Er trug einen Mantel, der ihm viel zu groß war. Während der große Mann bedächtig einherschritt, machte der kleinere kurze, hektische Schritte, fast kleine Hüpfer. Sie blieben vor der Bäckerei stehen und sahen unschlüssig nach oben. Der kleinere Mann redete dabei unablässig auf den größeren ein.

Louise ging hinaus. »Suchen Sie etwas? Kann ich Ihnen helfen?«

Der grauhaarige Mann kniff überrascht die Augen zusammen. Sie waren leuchtend hellblau, wie Louise bemerkte. »Guten Tag, Mademoiselle.« Er sah sie prüfend an und lächelte dann, was seinem Gesicht noch ein paar Furchen mehr hinzufügte. »Sie müssen die Engländerin sein.«

Louise runzelte die Stirn. »Kennen wir uns?«

»Nein, aber ich habe von Ihnen gehört. Das Mädchen mit den butterkaramellfarbenen Haaren …«

»O voi che siete in piccioletta barca, desiderosi d'ascoltar seguìti dietro al mio legno che cantando varca …«, ergänzte der kleine Mann freundlich, und seine buschigen Augenbrauen hüpften dabei auf und ab wie kleine schwarze Tierchen.

»Äh, wie bitte?«

»Das ist Silvain. Er spricht nur Dante. Heute ist er im Paradies.« Der ältere Mann lachte und reichte ihr die Hand. »Ich bin Marcello, ein Freund von Nicolas. Wir waren zusammen beim Zirkus.«

Zirkus? Louise ergriff seine Hand, noch immer verwirrt. »Freut mich.«

»Ist er da?«

Louise zuckte die Schultern. »Keine Ahnung, habe ihn heute noch nicht gesehen.«

»Josephine sagte mir, er habe uns gesucht, gestern Abend, war wohl nicht so gut drauf, da wollten wir nach ihm sehen«, erläuterte Marcello, und seine blauen Augen blickten etwas besorgt, während Louise überlegte, wer wohl Josephine sein mochte.

»Non vi mettete in pelago, ché, forse, perdendo me rimarreste smarriti …«, kommentierte der kleine Mann ernst.

»Gestern … ja … da gab es ein wenig, äh … Turbulenzen«, meinte Louise, »eine Nachbarin hatte ein paar Probleme, wir mussten sie suchen …«

»Eine Nachbarin?« Marcello lächelte, doch die Besorgnis in seinen Augen war noch immer zu erkennen. »Mir scheint eher, dass Nicolas die Probleme hat.«

»Ach?« Louise sah ihn erstaunt an. Dieser Marcello

schien ja ein sehr enger Vertrauter von Nicolas zu sein, wenn dieser, der auf sie verschlossen und einzelgängerisch wirkte, ihm sein Herz ausschüttete. War er schon länger verliebt in Camille? Gab es vielleicht sogar eine unglückliche Vorgeschichte, von der Louise nichts wusste? Sie zuckte die Schultern und deutete zur Haustür. »Ganz oben unter dem Dach, links.«

»Danke, Mademoiselle.« Marcello nickte ihr zu, und der kleine Mann, der Silvain hieß, machte einen tiefen Diener und sagte dann: *»Drizza la mente in Dio grata.«*

Louise hatte die Küchenuhr nicht gehört, sie hatte wohl geklingelt, als sie draußen mit Nicolas' wunderlichen Freunden geredet hatte. Hastig drehte sie die Temperatur ein wenig zurück und sah dann auf die Uhr. Wie lange waren sie wohl schon drin? Die Macarons waren ein wenig aufgegangen und sahen recht hübsch aus, wie sie fand. Noch fünf Minuten, beschloss sie und begann, Zartbitterschokolade in einem Topf Sahne zu schmelzen. Als sie das Blech jedoch fünf Minuten später herausholte, waren sie alles andere als hübsch. Die Oberfläche war gerissen, sie waren in sich zusammengesunken und nicht mehr viel höher als ein dünnes Stück Pappe. Auch das leuchtende Pink hatte an Leuchtkraft verloren, die Schälchen sahen an den Rändern bräunlich und leicht wellig aus. Louise fluchte. Woran mochte es gelegen haben? An der Temperatur? Waren sie zu lange oder kurz im Ofen gewesen? Wenn sie sich nur die Zeit gemerkt hätte. Sie las nach, was sie bei Paulettes Erläuterungen mitgekritzelt hatte, doch es war zu ungenau, nur ein paar Stichpunkte. Sie schüttelte den Kopf. Keine Ahnung, was falsch gelaufen war. Ungeduldig nahm sie einen Teigkratzer und versuchte, die Macarons vom Backpapier zu lösen, doch sie klebten fest, und als sie es etwas nachdrücklicher versuchte, brachen einige auseinander. »Fuck! Fuck! Fuck!«, schrie Louise und warf den Teigkratzer in die Ecke. Gleich würde Paulette kommen und sich totlachen. Nein. Paulette lachte sich nicht tot. Schon gar nicht, wenn es um Macarons ging. Sie würde ihr einen dieser strengen, unnachgiebigen Blicke schenken, vor denen sie sich so fürchtete. Vielleicht würde sie sogar mit der Zunge schnalzen und »Engländer…« sagen, in diesem ganz besonderen Ton, und ihr den spöttischen Rat geben, das nächste Mal doch einen Teig herzunehmen, den man auswalzen konnte. Louise schob sich die staubige und zuckerverklebte Brille zurück auf den Nasenrücken. Die ganze Louise Barclay war staubig und klebrig.

»Hallo?«

Sie zuckte zusammen. Die Stimme kam vom Café. Louise wandte sich von ihrem Macarondesaster ab und ging nach draußen, um nachzusehen. Dort standen wieder der grauhaarige Marcello und sein seltsamer Freund.

»Nicolas muss noch duschen«, sagte Marcello. »Der Junge sieht so grün aus wie Möwenscheiße.« Er zwinkerte Louise zu. »Hatte wohl ganz schön einen in der Krone gestern.«

»Hm. Keine Ahnung…« Louise kratzte sich ein paar

Baiserkrümel von den Fingernägeln. »Geht mich ja auch nichts an, nicht wahr?«

»Er meinte, wir könnten bei Ihnen einen Kaffee trinken und warten, bis er fertig ist.« Er sah sich um. »Hübsch haben Sie's hier, Mademoiselle.« Er setzte sich an einen der Bistrotische, und Silvain folgte ihm wie ein Hündchen.

»Ich … das Café hat noch nicht geöffnet«, sagte Louise.

»Ach? Wann öffnen Sie denn?« Marcello sah auf die Uhr an der Wand. »Um elf?«

»Äh, nein, ich meinte, es ist noch nicht eröffnet.«

»Tatsächlich? Nicolas meinte, er wäre gestern auf der Eröffnungsparty gewesen …«

»Das hat er wohl missverstanden.« Louise lächelte etwas gequält. »Es dauert noch ein bisschen, ich muss erst noch … ähm … einiges vorbereiten … aber ich mache Ihnen gern einen Kaffee«, fügte sie schnell hinzu und ging zu ihrer neuen Kaffeemaschine. Wenn sie Gäste hatte, musste sie sich wenigstens nicht mit Paulette auseinandersetzen. Sie brachte den beiden zwei Tassen Milchkaffee und dazu zwei Stück Schokoladentorte, was Silvain zu dem Ausruf »Gloria, Gloria in excelsis deo!« veranlasste.

Louise musste lachen. »So ein Lob bekommt man selten«, sagte sie.

»Sie haben Glück«, erwiderte Marcello, »manchmal wünscht er einem auch biblische Plagen an den Hals, Frösche, Stechmücken und schwarze Blattern, zum Beispiel.« Er zog einen Stuhl heraus. »Leisten Sie uns doch ein wenig Gesellschaft, Mademoiselle.«

»Warum spricht er so eigenartig?«, fragte Louise, während sie sich setzte.

»Man sagt, der Grund sei, dass ein Pferd ihn getreten hat, als er fünfzehn war.«

»Aber Sie glauben das nicht?«

Marcello wiegte nachdenklich den Kopf hin und her. »Medizinisch mag das schon stimmen. Aber es gibt doch immer noch Gründe hinter den Gründen, nicht wahr? Silvain ist ein Findelkind. Er wurde unserer Direktorin praktisch vor die Füße gesetzt, als wir vor vielen Jahren in Korsika Station gemacht haben. Ein kleiner Fratz in vollgeschissenen Windeln und einem versifften Hemdchen, noch keine zwei Jahre alt. Um den Hals hatte er ein Schild hängen wie ein Sonderangebot im Supermarkt: *Ich haise Silveng*. Sonst nichts. Madame Loulou hat immer schon ein großes Herz für ungeliebte Geschöpfe gehabt, wir hatten Schildkröten, Katzen, Hunde, einen halbverhungerten Esel, einen uralten Gaul. Alles, was wir unterwegs aufgelesen haben, durfte mit. So konnte sie natürlich den kleinen Bengel nicht zurücklassen. Er war dürr wie ein Zahnstocher, die Rippen konnte man zählen, er hatte den Kopf voller Läuse und eine Menge blauer Flecken. Es war ihm nicht gut gegangen, dort, wo er herkam. So hat sie kein großes Aufheben gemacht und ihn mitgenommen. Großgezogen haben wir ihn alle zusammen.«

Marcello trank einen Schluck Kaffee und warf Silvain einen liebevollen Blick zu. »Er war immer schon ein bisschen speziell. Nicht besonders helle. Aber der Tritt dieses verdammten Gauls hat ihm dann wohl den Rest gegeben.« Er sah Louise mit seinen hellen blauen Augen nachdenklich an. »Menschen können verloren gehen«, sagte er. »Man sieht es ihnen nicht sofort an, aber innerlich verschwinden sie, irgendetwas in ihrem Inneren, etwas, was sie erlebt haben, zwingt sie dazu. Es braucht nur« – er schnippte mit den Fingern – »einen einzigen falschen Augenblick.«

Louise fröstelte unwillkürlich bei seinen Worten. Sie dachte an Camille und die Scherben von gestern Abend. »Sie denken also, Silvain ist verloren gegangen?«, fragte sie.

»Ich bin kein Psychofritze«, sagte Marcello bedächtig, »aber ich würde meinen, diese Welt ist ihm irgendwann zu viel geworden. Er ist in eine andere Welt verschwunden, irgendwohin, wo es keine halb verhungerten Kinder mit blauen Flecken am ganzen Körper gibt.«

»Perdendo me rimarreste smarriti …«, meldete sich Silvain, der während Marcellos Erklärung schweigend seinen Kuchen gegessen hatte, plötzlich zu Wort.

Marcello lächelte. »Er kann die ganze göttliche Komödie auswendig, aber das ist einer seiner Lieblingssätze. Vielleicht hat er mich damit selbst darauf gebracht. Er bedeutet so viel wie: Wenn ihr mich verliert, bleibt ihr verschwunden …«

»Wer ist verschwunden?«

Sie fuhren alle drei herum. In der Tür stand Nicolas in Hemd und Jeans und mit feuchten Locken. Er sah von einem zum anderen, grinste und sagte dann: »Bekomme ich auch einen Kaffee?«

»Ich habe eigentlich noch gar nicht geöffnet…«, wandte Louise ein zweites Mal ein, doch es klang nicht besonders energisch.

»Nicht? Ich dachte…«, begann Nicolas erstaunt, doch Louise winkte ab. »Egal. Milchkaffee?«

Er schüttelte den Kopf und verzog dabei das Gesicht. »Schwarz, groß und stark, bitte.«

Marcello lachte plötzlich auf, laut und dröhnend. »Herr im Himmel, jetzt hat er das Klavier entdeckt!«

Louise drehte sich um und sah, wie Silvain aufgestanden war und sich gemessenen Schrittes dem Klavier näherte. In etwa einem Meter Entfernung blieb er stehen, verbeugte sich tief und sagte mit ehrerbietiger Stimme: »*Nel ciel che più della sua luce prende fu' io, e vidi cose che ridire né sa né può*…«, dann setzte er sich auf den Hocker und begann, den Flohwalzer zu spielen.

Louise sah ihm verblüfft zu. »Er kann auch noch Klavier spielen?«, fragte sie Nicolas leise. »Nicht nur Dante?«

»Nur dieses eine Lied.« Nicolas grinste. »Das wird dir recht schnell auf die Nerven gehen… Bouc, unser Pianist, musste das Klavier mit einem Vorhängeschloss absperren, damit wir nicht alle wahnsinnig wurden. Kiki, eine von Madame Loulous Pudeldamen, hat sich jedes Mal übergeben, wenn sie das Lied hörte.«

Louise kicherte. »Du nimmst mich auf den Arm.«

»Nein! Ehrenwort. Marcello, sag du's ihr, du weißt doch noch, die Sache mit dem Pudel…«

»Ja, das stimmt, Kotzende Kiki, so nannten wir sie. Wär 'ne gute Zirkusnummer gewesen. Aber Madame war dagegen.«

Louise brachte Nicolas den Kaffee, Schokoladenkuchen oder Ähnliches verweigerte er vehement.

»Ich wusste gar nicht, dass du beim Zirkus warst...«

Nicolas zuckte die Schultern. »Hat sich eben so ergeben.«

»Wie lange warst du dort?«

»Zehn Jahre.« Er deutete zu Marcello und lächelte. »Ich habe mit ihm aufgehört. Als er zu alt wurde, auf ein Pferd zu springen...«

»Bin nie auf einen gottverdammten Gaul gesprungen«, widersprach Marcello. »Kann diese Viecher nicht ausstehen, schon wegen Silvain nicht, so sieht's aus.«

Hinter ihnen spielte Silvain unermüdlich den Flohwalzer.

Es fühlte sich gut an, dieses »Als-ob-Spiel«, das Louise spielte. Statt Schokoladenkuchen bereitete sie Nicolas gegen seinen Kater ein englisches Frühstück zu, das Maisie immer *first heart attack* genannt hatte: einen Berg cremiger Rühreier mit knusprigem Bacon, Blutwurst und Toast, leider ohne gebackene Bohnen, die hatte sie in Paris bisher noch nicht auftreiben können. Doch sie beschloss, dieses Gericht in ihre Speisekarte mit aufzunehmen. Während sie in der Küche stand, das Rührei rührte und dem Bacon beim Brutzeln zusah, klangen von draußen die Klänge des Flohwalzers herein. Lächelnd hörte sie zu.

Plötzlich veränderte sich etwas an der Melodie, oder besser gesagt, es kam eine neue Melodie hinzu, fügte sich in den simplen Rhythmus ein, hüpfte in lustigen Sprüngen darüber hinweg, kroch darunter hindurch, um dann im Gleichschritt wieder daneben herzulaufen. Sie warf einen Blick hinaus und sah sich in ihrer Vermutung bestätigt: Monsieur Isaac war ebenfalls gekommen. Es war zwölf Uhr, er hatte offenbar gerade seinen Laden zugesperrt. Im üblichen Anzug saß er neben dem dürren, kleinen Silvain, der noch immer seinen Mantel trug, und sie spielten vierhändig. Silvain lachte übers ganze Gesicht, und seine Augenbrauen schienen mit der Melodie mitzutanzen. Er spielte mit vollem Körpereinsatz, und seine Beine zappelten dabei wie die eines Kindes. Marcello und Nicolas saßen noch am Tisch, sie hatten die Köpfe zusammengesteckt, und Nicolas schilderte etwas, recht aufgeregt, dann sprang er plötzlich auf, drehte sich mit erhobenen Händen um die eigene Achse wie eine Ballerina und setzte sich wieder. Marcello nickte mehrmals. Louise zog sich in die Küche zurück. Die Gestik war klar gewesen. Nicolas erzählte Marcello von Camille. Louise konnte ihm seine Begeisterung nicht verdenken. Sie selbst war sprachlos gewesen, gestern Abend, als sie Camille schließlich fanden. Nachdem Paulette erzählt hatte, dass sie ihr des Öfteren auf ihrer üblichen Spazierroute entlang der Seine zum Square du Vert-Galant begegnet war, hatten sie sich in diese Richtung aufgemacht, in der Hoffnung, sie irgendwo unterwegs zu entdecken. Doch ihre Suche war erfolglos gewesen. Erst als sie nach rund zwanzig Minuten den kleinen Park an der äußersten Spitze der Île de la Citè erreichten, trafen sie auch auf Camille.

Camille saß nicht weinend auf einer Bank oder kauerte verzweifelt am Flussufer, bereit, sich in die Fluten zu stürzen, wie Louise sich das in einem Anflug von Panik ausgemalt hatte, sondern sie tanzte. Am äußersten Ende der Flussinsel, dort, wo man das Gefühl hatte, am Bug eines Schiffes zu stehen und auf die Stadt zu blicken, tanzte sie – barfuß. Ein paar späte Spaziergänger, Liebespaare, Nachtschwärmer standen um sie herum und sahen ihr schweigend zu. Überhaupt war es die unwirkliche Stille, die Louise am tiefsten berührte. Bei einem Ballett erwartete man Musik, doch an diesem Abend war Camille die Einzige, die die Musik hörte. Es war ihre Musik. Sie folgte ihr präzise und perfekt, so als ob sie auf einer Bühne stünde, und in ihren Bewegungen lag eine solche Anmut, dass Louise der Atem stockte. Vor allem, weil sie die Trauer spürte. Es war ein Abschiedstanz, und während Louise ihr schweigend dabei zusah, inmitten der anderen, die ebenso ergriffen waren wie sie selbst, verstand sie, was es bedeutete, von einem Traum Abschied nehmen zu müssen.

Louise legte die Rühreier, den Bacon und die Wurst auf einen Teller, schnitt die Toasts diagonal in akkurate Dreiecke und brachte Nicolas sein Katerfrühstück. Er betrachtete es zweifelnd. »Ist es das, was ich denke…?«, fragte er und deutete auf die aufgeplatzte, fast schwarze

Blutwurst, die zugegebenermaßen nicht wirklich appetitlich aussah. »Boudin noir, das ist eine französische Blutwurst, müsstest du eigentlich kennen, habe ich am Markt gekauft. Englische gab es nicht.«

»Aber zum Frühstück …?«

Louise nickte. »Es gibt nichts Besseres, um sich von einem Kater zu erholen, glaub mir.«

Inzwischen hatte es Monsieur Isaac tatsächlich geschafft, Silvain zu einer Pause zu überreden, und die Stille nach dem unendlichen Flohwalzer war ausgesprochen wohltuend. Louise begrüßte den alten Herrn mit einer herzlichen Umarmung. In seiner ruhigen, bedächtigen Art setzte er sich an einen einzelnen Tisch am Fenster, entfaltete etwas umständlich eine Zeitung und bestellte Tee. Earl Grey wenn möglich, mit Milch und Zucker, wenn es keine Umstände machte. Louise ersparte sich dieses Mal den Hinweis, dass das Café eigentlich noch nicht geöffnet hatte, und nickte stattdessen. Kein Problem. Gerade als sie Monsieur Isaac seinen Tee gebracht hatte, klopfte es erneut an der Glastür. Camille stand dort mit einem verlegenen Lächeln und schien sich nicht recht hereinzutrauen. Sie wirkte noch immer etwas erschöpft, trug ihren grauen Jogginganzug und die üblichen Wollsocken und hielt einen Kuchen in der Hand. Noch bevor Louise sie hereinbitten konnte, war Nicolas schon aufgesprungen und öffnete ihr die Tür. Zögernd trat sie ein. Louise bemerkte, dass sie ein klein wenig humpelte.

»Ich wollte mich entschuldigen«, sagte sie leise und

sah dabei in die Runde. »Ich war nicht ich selbst gestern…«

Louise schüttelte den Kopf. »Das brauchst du nicht. Es ist alles gut.«

»Und ich ersetze auch alles, was zu Bruch gegangen ist.«

»Blödsinn. Die paar Gläser.«

»Doch.« Camille streckte ihr den Teller mit dem Kuchen entgegen. »Du hattest mich kürzlich um ein Lieblingsrezept gebeten, und ich war sehr unhöflich zu dir… vielleicht kann ich es wieder gutmachen?«

Louise nahm ihr den Kuchen ab. »Was ist das?« Es schien eine Art Apfelkuchen zu sein, jedoch wirkte er ein wenig zermatscht, so als habe sich bereits jemand draufgesetzt.

»Es ist eine Tarte Tatin, mit karamellisierten Äpfeln nach dem Rezept meiner Mutter. Er wird verkehrt herum gebacken, so können die Äpfel unter dem Teig im eigenen Saft und im Zucker ganz weich werden. Ich habe ihn immer geliebt. Jedes Mal, wenn ich am Wochenende nach Hause kam, hat sie ihn für mich gebacken.« Camille reichte ihr einen kleinen Zettel. »Das ist das Rezept. Damit du ihn für dein Café backen kannst.«

Louise war gerührt. Die Situation erschien ihr mit einem Mal vollkommen unwirklich. Das Café war noch nicht einmal eröffnet und schon voller Menschen. Menschen, die sie vor ein paar Wochen noch gar nicht gekannt hatte. Sie saßen an den Tischen, die sie gekauft hatte, fast nur aus einer Laune heraus, einem Spiel folgend, tranken Kaffee, unterhielten sich, so als ob das hier tatsächlich ein Café wäre. So, als ob dieser Traum, der ihr auf seltsame Weise von Tante Isabelle geschenkt worden war und von dem sie bis dahin gar nicht gewusst hatte, dass sie ihn träumte, Wirklichkeit geworden wäre. Louise wünschte sich plötzlich, Maisie wäre hier und könnte das alles sehen. Und ihre Mutter. Dann würden sie ihr endlich glauben, dass sie etwas zu Ende bringen konnte. Dass sie zu mehr taugte als nur zum Auffüllen von Supermarktregalen, mehr konnte, als Flausen im Kopf nachzujagen, von einer Idee zur anderen zu springen und über rote Ampeln zu fahren, unfähig, rechtzeitig anzuhalten.

»Hast du doch schon geöffnet?«, fragte Camille und riss sie damit aus ihren Gedanken. »Sagtest du nicht gestern, du brauchst noch ein wenig Zeit…?«

Louise lachte, froh, dass wenigstens Camille sie richtig verstanden hatte. »Ja, brauche ich auch.« Sie deutete in Richtung Backstube. »Komm mit, ich zeig dir, warum.«

»Sind das etwa Macarons?«, wollte Camille wissen, als sie Louises misslungene Kreationen sah.

»Sollten es sein.« Louise seufzte. »Erster Versuch.« Sie machte sich daran, die Tarte Tatin für ihre Gäste aufzuteilen. Sie sollten alle von Camilles Kuchen probieren.

»Hast du auch eine Füllung?«

»Ja, Schokoladenganache.« Louise zeigte auf den Topf mit der geschmolzenen Schokolade.

»Worauf wartest du noch? Lass sie uns füllen«, schlug Camille vor. »Ich liebe Macarons!«

Louise warf ihr einen verwunderten Blick zu. Camille schien ihr verändert. Zwar war sie noch immer erschreckend blass, doch sie wirkte viel gelöster, offener. So, als ob ihr eine große Last von den Schultern genommen worden wäre.

»Sie sind nicht richtig gelungen, schau, alle gerissen …«

»Das ist doch egal. Sie schmecken sicher trotzdem.« Camille hatte sich einen Löffel genommen und damit begonnen, die Schokoladencreme auf den Schälchen zu verteilen und immer zwei zusammenzukleben. Erstaunlicherweise lösten sie sich jetzt kinderleicht vom Backpapier, ohne zu zerbrechen, und Louise fiel ein, dass Paulette ihr geraten hatte, sie zunächst auf der Arbeitsfläche abkühlen zu lassen …

Es dauerte keine fünf Minuten, dann waren sie fertig. Zwölf krumme, bräunlich-rosa gefleckte, rissige Macarons lagen vor ihnen auf einem Teller, zentimeterdick gefüllt mit Schokoladencreme.

Camille leckte den Löffel und ihre Finger ab. »Weißt du, wie lange ich so etwas schon nicht mehr gegessen habe? Zehn Jahre. Keinen Zucker, kaum Fett, keinen Kuchen, keine Pommes frites …« Sie nahm sich eines der zerbrochenen, ausgemusterten Makronenschälchen und schob sie sich in den Mund. »Wunderbar!«, sagte sie kauend und schob noch einen Löffel mit Schokoladencreme hinterher. »Als ich heute beim Backen den Kuchenteig probiert habe, dachte ich, ich bin im Himmel.«

Louise erinnerte sich daran, wie ihr Camille bei ihrem ersten Besuch die Tür vor der Nase zugeschlagen hatte, und sagte: »Anfangs hatte ich dich für eine dumme Ziege gehalten.«

Camille nickte. »Kann ich verstehen.« Sie schwang sich auf die Arbeitsplatte und schlug ihre Beine übereinander. »Kennst du Schneekugeln?«, fragte sie.

»Die Souvenirs? Die Monsieur Isaac in seinem Laden verkauft?«

»Genau. Ich habe auch so eine. Eine kleine Ballerina steht darin auf ihren winzigen Spitzenschuhen, während der Schnee auf sie herabrieselt. Mein Vater hat sie mir bei unserem ersten Besuch in Paris gekauft. Ich war elf. Es war kurz vor Weihnachten. Ich hatte diese Prüfung an der Ballettschule, und am nächsten Tag sind wir Riesenrad gefahren. Um das Riesenrad herum gab es einen kleinen Markt mit Buden, und dort habe ich die Schneekugel bekommen. Für meine kleine Ballerina, meinte mein Vater, und ich hatte das Gefühl, er hatte Angst um mich. Meine Eltern waren ursprünglich dagegen, dass ich auf diese Schule gehe, weißt du. Sie waren keine dieser ›Balletteltern‹. Sie wollten nicht, dass ich mit elf Jahren schon so weit weg von zu Hause bin. Auch wenn sie stolz auch mich waren, wollten sie im Grunde nicht, dass ich Tänzerin werde. Mein Vater arbeitet bei der Eisenbahn, meine Mutter ist Grundschullehrerin. Beide haben mit Tanz überhaupt nichts zu tun. Doch es war mein Traum. Immer schon. Und ich habe mich durchgesetzt und ihn mir erfüllt.« Sie nahm sich eines der Macarons. »Essen wir sie jetzt?«

Als Louise nickte, schob sie es sich in den Mund, kaute eine Weile mit geschlossenen Augen, dann fuhr sie fort: »Ich hatte keine Ahnung. Aber meine Eltern haben es wohl geahnt und wollten mich davor beschützen.«

»Wovor beschützen?«, fragte Louise.

»Das Leben einer Tänzerin ist genau so wie das dieser Ballerina in der Schneekugel. Man lebt in einer anderen Welt. Unter einer Glaskuppel. Schön, perfekt, unerreichbar. Man lebt nur für den Tanz, den Augenblick auf der Bühne. Vollkommen jenseits von normalen Dingen, jenseits von Macarons und Chips, Lümmeln auf dem Sofa, Abhängen mit Freunden. Du kannst dich nicht betrinken, weil du am nächsten Tag Proben hast, du darfst keinen Buche de Noël zu Weihnachten essen, weil du sonst zunimmst. Die Diätassistentin misst mit einer Zange regelmäßig den Fettanteil deines Körpers. Dafür lebst du deinen Traum. Unter Glas. So lange, bis es vorbei ist.« Camille nahm sich noch ein Macaron.

»Gestern ist deine Kuppel zerbrochen«, sagte Louise und verstand. Sie verstand alles, was Camille sagte, und auch das, was sie nicht sagte.

Camille nickte.

»Und jetzt?«, fragte Louise.

»Keine Ahnung.« Camille lächelte zaghaft. Aber es war immerhin ein Lächeln. »So weit bin ich noch nicht.«

Louise nickte, und dann aßen sie gemeinsam die restlichen Macarons auf. Als kurz darauf Paulette von ihrem Spaziergang zurückkam, überrascht über die vielen Leute in der alten Bäckerei, war kein Krümelchen mehr übrig, und Camille schwor Stein und Bein, dass es die besten Macarons gewesen waren, die sie je gegessen hatte. Und auch wenn Paulette sie beide ein wenig argwöhnisch musterte, Louise wusste, dass Camille absolut die Wahrheit sagte.

20

In den nächsten Tagen arbeitete Louise hart. Man konnte ihr nicht vorwerfen, dass sie es sich zu leicht machte. Doch die Macarons gelangen ihr nicht. Egal, wie sehr sie sich anstrengte, wie genau sie Paulettes Anweisungen befolgte, wie lange oder wie kurz sie das bisschen Eiweiß schlug, die Ruhezeit ausdehnte oder verkürzte, ob sie die Tür des Backofens einen Spalt offen ließ oder nicht – immer wieder hatten sie Risse, sackten in sich zusammen, waren zu trocken oder zu weich, zerbrachen, waren hohl wie Nussschalen, wurden braun … Schließlich war auch Paulette ratlos. »Ich kann dir nicht mehr sagen als das, was ich weiß, meine Liebe«, erklärte sie eines Tages und fügte nach kurzem Zögern hinzu: »Es müssen ja nicht unbedingt Macarons sein, oder? Die Tarte Tatin nach dem Rezept von Camille gelingt dir doch zum Beispiel ganz wunderbar …«

»Doch, es müssen Macarons sein«, widersprach Louise. »Und ich werde es schaffen. Ganz sicher.«

Paulette nickte skeptisch, und Louise konnte es ihr nicht verdenken. Sie verstand sich selbst nicht. Anfangs hatte sie es doch kaum erwarten können. Hatte sie es nicht bereits als unnötige Verzögerung betrachtet, das Backen der Kuchen zu üben? Warum konnte sie jetzt nicht einfach loslegen, mit Kuchen, Kaffee und kleinen Gerichten, und die Macarons Macarons sein lassen? Was, wenn sie ihr nie gelängen? Doch es fühlte sich falsch an, jetzt aufzugeben. Wie Versagen. Wie ein gebrochenes Versprechen. Und so machte sie einfach weiter und weiter wie ein Esel, der hinter einer Karotte herläuft, die ihm jemand vor die Nase hält, ohne sie je zu erreichen.

Mit Nicolas traf sie sich nicht mehr. Er verbrachte seine Zeit jetzt häufiger mit Camille. Louise konnte die beiden manchmal am Abend in seiner Wohnung lachen hören, oder sie sah, wie er zu ihr in die Wohnung ging. Marcello und Silvain kamen hin und wieder vorbei, dann kochte Louise Kaffee, unterhielt sich ein wenig mit Marcello, während Silvain Flohwalzer spielte, manchmal unterstützt von Monsieur Isaac, der vergeblich versuchte, ihm etwas Neues beizubringen, und schließlich aufgab. Bei diesen Gesprächen mit Marcello erfuhr Louise eine ganze Menge über Nicolas, vor allem, dass er auch eine Art Findelkind war, allerdings ein freiwilliges. Dieses Mal war es Marcello gewesen, der ihn gefunden und mitgenommen hatte, sechzehnjährig, mit einem Rucksack und einem blutenden Ohr. Er war so etwas wie der Ersatzvater für Nicolas geworden und hatte ihm den Clownberuf beigebracht.

»Und seine Eltern?«, erkundigte sich Louise, »haben die ihn nicht gesucht?«

»Davon weiß ich nichts. Er hat nie darüber gesprochen. Und es ist nie jemand gekommen und hat nach ihm gefragt.«

Und dann, eines Tages, erzählte ihr Marcello nach einigem Zögern noch eine andere Geschichte, die sich erst letztes Jahr zugetragen hatte. »Er war dabei, verstehen Sie, Mademoiselle? Bei dem Attentat. Hat gesehen, wie Menschen erschossen wurden.«

Louise hatte voller Entsetzen zugehört und begriffen, dass es das war, was Marcello gemeint hatte, als er bei ihrer ersten Begegnung von Nicolas' Problemen sprach. Sie hatte an Camille gedacht, während er ihr Silvains Geschichte erzählte und davon sprach, dass Menschen verloren gehen können, doch Marcello, das verstand sie erst jetzt, hatte von Nicolas gesprochen. Er war es, der auf einem schmalen Grad balancierte, der Gefahr lief, den Halt zu verlieren und verloren zu gehen. Sie dachte an jenen Vormittag vor dem Centre Pompidou, als er auf seinem grünen Bandoneon gespielt hatte und dann in den Koffer geklettert war. Sie hätte merken können, dass es ihm nicht gut ging. Seine stets unverbindliche Art, seine Versuche, immer lustig zu sein, und die tiefe Traurigkeit dahinter. Hatte sie die in seinen Augen denn nicht gesehen? Nicht sehen wollen?

»Er ist auf einem guten Weg«, schloss Marcello zuversichtlich. »Er findet da wieder raus.«

Mit Camilles Hilfe, dachte Louise, und sie begriff einiges. Die beiden waren in einer ähnlichen Situation, mussten einen Weg finden, mit ihren Problemen klarzukommen. Es war nur zu verständlich, dass sie sich auf diese Weise nähergekommen waren. Die Trauer, die sie bei diesem Gedanken erfasste, wischte sie schnell beiseite. Sie hatte ja ihr Café. Bald würde sie es eröffnen, und dann würden viele Leute kommen, und sie hätte den ganzen Tag zu tun, man würde ihre Macarons köstlich finden, und alles wäre wunderbar.

Doch bevor alles wunderbar werden konnte, wurde es erst einmal schlimmer. Viel schlimmer. Und wieder war es etwas, was Louise übersehen hatte. Oder vielleicht nicht hatte sehen wollen.

Eines Tages besuchte Monsieur Isaac sie und fragte: »Hätten Sie vielleicht Interesse an einem Samowar?« Er erzählte ihr, dass seine Frau sich, nachdem sie ihre Heimat verlassen hatten, nur zwei Dinge gewünscht hatte: Ein Klavier und einen Samowar. Beides hatten sie kurz nach ihrer Ankunft in Paris gekauft. Louise fand die Idee schön, in ihrem künftigen Café einen echten Samowar für die Teezubereitung zu haben, doch sie wunderte sich, warum er ihn nicht behalten wollte. Monsieur Isaac meinte nur, er habe keinen Platz mehr dafür, weil er vorhabe, seine Wohnung zu verkaufen und sich zu verkleinern. Also räumte Louise einen Platz hinter der Theke frei, auf dem der Samowar, silbern und altehrwürdig, der modernen Kaffeemaschine die Show stahl. Kurze Zeit später kam Monsieur Isaac erneut mit einer Frage: Er habe all seine Bücher aussortiert und für wohltätige Zwecke gespendet, nur ein kleines Wandschränkchen sei noch übrig, und er dachte, es würde sich zusammen mit den Büchern gut als Dekoration für

Louises Café eignen. Er wüsste es gern in guten Händen. Wieder war Louise einverstanden, und Monsieur Isaac brachte ihr noch am gleichen Tag ein schlichtes hübsches Holzschränkchen mit zwei Glastüren, nicht viel größer als eine Weinkiste. Abgegriffene, russische Ausgaben von Klassikern – Tolstoi, Gogol, Puschkin, Dostojewski –, offensichtlich viel gelesen, standen sorgfältig aufgereiht wie Zinnsoldaten darin. Louise hängte das Schränkchen hinter Monsieur Isaacs Klavier und nannte den Platz fortan »die russische Ecke«. Sie revanchierte sich für die Gaben mit russischem Rauchtee, den sie in der Rue des Rosiers kaufte, und selbst gebackenen Baranki. Oft saßen sie und Monsieur Isaac zusammen neben dem leise blubbernden Samowar und redeten. Monsieur Isaac wollte alles über England wissen, und er erzählte Louise von Russland, von den Dingen, die er lange schmerzlich vermisst hatte, der Sprache und den Freunden, und davon, wie Paris schließlich langsam zu seiner Heimat geworden war.

»Hatten Sie nie das Bedürfnis, wieder zurückzugehen?«, fragte Louise.

Monsieur Isaac zögerte eine Weile, dann sagte er: »Doch. Als Natalja starb, wollte ich zurück. Ich dachte mir, was soll ich hier noch allein? Ohne sie?«

»Und warum sind Sie dennoch hiergeblieben?«

»Nun, es ist doch so: Es gibt kein Zurück. Alles hat sich verändert. Die Welt, aus der ich gekommen bin, existiert nur noch in meinem Kopf. Und Paris, das gehörte immerhin Natalja und mir zusammen. Ich hätte das Gefühl, sie zu verraten, wenn ich wieder zurück nach Russland ginge.« Er trank einen Schluck Tee, bedächtig und achtsam, wie es seine Art war – es gab nicht das geringste Geräusch, als er die Tasse zurück auf die Untertasse stellte –, dann sah er Louise mit einem melancholischen Lächeln an. »Sie können das noch nicht wissen, Mademoiselle, dafür sind Sie zu jung, aber es gehört mehr Mut dazu, einen Weg zu Ende zu gehen, als umzukehren.«

Eines Nachmittags kam Paulette mit einer aufregenden Neuigkeit: Die neuseeländischen Behörden hatten endlich die Unklarheiten bezüglich der Zuständigkeiten mit England und Frankreich geklärt und mitgeteilt, dass nun der Überführung des Leichnams von Isabelle Bonnet nach Paris nichts mehr im Wege stünde. Die Beerdigung würde also in Kürze stattfinden. Paulette war glücklich. Endlich konnte sie ihre Freundin beerdigen. Bei Louise dagegen führte diese Nachricht zu einem kaum zu unterdrückenden Gefühl der Panik. Wie bereits befürchtet käme ihre Mutter zur Beerdigung, sie hatte es schon bei ihrem letzten Telefongespräch angekündigt und gebeten, ihr ein »hübsches« Hotel zu reservieren, sobald der Termin feststand. Die Skepsis ihrer Mutter angesichts ihrer Pläne für das Café war sogar durch das Telefon so deutlich zu hören gewesen, dass Louise nicht die geringste Lust hatte, sich dem erneut auszusetzen. Sie würde den Beweis erbringen müssen, dass sie ihr Projekt dieses Mal erfolgreich durchgezogen hatte. Allerdings ohne Macarons. Die Mistdinger hassten sie, und sie hasste sie inzwischen voller Inbrunst zurück. Sie würde ihrer Mutter nicht erklären können, warum sie ein fix und fertig eingerichtetes Café nun schon seit Wochen leer stehen ließ, während ihre Ersparnisse dahinschmolzen wie Schokolade auf der Zunge. Niemandem konnte sie das erklären. Es war zu verrückt. Sie verstand es selbst nicht. Sie hätte gern mit jemandem darüber geredet, doch sie wusste nicht, mit wem. Paulette kam nicht infrage, Maisie auch nicht. Sie hatten seit ihrem letzten eher unerfreulichen Gespräch nicht mehr miteinander telefoniert. Und Louise hätte sich lieber die Zunge abgebissen als zuzugeben, dass Maisie womöglich recht behalten könnte. Nicolas und Camille wollte sie damit nicht belästigen, blieb nur Monsieur Isaac. Er würde sie vielleicht verstehen. Doch auch er kam seltener in letzter Zeit, hatte viel zu tun mit seiner Wohnungsauflösung, wie er behauptete. Als der Tag der Beerdigung näher rückte, das Hotel für ihre Mutter reserviert war und das Café immer noch im Dornröschenschlaf lag, fasste sie sich ein Herz und ging hinüber zu Monsieur Isaac. Aber die Tür des Ladens war abgesperrt. Ein Schild verkündete: »Wegen Betriebsaufgabe geschlossen.«

Louise war wie vor den Kopf geschlagen. Betriebsaufgabe? Davon wusste sie gar nichts. Warum hatte Monsieur Isaac nie etwas davon gesagt, dass er den Laden aufgeben wollte? Was war passiert? Wusste Paulette davon? Sie klingelte bei ihr, doch niemand öffnete. Sie klingelte bei Nicolas, ebenfalls vergeblich, nur Camille war zu Hause. Auch sie hatte keine Ahnung von Monsieur Isaacs Plänen. Im Gegenteil.

»Es wundert mich, dass er nie etwas gesagt hat«, meinte sie verwundert. »Wir haben uns immer so gut unterhalten in der letzten Zeit, sind viel zusammen spazieren gegangen, doch davon kein Wort.« Camille schüttelte beunruhigt den Kopf.

»Ihr habt euch getroffen?«, fragte Louise verblüfft. Das war ihr völlig entgangen, sie hatte gedacht, Camille würde nur noch mit Nicolas zusammen sein.

»Ich habe mir angewöhnt, jeden Tag spazieren zu gehen«, erklärte Camille. »Mir ist aufgefallen, dass ich die Stadt, in der ich schon so lange lebe, im Grunde gar nicht kenne. Und jetzt habe ich ja Zeit... Manchmal geht Monsieur Isaac mit, er kennt sich gut aus und hat mir schon die eine oder andere hübsche Ecke gezeigt. Wir waren im Louvre und im Musée d'Orsay, und stell dir vor, Monsieur Isaac hat sogar das Geheimnis des Riesenrads gelüftet.« Sie lachte.

»Riesenrad?«

»Ja, ich war traurig, weil es nicht mehr da ist. Früher, als Kind, war ich ein einziges Mal dort und bin damit gefahren. Es war so schön, über der Stadt zu schweben. Ich hätte es gern wieder einmal gemacht, doch ich habe es nicht mehr gefunden. Monsieur Isaac sagte mir jetzt, dass es nur zu Weihnachten auf der Place de la Concorde steht. Wie traurig, oder? Nicht einmal das habe ich gewusst.«

Louise verspürte einen leichten Stich von Eifersucht. Nicht nur, dass Nicolas ständig mit Camille zusammensteckte, jetzt auch noch Monsieur Isaac. Dabei hatte sie sich eingebildet, er käme nur zu ihr zum Reden.

Dann nahm Camille plötzlich Louises Hand und sagte: »Du bist das gewesen, Louise. Du und dein Café, ihr habt alles verändert. Ich lebe schon seit Jahren in diesem Haus und habe in der ganzen Zeit nie mehr als ein paar Worte mit den Nachbarn gesprochen. Aber dieser gemeinsame Abend, an dem ich… du weißt schon, und der Tag danach, als so viel los war in deinem Café, als dieser verrückte kleine Mann Klavier gespielt hat und wir in der Küche Macarons gegessen haben, und dann habe ich auch noch Nicolas besser kennengelernt… und…« Sie stockte, suchte nach Worten und fixierte dabei angestrengt einen Punkt irgendwo hinter Louise an der Wand. »Was ich sagen wollte… du und dein Café – sag, wie heißt es denn eigentlich? –, ja, ihr seid etwas ganz Besonderes.« Sie blinzelte eine einzelne Träne aus den Augenwinkeln und lächelte. »Das wollte ich dir schon die ganze Zeit sagen: Schön, dass du zu uns gekommen bist, Louise Barclay.«

Louise nickte nur. Sie konnte nicht antworten. Langsam entzog sie Camille ihre Hand, drehte sich um und ging.

21

Nicolas konnte Beerdigungen nicht ausstehen. Nun ja, wer konnte das schon? Es waren sehr viele Menschen in die Kirche gekommen und, wie er auch, noch mit zum Grab gegangen, obwohl es nach Wochen schönsten Wetters ausgerechnet heute regnete wie aus Kübeln. Isabelle Bonnet war im Viertel bekannt gewesen. Und beliebt. Wie viele Menschen würden wohl zu seiner Beerdigung kommen? Höchstens eine Handvoll. Seine Freunde, sofern man sie Freunde nennen konnte, waren in alle Winde verstreut. Nicolas schob den Gedanken rasch beiseite. Bof… war doch egal. Wenn es so weit war, würde er ja tot sein. Und deshalb würde es ihn nicht mehr kümmern. Ob seine Eltern noch lebten? Wenn nicht, wer war bei ihrer Beerdigung gewesen? Julie vielleicht… Nicolas fröstelte und vergrub seine Hände in den Taschen seines dünnen, dunklen Jacketts. Ihm war elend zumute. Er würde jetzt gern eine Zigarette rauchen. Musste er wirklich bis zum Schluss durchhalten? Er stand ohnehin ganz hinten, keiner würde es bemerken, wenn er ging. Er hatte genug. Die vielen schwarzen Regenschirme versperrten ihm ohnehin die Sicht auf das Grab. Durch eine Lücke zwischen Mänteln, Schirmen und Regenjacken erhaschte er einen Blick auf Paulette, die – ganz ohne ihre übliche Contenance – bitterlich in ein Taschentuch weinte. Dahinter, reglos und trotz des trüben Wetters mit großer dunkler Sonnenbrille, stand eine gut aussehende Frau um die fünfzig mit blond gefärbten Haaren, offenbar die Schwester von Isabelle, Louises Mutter. Neben ihr stand Louise, ihre Haare ein Lichtpunkt im düsteren Regengrau. Wie er, so hatte auch sie keinen Schirm dabei und stand, nur zur Hälfte durch den Schirm ihrer Mutter geschützt, im strömenden Regen. Der Zopf, den sie sich geflochten hatte, hatte sich aufgelöst, die Wimperntusche war verschmiert. Dahinter machte er Camilles schlanke Gestalt aus. Sie trug einen hellen Trenchcoat, der sich von der dunklen Beerdigungskleidung der anderen abhob, ebenso wie der silberfarbene Regenschirm, den sie dabeihatte. Den Hut von Monsieur Isaac meinte Nicolas ebenfalls irgendwo kurz gesehen zu haben, aber vielleicht täuschte er sich auch. Er hatte mit keinem von ihnen gesprochen, war mit Absicht zu spät gekommen. Beerdigungen waren nichts für ihn. Er warf einen kurzen Blick auf die Uhr, dann drehte er sich um und ging.

In dem Moment, als Nicolas die Beerdigung verließ, hob Louise zufällig den Kopf. Sie sah eine einsame Gestalt mit nassen Haaren und einem zu dünnen, schwarzen Jackett zum Ausgang gehen und hatte plötzlich das Gefühl, sie müsse ihm nachlaufen, müsse ihn dazu bringen, stehen zu bleiben, dürfe ihn nicht gehen lassen. So stark war das Gefühl, dass sie einen Augenblick lang glaubte, er müsse es ebenfalls spüren und sich von ihrem Blick festgehalten fühlen. Tatsächlich schien es einen Moment lang, als verlangsame Nicolas seine Schritte. Doch dann schlug er nur den Kragen seines Jacketts hoch und ging weiter, mit hochgezogenen Schultern, den Kopf zum Schutz vor dem Regen gesenkt, und bog, ohne sich umzudrehen, auf die breite Hauptallee ein, die den riesigen Friedhof der Länge nach durchzog. Nach wenigen Schritten war er aus Louises Blickfeld verschwunden, und zurück blieb ein Gefühl der Sehnsucht und Vergeblichkeit, das sie verwirrte. Eine Windböe erfasste die ehrwürdigen Bäume entlang der Allee und riss die Blätter von den Ästen, so als wolle sie damit dem Gefühl von Louise Nachdruck verleihen.

Louise senkte den Blick und versuchte, sich auf die Worte des Priesters zu konzentrieren, doch es gelang ihr nicht. Ihre Gedanken schweiften ab, glitten gegen ihren Willen wieder zurück zu Nicolas, tasteten sich vorsichtig an diese plötzliche, schmerzhafte Sehnsucht heran, ohne sie zu berühren, und wanderten dann rasch weiter, um schließlich bei dem Schreckensmoment des gestrigen Abends zu verharren, an dem ihr klar geworden war, dass Monsieur Isaac vorhatte, sich umzubringen.

Nicolas ging ohne Umweg ins *Là-Bas*, wo Marcello und Silvain auf ihn warteten. Marcello machte sich auch nichts aus Beerdigungen. Die einzige Beerdigung, auf der sie beide gewesen waren, war die von Madame Loulous Pudeldame Kiki, die nach einem wahrlich abwechslungsreichen und glücklichen – von gelegentlichen Kotzattacken einmal abgesehen – Pudelleben mit siebzehn Jahren an Altersschwäche verstorben war. Silvain hatte die Grabrede gehalten. Er hatte stilsicher Dantes Paradies gewählt, nicht etwa das Fegefeuer oder gar die Hölle, und zehn Minuten lang feierlich daraus rezitiert. Madame Loulou war vor Rührung und Schmerz fast zerflossen und hatte von Bouc, dem Pianisten, gestützt werden müssen, was dieser gern tat, denn er hatte schon lange ein Auge auf Madame geworfen und sah jetzt, da sie im Schmerz empfänglich für Tröstungen aller Art war, seine Chance gekommen.

»Na, bereit, Kikis Platz einzunehmen?«, hatte Mariette geätzt, die Kassendame und Popcorn-Verkäuferin mit der schillernden Haarfarbe, mit der Bouc einmal eine kurze Affäre gehabt hatte.

Dies war der einzige Misston auf Kikis Beerdigung, ansonsten war es eine sehr schöne und würdige Veranstaltung gewesen, gekrönt von Silvains Flohwalzer und einem ziemlichen Besäufnis im Anschluss, allerdings ohne Madame und Bouc. Sie erhörte nämlich tatsächlich Boucs Flehen und nahm ihn – sehr zum Missfallen von Mariette, die ihren Frust in einer Flasche Wodka ertränkte – mit in ihren Wohnwagen, aus dem beide erst am nächsten Mittag, satt und glücklich wie nach einem opulenten Festessen, wieder auftauchen sollten. Man spekulierte schon seit jeher, welches Geschlecht Madame Loulou ursprünglich einmal gehabt hatte, bevor sie Madame Loulou und Zirkusdirektorin wurde, doch niemand konnte das Geheimnis bisher lüften. Auch Bouc schwieg sich aus. Seiner Miene nach zu urteilen schien es jedoch eine sehr denkwürdige Nacht gewesen zu sein. Fortan wollte er nur noch Liebeslieder spielen und musste mit Nachdruck daran erinnert werden, dass ein Zirkuspianist gelegentlich auch lebhaftere Stücke zum Besten geben sollte.

An diese Beerdigung dachte Nicolas, als er durch die trüben, regennassen Straßen in Richtung Metro ging. Der Zirkus fehlte ihm. Mehr als er zugeben wollte. Seit letztem Jahr, seit… hatte er das Gefühl, sich nicht mehr zurechtzufinden. Er funktionierte nicht mehr richtig. Ursprünglich hatte er den Plan gehabt, ein Studium zu beginnen. Sein Traum war es gewesen, Lehrer zu werden. Er hätte gern Kindern etwas beigebracht, vor allem den kleineren, aber vielleicht auch denen, die schon älter waren und ähnlich hilflos und zornig, wie er damals mit dreizehn, vierzehn Jahren gewesen war. Allerdings war er nie über einen kurzen Besuch in der Universität hinausgekommen. Zu fehl am Platz hatte er sich gefühlt, als er hineingegangen war und nicht einmal das Sekretariat auf Anhieb gefunden hatte. Auch wenn er Abitur gemacht hatte, so fühlte er sich wegen seiner Zirkusvergangenheit wie ein gepunktetes Zebra unter all diesen souveränen, selbstsicheren Studenten, die noch dazu viel jünger waren als er. Ihm fehlte so vieles, um sich dort zugehörig zu fühlen. Eigentlich alles. Drei Jahre waren seitdem vergangen, und nie wieder hatte er den Versuch wiederholt, sich einzuschreiben, im Gegenteil, er hatte einen möglichst weiten Bogen um das ganze Quartier

Latin gemacht, um nicht mehr daran erinnert zu werden, was er sich damals, als er entschieden hatte, den Zirkus zu verlassen, um endlich sesshaft zu werden und eine neue Heimat zu finden, so schön ausgemalt hatte. Es war ihm nicht gelungen. Und die Frage, ob diese Stadt tatsächlich seine Heimat geworden war, wie er es sich gewünscht hatte, konnte er seit letztem Jahr auch nicht mehr so vorbehaltlos bejahen. Er hatte den Boden unter den Füßen verloren, also konnte er genauso gut wieder zurück zum Zirkus gehen und weiterhin unterwegs sein wie früher, alle paar Wochen in einer neuen Stadt …

Madame Loulou würde ihn mit Kusshand nehmen, sie hatte ihn nur sehr ungern ziehen lassen und schickte ihm hin und wieder eine Nachricht oder den einen oder anderen Zeitungsbericht über eine Aufführung, in der Hoffnung, er käme irgendwann doch wieder zurück. Der Zirkus selbst hatte sich, allerdings bereits zu seiner Zeit, verändert. Es gab – außer Madame Loulous Pudel und diverse Findelkinder – keine Tiere mehr, dafür mehr Artistik, mehr Clowns und auch mehr Musik. Von dem kleinen Wanderzirkus, der er vor dreizehn Jahren gewesen war, als er in Saint-Malo Station gemacht hatte, war nicht mehr viel übrig. Seine Seele jedoch, die neben Madame auch Marcello maßgeblich mitgeprägt hatte, schien noch erhalten zu sein. »*Der Cirque de Loulou erzählt Geschichten voller Poesie*«, hatte er kürzlich in einer Kritik gelesen. Das klang vielversprechend. Warum also nicht? Was hielt ihn noch hier? Doch im Grunde wusste er, dass seine Zeit beim Zirkus unwiederbringlich vorbei war. Es würde ihn nicht retten, dorthin zurückzukehren. Es wäre nicht mehr wie früher. Und das lag nicht nur daran, dass Marcello nicht mehr da war. Man konnte die Zeit nicht zurückdrehen. Wenn es einen Ort gab, wo er hingehen musste, dann war es nicht der Zirkus. Doch darüber wollte er nicht nachdenken. Er hatte die Metrostation erreicht und lief die Stufen hinunter, froh, dem Regen eine Weile entronnen zu sein.

Louise war am Tag vor der Beerdigung voller Panik noch einmal zu Camille gelaufen und hatte ihr von ihrem Verdacht erzählt. »Er verschenkt alles, was ihn an seine Frau erinnert: das Klavier, den Samowar, die Bücher. Er hat seine Wohnung verkauft, er schließt den Laden!«, zählte sie atemlos auf.

»Vielleicht hat er vor zurückzugehen? Er kommt aus Sankt Petersburg, glaube ich …«, erwiderte Camille.

»Nein. Er hat zu mir gesagt, er kann nicht mehr zurück, das Russland, das er kannte, gibt es nicht mehr. Und er hat gemeint, es koste mehr Mut, einen Weg zu Ende zu gehen, als umzukehren …«

Camilles Blick wurde ein wenig besorgter, und als Louise ihr noch von dem Seil erzählte und wie er sie deswegen angelogen hatte – »er hat das alles geplant, verstehst du? Er hat nur auf den richtigen Zeitpunkt gewartet. Und morgen ist Isabelles Beerdigung« –, schlüpfte Camille hastig in ihre Schuhe und nahm eine Jacke vom Garderobenhaken. »Wir müssen ihn suchen.«

Camille wusste, wo Monsieur Isaac wohnte. Als sie vor seiner Haustür standen und Camille auf die Klingel drückte, wo noch immer neben Isaac Sorokin Natalja Sorokina stand, klopfte Louises Herz bis zum Hals. Waren sie zu spät? Er würde doch sicher bis nach der Beerdigung warten? Oder nicht? Ihr fiel ein Stein vom Herzen, als Monsieur Isaac öffnete. Er trug Mantel und Hut und war offensichtlich gerade dabei zu gehen. Die Wohnung hinter ihm war leer. Nur eine einzelne Glühbirne hing von der Decke. Erstaunt musterte er die beiden: »Was für eine Überraschung! Sie haben Glück gehabt, Desmoiselles. Ich bin schon ausgezogen und war nur noch hier, um das Wasser abzudrehen.«

»Ausgezogen? Aber wohin?«, fragte Louise und hörte selbst, dass ihre Stimme leicht hysterisch klang. »Ich habe gesehen, dass Ihr Laden geschlossen ist, und dann ist mir das Seil eingefallen, und das Klavier und der Samowar … und dass Sie gesagt haben, Sie wollten den Weg zu Ende gehen …«

Monsieur Isaac strich ihr über die Wange und lächelte. »Mademoiselle Louise, bitte beruhigen Sie sich. Ich habe nicht vor, mich umzubringen.«

»Nicht?«

»Ganz sicher nicht.« Er schüttelte den Kopf. »Tut mir leid, dass ich Ihnen solche Sorgen bereitet habe.«

»Aber das Seil?«, schaltete sich Camille ein. »Wofür brauchen Sie das?«

Monsieur Isaacs Lächeln wurde breiter. »Kommen Sie mit, Desmoiselles. Ich verrate Ihnen mein Geheimnis.«

Monsieur Isaac führte Camille und Louise zum Canal Saint-Martin, der durch eines der noch ursprünglichen Viertel von Paris führte. Von Napoleon als Transportweg gedacht, leitete er inzwischen nur noch verschlafene kleine Ausflugsbarken durch das 10. Arrondissement und schließlich durch einen Tunnel unter der Bastille hindurch bis zur Seine und dem Hafen Port Arsenal.

Sie gingen an dem stillen, mit Platanen bestandenen Wasserlauf entlang bis zu einer der vielen Schleusen, die von einer nostalgischen Fußgängerbrücke überspannt wurde, und stiegen die eisernen Stufen hinauf. Oben blieb Monsieur Isaac stehen, den Blick nach Norden gerichtet, und deutete auf das ruhige Wasser, in dem sich der rötliche Abendhimmel und aufziehende Regenwolken spiegelten. Am Ufer lagen einige Hausboote, sicher vertäut. Es brannten bereits Lichter hinter ihren winzigen Fenstern, und auf den kleinen Dachterrassen leuchteten Kerzen, flackerten Windlichter, glühten Lichtpunkte der Zigaretten ihrer Bewohner.

»Meine Frau und ich sind vor einigen Jahren den Canal du Midi vom Mittelmeer zum Atlantik mit einem Hausboot entlanggefahren«, begann er zu erzählen. »Seitdem hatten wir vor, ganz Frankreich mit einem solchen Boot zu erkunden. Ein guter Freund hatte uns angeboten, uns sein Hausboot zu verkaufen, er wollte zu seinen Kindern ziehen, und wir haben alles vorbereitet, hatten uns die Etappen bereits ausgesucht, doch dann wurde Natalja krank, und es war zu spät...« Er verstummte. Nach einer Weile drehte er sich zu Louise und Camille um. »Das

Seil, das Sie gesehen hatten, Louise, ist das Einzige, was von diesem Traum übrig geblieben ist. Ich habe es damals vor drei Jahren gekauft, um Seemannsknoten zu üben, und ich habe sie in meinem Laden immer weiter geübt, wenn ich allein war. Es war vielleicht albern, aber ich wollte nicht ganz wie der alte, ahnungslose Trottel dastehen, der ich bin. Später half es mir zu träumen…« Er lächelte traurig. »Nach Nataljas Tod hatte ich nicht die Kraft und nicht den Mut, dieses Abenteuer allein zu wagen…« Er zuckte die Schultern, und sein Blick wanderte in die Ferne. Camille und Louise warteten schweigend. Schließlich wandte er sich ihnen wieder zu. »Dann sind Sie gekommen, Louise, mit dieser Idee eines Cafés, und Sie haben einfach angefangen, nicht gezögert, nicht überlegt, ganz allein, aus London, ohne Plan und ohne Angst. Das hat mir zu denken gegeben.« Er nickte, als müsse er sich selbst seine Gedanken noch einmal bestätigen. »Zu denken gegeben…« Er hob die Hand und bedeutete ihnen mit einer kleinen Bewegung weiterzugehen. »Kommen Sie, meine Damen.«

Sie stiegen die Fußgängertreppe auf der anderen Seite wieder hinunter. Ihre Schritte klangen hohl auf den eisernen Stufen. Irgendwoher drangen leise Stimmen und Gitarrenmusik. Langsam verlor der Himmel sein Leuchten und hüllte sich in samtiges, warmes Schwarz. Monsieur Isaac blieb an einem der Hausboote stehen. Es war klein, dunkelgrün gestrichen, mit weißer Reling und weißen Planken, und die Vorhänge an den Bullaugen waren zugezogen. »Ich habe meinen Freund noch einmal angerufen. Er lebt inzwischen in der Peripherie, aber von dem Boot konnte er sich nicht trennen…« Er half Camille und Louise galant auf Deck und sperrte dann die niedrige Tür auf. »Zu meinem Glück. Es war, als ob das Boot auf mich gewartet hätte. So jedenfalls hat es mein Freund gesehen und es mir schlussendlich doch verkauft.« Isaac drückte einen Schalter, und Licht flammte auf. Camille und Louise staunten. Das Boot war geräumiger, als es von außen aussah, eine Miniaturwohnung mit Schlafzimmer, Küche, einem winzigen Bad und einem holzvertäfelten Wohnzimmer, in dem ein gemütliches Sofa stand und ein Esstisch mit zwei Stühlen. Ein großes, bodentiefes Fenster gab den Blick auf den Kanal frei. »Ich bin mir nicht sicher, wie weit ich allein komme, ob ich nicht schon viel zu alt für so eine Reise bin, aber ich glaube« – er sah Louise nachdenklich an –, »ich glaube, ich sollte es versuchen. Oder was meinen Sie, Mademoiselle Barclay?«

Louise konnte nur nicken. Sie brachte kein Wort heraus. Wie war es möglich, dass sich Monsieur Isaac ausgerechnet von ihr, die es nicht einmal fertigbrachte, dämliche Macarons zu backen und ein vollständig eingerichtetes Café zu eröffnen, motivieren ließ, auf eine solche Reise zu gehen?

»Warum haben Sie nie etwas gesagt?«, fragte Camille schließlich. »Wir hätten Ihnen helfen können…«

Monsieur Isaac neigte etwas unschlüssig den Kopf. »Ich weiß nicht. Ich glaube, ich hatte Angst, mein ganzer Plan würde sich in Luft auflösen, wenn ich mit jemandem darüber spreche. Oder man würde versuchen, mir die Fahrt auszureden. Und ich hatte ohnehin schon genug Zweifel. Wer weiß, vielleicht hätte ich dann alles wieder rückgängig gemacht…«

»Ich hätte es Ihnen nicht ausgeredet«, sagte Camille leise. »Niemals.«

Louise schüttelte den Kopf. »Ich auch nicht.«

Monsieur Isaac begleitete die beiden zurück ans Kanalufer und ging noch ein paar Schritte mit ihnen.

Es war windig geworden, und die Windlichter auf den anderen Hausbooten waren gelöscht worden. Für morgen war Regen angesagt. Sie blieben an der Brücke stehen, um sich zu verabschieden.

»Wann geht es los?«, fragte Louise.

»Ich weiß noch nicht. Bald. Es kommt noch jemand, der den Laden leer räumt. Ich habe alles, was noch übrig ist, an eine Firma verkauft, die sich auf Geschäftsauflösungen spezialisiert hat.«

»Und was ist Ihr Ziel?«, fragte Camille.

Im Licht der Straßenlaterne konnte man sehen, wie Monsieur Isaac lächelte. »Es gibt kein Ziel.«

Camille und Louise waren schon auf der Brücke, als Louise noch einmal stehen blieb. »Werden Sie zurückkommen?«, rief sie laut zu dem kleinen Boot hinüber, wo sie den Schatten von Monsieur Isaac gerade noch so ausmachen konnte.

»Ich glaube nicht«, antwortete er, und seine Stimme klang leicht, fast schwerelos über das dunkle Wasser.

22

Claudine, Louises Mutter, trug eine schwarze Wolke bei sich, aus der es immer dort regnete, wo man es gerade nicht gebrauchen konnte. Sie meinte es vermutlich nicht böse, aber dennoch war es nicht zu leugnen. Louise wusste von dieser Eigenschaft ihrer Mutter und bereitete sich deshalb auf die Begegnungen mit ihr sorgfältig vor. Wenn Louise etwas von sich und ihren Plänen erzählte, ließ sie die Hälfte weg, und von der anderen Hälfte stimmte das meiste ebenfalls nicht ganz, war gefärbt, geschminkt, frisiert, mit einem pinkfarbenen Push-up-BH, Glitzer und Glitter hübsch aufgepeppt. Man konnte auch sagen, sie log ihre Mutter an. Aber auch das war nicht böse gemeint. Es war eher wie ein Schirm zu verstehen, den Louise in Gegenwart von Claudine aufspannte, um nicht jedes Mal bis auf die Haut nass zu werden.

Als Louise sich beispielsweise mit mühsam selbst erspartem Geld endlich ihr erstes Auto leisten konnte, hatte Claudine ihr eine Statistik aus der Tageszeitung vorgelesen, wonach Fahranfänger überproportional viele Unfälle mit Todesfolgen verursachten. Louise war danach tagelang nur in der verkehrsberuhigten Zone von East Horsewick gefahren, und auch dort hatte sie vor Panik gezittert bei der Vorstellung, ein ballspielendes Kind könnte ihr unverhofft vor ihren gebrauchten Mini laufen. Wenn sie ihre Mutter zum Essen einlud und es Fisch gab, wusste Claudine von jemandem zu berichten, der erst kürzlich an einer Fischgräte gestorben war, die sich – von den Ärzten unentdeckt – in der Speiseröhre entzündet und einen Abszess verursacht hatte. Danach verspeiste sie genüsslich ihren Fisch, während Louise minutenlang akribisch auf jedem Bissen herumkaute, aus Angst, eine Gräte zu verschlucken. Wenn es Fleisch gab, erfolgte eine Abhandlung über BSE, Salmonellen oder die Auswirkungen von übermäßigem Fleischverzehr auf das Gewicht, den Cholesterinspiegel oder die Lebenserwartung im Allgemeinen, bis Louise ernsthaft darüber nachzudenken begann, Vegetarierin zu werden. Claudine kannte alle lebensbedrohlichen Komplikationen, die sich aus harmlosen Krankheiten wie Schnupfen, Husten und Heiserkeit entwickeln konnten, und war – jedenfalls in der Theorie – bestens bekannt mit den widrigsten Umständen des Lebens. Das Schicksal war für sie eine dunkle Macht, die mit absoluter Sicherheit immer dann zuschlug, wenn man es am wenigsten erwartete. Es ging darum, auf alles vorbereitet zu sein, immer das Schlimmste anzunehmen und die nötigen Vorkehrungen zu treffen. Claudine wollte zu jeder Zeit gewappnet sein.

Am Abend nach der Beerdigung vergaß Louise, rechtzeitig ihren Schirm gegen die schwarze Wolke ihrer Mutter aufzuspannen. Sie war noch immer traurig und wütend, hätte diese nahezu unbekannte Tante, die ihr eine Wohnung und ein Café in Paris beschert hatte, lieber persönlich kennengelernt, anstatt vor ihrem Grab zu stehen, und sie hätte auch gern nach der Beerdigung einen kleinen Umtrunk in Isabelles Bäckerei veranstaltet, ihr zu Ehren, zusammen mit allen Nachbarn. Doch Claudine war absolut dagegen gewesen. Sie halte nichts von Verbrüderungen nach einer Beerdigung, sie kenne diese Leute nicht und wolle sie auch nicht kennenlernen, hatte sie erklärt. Louise hatte nicht darauf bestanden, vielleicht, weil sie selbst nicht wollte, dass ihre Mutter und Isabelles Freunde aufeinandertrafen. Paulettes Begrüßung war – um es vorsichtig auszudrücken – sehr kühl gewesen, und ihre Mutter hatte gelegentlich so eine Art …

Kurzum, sie war nicht vorbereitet. Und so traf es sie eiskalt, als es aus der schwarzen Wolke zu nieseln begann.

»Da ist sicher ein Haken dran«, sagte ihre Mutter und nahm einen Löffel von der Suppe, die sie als ersten Gang bestellt hatte. Sie hatte Louise statt des Umtrunks mit den Nachbarn zu einem frühen Abendessen in ein Restaurant in der Nähe ihres Hotels in Saint-Germain eingeladen.

»Was für ein Haken?«

»Gibt es denn keinen Vertrag? Dein Vater meint, es könne nicht sein, dass du einfach dort wohnst, umsonst und ganz ohne Vertrag …«

»Seit wann sprichst du wieder mit Vater?«, fragte Louise erstaunt, doch Claudine ging nicht darauf ein. »Und dann noch diese alte Bäckerei, ich verstehe das nicht … diese Paulette, kann man der überhaupt trauen?«

»Warum denn nicht? Sie hätte ja auch nichts davon sagen müssen. Niemand hätte dann von Tante Isabelles Wunsch, mir die Wohnung zu überlassen, gewusst.«

»Eben. Wer macht denn so etwas?« Claudine tupfte sich den Mund mit der Serviette ab. »Da ist doch etwas faul …«

»Ich glaube einfach, Paulette freut sich, wenn wieder mehr Leben in das alte Haus kommt«, erwiderte Louise und schob ihre Jakobsmuschel unentschlossen hin und her. Sie mochte keine Meeresfrüchte, aber ihre Mutter hatte gemeint, die müsse sie unbedingt probieren – und sich dann selbst eine Suppe bestellt.

»Und dazu braucht sie dich?« Claudine lachte. »Sei mir nicht böse, Liebes, aber du bist einfach unglaublich naiv. Das warst du immer schon … ich frage mich wirklich, woher du das hast …«

So ging es weiter, und Louise konnte die Regentropfen in ihrem Gesicht spüren, kalt und nass.

»… und dann diese Schnapsidee von einem Café! Du hast doch gar keine Ahnung davon, wie man ein Café führt …«

Louises Haare sogen sich voll mit Regen.

»… in der Schule warst du in Mathe immer miserabel, und jetzt willst du ein Geschäft führen? Ich bitte dich … «

Louises Kleidung wurde feucht und schwer.

»… ich glaube, sie hat das nur getan, um mir wehzutun. Es ist ihre Rache an mir, weil ich diese verdammte

Bäckerei, diesen alten Kasten, diesen schäbigen, schimmligen Mehlgeruch nie ausstehen konnte …«

Der Regen rann aus Louises Schuhen, und auf dem Parkett bildeten sich Pfützen.

»Sie benutzt dich, um mir wehzutun, und du bist so ein Dummchen und fällst drauf rein …«

»Du redest absoluten Blödsinn, Mama. Isabelle ist tot, sie tut nichts, um dir wehzutun«, widersprach Louise. Sie hatte das Gefühl, langsam, aber sicher in dem Regenguss zu ertrinken, der sich aus der schwarzen Wolke über ihr entleerte. »Und überhaupt, warum hast du ihr nicht geholfen, damals, als sie dich brauchte?«

Claudine starrte sie an. »Wer sagt, dass ich ihr nicht geholfen habe?«

»Paulette.«

Claudine schnaubte verächtlich. »Und du glaubst ihr, oder? Wir wollten Isabelle helfen. Natürlich. Dein Vater und ich hatten ihr geraten, die Bäckerei zu verkaufen. Wir hätten das Haus gekauft und umgebaut …«

Sie zuckte die Schultern. »Aber sie wollte nicht. Sie musste unbedingt an diesem alten Laden festhalten, der sie ihr Leben lang gefesselt hat …«

»Wer sagt, dass sie daran gefesselt war?«, wollte Louise wissen. »Sie hat es doch gern gemacht …«

»Blödsinn!«, gab Claudine scharf zurück. »Sie musste es tun. Weil unser Bruder gestorben ist. Er hätte die Bäckerei übernehmen sollen. Isabelle wollte reisen, die ganze Welt sehen. Doch nach Georges Unfall fühlte sie sich verpflichtet, die Familientradition fortzuführen. Ich habe versucht, ihr das auszureden, aber sie wollte partout nicht hören.« Claudine zuckte die Schultern.

Als Louise schwieg, fuhr Claudine fort: »Ich will nicht, dass du auch noch unter diesem elenden Pflichtbewusstsein meiner ach so braven Schwester zu leiden hast. Diese Bäckerei hier geht dich doch überhaupt nichts an. Diese Leute gehen dich nichts an… was willst du hier eigentlich…?«

Louise sah ihre Mutter nachdenklich an. Obertongesang, hatte Monsieur Isaac Familienzwistigkeiten genannt. Es spielen immer mehr Töne eine Rolle. Es gibt immer mehrere Wahrheiten.

Sie aß die Jakobsmuschel, die glasig und fad schmeckte, trank einen Schluck Wein und versuchte, sich zumindest geistig irgendwie davonzumachen, dem Regen zu entgehen. Als ihre Mutter zum Hauptgang Coq au vin für sie beide bestellte, widersprach sie nicht. Es war ihr vollkommen egal. Nach dem Dessert sah Claudine auf die Uhr und bat dann den Kellner, ihr ein Taxi zu rufen.

»Wieso ein Taxi?«, fragte Louise. »Das Hotel ist keine fünf Minuten von hier.«

»Ich fliege heute Abend noch zurück, der Flug geht um halb elf«, antwortete Claudine. »Sagte ich das nicht?«

»Aber du hattest doch für zwei Nächte geplant, ich habe das Zimmer bis morgen reserviert…«

»Habe ich schon storniert. Ich muss nur noch am Hotel vorbeifahren und meinen Koffer holen.« Sie legte ihre Kreditkarte in die Mappe mit der Rechnung und lächelte um Verzeihung heischend. »Sei mir nicht böse,

Liebes, aber ich halte es hier nicht länger aus. Diese Stadt macht mich krank. Und Beerdigungen schlagen mir ohnehin immer aufs Gemüt. Man fühlt sich plötzlich so endlich, so vergänglich…« Der Kellner brachte die Kreditkarte zurück. Sie legte einen Zehn-Euro-Schein als Trinkgeld in die Mappe und stand auf.

Louise, noch immer fassungslos, blieb sitzen. »Ich habe dir doch mein Café noch gar nicht gezeigt…«

»Ich kenne diese alte Klitsche zur Genüge, glaub mir, ich will da keinen Fuß mehr reinsetzen.«

»Aber…«

»Du hast das sicher sehr hübsch gemacht, schick mir doch ein paar Fotos, ja?« Sie verließ das Restaurant, und Louise musste sich beeilen, ihr zu folgen. Draußen stand schon das Taxi. Claudine küsste ihre Tochter auf beide Wangen. »Viel Erfolg, Liebes. Lass von dir hören. Und sag nicht, ich hätte dich nicht gewarnt, wenn es schiefgeht!« Sie nahm Louises Kinn zwischen zwei Finger. »Du bist ein wenig blass um die Nase. Vielleicht war die Muschel nicht mehr ganz frisch? Sie sah mir gleich ein wenig verdächtig aus…«

Louise spürte eine leichte Übelkeit in sich aufsteigen.

23

Es gibt besondere Nächte. Nächte, in denen Entscheidungen getroffen werden und Fäden sich verknüpfen – oder sich für immer voneinander lösen. Nächte, in denen man nicht allein sein sollte oder aber unbedingt allein sein muss. Josephine kannte diese Nächte. Sie wusste nicht, woran es lag, woher sie kamen, ob eine unbekannte Macht sie schickte oder ob es nur auf einen bevorstehenden Wetterumschwung zurückzuführen war. Aber sie spürte die besondere Qualität jener nächtlichen Stunden, in denen die Zeit auf eine seltsame Weise stillzustehen schien, als ob das Schicksal den Atem anhielte, um dem Willen der Menschen ihren Lauf zu lassen. Wohin er sie auch führen mochte. Eine solche Nacht bahnte sich an. Im Grunde war es schon am Nachmittag zu spüren gewesen, als der junge Mann – sie wusste inzwischen, dass er Nicolas hieß – völlig durchnässt und nur in einem dünnen schwarzen Jackett hereinkam und sich zu Marcello und Silvain an einen Tisch ganz hinten im Lokal setzte. Er bestellte Tee und vergaß, ihn zu trinken. Josephine hörte nicht, was sie sprachen – wobei das, was Silvain dazu zu sagen hatte, ohnehin ohne Belang war –, doch sie konnte an Marcellos Miene sehen, dass er sich Sorgen machte. Als der junge Mann gegangen war, trank

Marcello einen Schnaps, was um diese Zeit ebenfalls ungewöhnlich war, und versank in dumpfes Brüten. Josephine versuchte, ihn ein wenig aufzumuntern, lockte ihn mit Cassoulet, das sie heute auf der Karte hatte, doch er schüttelte nur den Kopf. Das Lokal füllte sich, und Josephine verlor die beiden aus den Augen. Jean-Baptiste, der Aushilfskellner mit den gepiercten Augenbrauen, dem engen T-Shirt und dem aufreizenden Gang, übernahm Marcellos Tisch, während sie sich um die Bar kümmerte. Jedes Mal, wenn sie ihm dabei zusah, wie er sich flink mit dem Tablett zwischen den Leuten hindurchschob und dabei unermüdlich lächelte, wurde sie melancholisch. Wenn sie nur noch ein wenig jünger wäre, diesen hübschen Jungen hätte sie liebend gern mit in ihre Wohnung genommen. Sie war sich sicher, er würde sie ihr Häkelzeug vergessen lassen.

Erst als sich die Essensgäste verzogen hatten und die Nachtschwärmer noch nicht unterwegs waren, in dieser Stunde zwischen halb zehn und halb elf, wenn kurze Zeit ein bisschen Ruhe einkehrte, fielen ihr Marcello und Silvain wieder ein. Sie saßen noch immer an ihrem Tisch. Marcello hatte ein leeres Weinglas vor sich stehen, und Silvain schlief mit offenem Mund.

Josephine nahm ihr Häkelzeug und setzte sich zu ihnen. »Alles in Ordnung?«

»Silvain hat drei Bier getrunken. Keine Ahnung, wieso. Jetzt schläft er durch bis morgen früh.« Marcello lachte lautlos. »Verträgt ja nicht mal eines …« Er schob sein eigenes leeres Glas hin und her und sagte schließlich nachdenklich: »Vielleicht sollte ich noch einmal bei Nicolas vorbeischauen.«

»Geht es ihm nicht gut?«, erkundigte sich Josephine.

Marcello zögerte. »Ich weiß nicht. Kann sein. Vielleicht aber auch nicht…« Als er einen unschlüssigen Blick zu dem schlafenden Silvain hinüberwarf, nickte Josephine. »Geh nur. Ich pass schon auf ihn auf.«

Sie sah Marcello nach, wie er in die seltsam abwartende, stille Frühsommernacht hinausging, und hoffte, dass das, was ihn so zu beunruhigen schien, ein Problem war, das sich lösen ließ.

Paulette Petit konnte nicht schlafen. Sie war zu aufgewühlt von der Beerdigung, die den Schlusspunkt einer Freundschaft darstellte, die ihr ganzes Leben lang bestanden hatte. Sie hatte gehofft, dass mit der Rückführung von Isabelles Leichnam und der Beerdigung die dumpfe, lähmende Trauer langsam weichen würde, die sie seit der Nachricht von Isabelles Tod erfasst hatte. Und in gewisser Weise hatte sich ihre Hoffnung erfüllt. Es war tatsächlich vorbei. Doch das betraf nur die Lähmung, die Dumpfheit, das Abwarten. Die Beerdigung hatte dies alles weggefegt wie ein Frühlingssturm die Regenwolken, doch dieser Sturm hatte gleichzeitig den darunterliegenden Schmerz freigelegt. Offen und ungeschützt lag sie nun da, diese Wunde, die Isabelles Tod gerissen hatte, und Paulette wusste nicht, was sie damit tun sollte. Eine merkwürdige Unruhe hatte sie erfasst, die sich weder mit einem Gläschen Lillet noch mit einer Zigarette am Salonfenster beruhigen ließ. Schließlich gab sie es auf, in ihrer Wohnung auf und ab zu gehen. Sie würde ein paar Schritte an der Seine entlangspazieren. Der Blick aufs Wasser würde sie vielleicht eher beruhigen.

Sie begegnete dem großen grauhaarigen Mann mit dem zerfurchten Gesicht mitten auf der Straße. Er stand vor der Bäckerei, die Hände in den Hosentaschen, und wirkte irgendwie unschlüssig. Paulette kannte ihn flüchtig aus Louises Café. Sie waren sich hin und wieder über den Weg gelaufen, hatten ein paar nichtssagende Worte gewechselt, doch im Grunde waren sie sich fern, der alte Clown aus dem Zirkus und Paulette Petit in ihren eleganten Kostümen und schönen Schuhen. Sie hatten sich nichts weiter zu sagen, ihre Welten hatten sich noch nie berührt. An diesem still lauschenden Abend, an dem die Zeit für einen Moment die Luft anhielt, spielte das jedoch keine Rolle. Paulette sprach Marcello an, was sie nicht getan hätte, wäre es Tag gewesen. In diesem Fall wäre sie mit einem knappen Nicken an ihm vorbeigegangen. Doch es war dunkel und still, und Paulette blieb stehen und fragte, ob sie ihm helfen könne. Und plötzlich schien es nicht mehr wichtig, woher sie kamen und was sie trennte. Paulette spürte den Schmerz dieser Wunde und wusste nicht, wohin damit, und Marcello, der gerade mit Nicolas gesprochen hatte und nicht wusste, wie er ihm noch helfen konnte, begleitete sie ein Stück auf ihrem Weg. Sie gingen zur Seine hinunter und sahen dem

Wasser zu, das dunkel und friedlich an der Île Saint-Louis und der Île de la Cité vorbeifloss, weiter zu den Tuilerien, unter dem Pont de l'Alma hindurch und immer weiter bis zum Meer.

Paulette begann zu erzählen, von Isabelle und ihrer Freundschaft, als sie noch Kinder gewesen waren, und Marcello, der beste Zuhörer der Welt, auch wenn er Sizilianer war, hörte zu, und während Paulette redete und Marcello zuhörte, verstanden beide ein wenig mehr davon, was sie in dieser Nacht auf die Straße und hierher getrieben hatte. Paulette begriff, dass Isabelles Tod nicht das Ende ihrer Freundschaft bedeutete, und Marcello verstand, dass Nicolas sich selbst helfen musste. Und dass er, Marcello, ihm längst das Rüstzeug dazu in die Hand gegeben hatte, damals, vor vielen Jahren an jenem klirrend kalten Morgen an einem zugefrorenen See.

Zur gleichen Zeit, als Paulette neben Marcello auf das Wasser schaute und die Überzeugung zurückgewann, dass das Leben auch ohne Isabelle weitergehen würde, friedlich und ruhig wie der Fluss, und Marcello beschloss, Nicolas auf die Art und Weise beizustehen, die er am besten beherrschte, kam Louise vom Essen mit ihrer Mutter nach Hause. Nachdem sie Claudine, die im Taxi saß, noch einmal halbherzig zugewinkt hatte, war sie zwei Stunden lang durch die Stadt gelaufen, in der Hoffnung, damit den kalten Regenguss aus der schwarzen Wolke abschütteln zu können. Sie war zunächst durch Saint-Germain gestreunt, vorbei an schicken Geschäften und

Hotels, schließlich den Boulevard Saint-Michel ein Stück entlanggelaufen, ohne dabei tatsächlich Notiz von den Menschen zu nehmen, die die Bistros und Restaurants dort bevölkerten, auch nicht von den zahllosen Autos, Taxis, Motorrädern, den Gruppen von Studenten und Touristen, die lachend und gestikulierend den Boulevard überquerten. Schließlich war sie umgekehrt, hatte am Pont Saint-Michel und Pont au Change die Seine und die Île de la Cité überquert, um wieder zurück auf die andere Seite der Stadt zu gelangen. Ihre Seite, wie sie sie nannte. Sie dachte dabei mit Wehmut an den ersten Morgen, an dem sie – gerade angekommen – wie verzaubert durch die Stadt gelaufen war und alles, jede Straßenecke, jedes Fenster, jeden Baum, wunderschön gefunden hatte. Warum musste es so sein, dass der Zauber des Anfangs so schnell verflog? Warum holte sie der Alltag mit all den hässlichen, banalen Dingen immer wieder ein, egal, wie schnell sie lief, wie weit weg sie fuhr? Als sie – zurück in der Rue d'Estelle – noch einmal in Isabelles alte Bäckerei ging und das Licht einschaltete, wusste sie, dass das Spiel tatsächlich vorbei war. Die schwarze Wolke ihrer Mutter hatte jede Illusion abgewaschen. Es gelang ihr nicht mehr zu glauben, dass sie dieses Café tatsächlich würde führen können, sie ganz allein, hier, in einer fremden Stadt. Die zusammengewürfelten Möbel, das Sammelsurium der Kaffeekannen im Schaufenster, die gesamte Dekoration kamen ihr plötzlich billig vor, ja, schäbig, ein hilfloser Versuch, aus nichts etwas zu machen, wie ein Kind, das sich aus Wolldecken und Kissen eine Höhle baut und davon träumt, es wäre ein Prinzessinnenpalais. Sie löschte das Licht, sperrte ab und ging nach oben in ihr enges muffiges Zimmer, das wie die Bäckerei nun, da sie aufgewacht war, jeglichen Charme verloren hatte. Der Boden war grau und abgetreten, die Fliesen im Bad gesprungen, uralt und hässlich, das Muster der Tapete grauenhaft, das Bett ein Monster. Sie ging nach draußen auf die Terrasse, setzte sich auf den Boden, mit dem Rücken zur Brüstung, und zündete die Kerze an, die noch von ihren ersten, erwartungsvollen Abenden auf der Untertasse klebte. Die Arme um die angezogenen Knie geschlungen, das Kinn aufgestützt, saß sie eine Weile nur da, unfähig, einen Entschluss zu fassen, und sei es nur der, endlich ins Bett zu gehen. Ein leiser Pfiff schreckte sie auf. Er kam von der Nachbarterrasse. Sie stand auf und blinzelte, vom Starren ins Licht der Kerze geblendet, halb blind in die Dunkelheit.

Nicolas stand dort, sein Gesicht schwach erhellt vom Licht, das aus seiner Wohnung drang. »Guten Abend!« rief er.

Louise lächelte. »Wohl eher gute Nacht.«

»Kannst du auch nicht schlafen?«, erkundigte er sich.

»Hab's noch gar nicht versucht.«

»Angst vor bösen Träumen?«

»Nein.« Louise schüttelte den Kopf. »Um ehrlich zu sein, ich habe die Schnauze voll von Träumen. Können mir alle gestohlen bleiben, die guten wie die schlechten.«

»Oh. Das wäre aber ein herber Verlust, wenn ich das sagen darf.«

Louise schwieg.

»Was ist los, Louise?« Nicolas' Stimme hatte seine heitere Unverbindlichkeit verloren und war ernst geworden. Sie versuchte, seine Miene zu erkennen, doch das Licht warf zu tiefe Schatten auf sein Gesicht. Ein kleines orangefarbenes Pünktchen glomm im Dunklen auf. Eine Zigarette.

»Nichts. Ich frage mich nur…« Sie unterbrach sich und schüttelte den Kopf.

»Was? Was fragst du dich?« Seine Stimme klang in der Dunkelheit anders als sonst, näher, vertrauter.

Sie zögerte, dann sagte sie: »Ich frage mich, woher man weiß, dass der Zeitpunkt gekommen ist zu gehen und ein neues Leben anzufangen?«

Das Schweigen auf der anderen Terrasse dauerte lange. Es kam kein lockerer Spruch als Antwort. Nicolas hatte sich vom Fenster entfernt. Sie konnte sein Gesicht jetzt nicht mehr sehen, nur einen Schatten und die Glut seiner Zigarette, die hin und wieder stärker aufleuchtete, wenn er daran zog. Nach einer Weile sagte er langsam, und es schien, als wählte er jedes Wort mit Bedacht: »Ich schätze, es kommt darauf an, welche Gründe überwiegen. Die zu bleiben oder die zu gehen.«

»Und wenn man das nicht weiß?«, fragte Louise.

»Dann muss man es herausfinden.« Er schnippte die Zigarette über die Brüstung, sie zog einen winzigen Schweif aus Lichtpunkten hinter sich her und verlosch dann. »Gute Nacht, Louise.«

»Gute Nacht. Schlaf gut, Nicolas.«

Doch er antwortete nicht mehr. Kurze Zeit später war seine Wohnung dunkel.

Louise setzte sich wieder. Nachdenklich betrachtete sie die Kerze, die leicht zu flackern begonnen hatte, obwohl kein Lüftchen sich regte. Was waren Gründe zu bleiben, wenn einem alles plötzlich schal und sinnlos vorkam? Sie versuchte, ihre anfängliche Begeisterung wieder zurückzuholen, ihre Neugier, alles auszuprobieren, rief sich ihre Touren über die Flohmärkte in Erinnerung, ihre Kämpfe mit dem Backofen, die gelungenen Kuchen, den Abend, an dem Camille die Gläser zerbrochen hatte, ihren Tanz im Park, den Tag danach – doch es berührte sie nicht mehr. Es schien sie schon nichts mehr anzugehen. So, als habe sie sich bereits von allem entfernt. Sie war nur so etwas wie ein Katalysator gewesen, ohne es zu wollen, für Camille und für Isaac … Isaac würde gehen, und Camille würde ihren neuen Weg ebenfalls finden, mit Nicolas, so wie es aussah. Aber was war mit ihr? Sollte das etwa der einzige Grund gewesen sein, weshalb sie hierhergekommen war? War ihre Mission erfüllt? Wo würde sie hingehen, was gab es Neues für sie zu tun? Maisie fiel ihr ein. Sie hatte es von Anfang an gewusst. Kein halbes Jahr, und sie würde zurückkehren. In ihre alte Wohnung und in ihr altes Leben. Louise hatte plötzlich einen bitteren Geschmack im Mund. Nein, das würde sie nicht tun, sie musste woanders hingehen. Ganz woanders. Ein neues Leben wagen. Mit neuen Regeln, neuen Menschen, neuen Herausforderungen. Plötzlich fiel ihr das Klavier ein. Der Samowar. Die russische Ecke. Was sollte mit diesen Dingen geschehen, wenn sie wegging? Monsieur Isaac hatte sie ihr anvertraut, also konnte sie sie nicht einfach so verkaufen oder gar verschenken. Dann fiel ihr der Satz ein, den Monsieur Isaac gesagt und von dem sie geglaubt hatte, er sei ein Beweis dafür, dass er seinem Leben ein Ende setzen wolle. Dabei besagte er das genaue Gegenteil. Diese plötzliche Erkenntnis durchzuckte sie wie ein Stromstoß. Einen Weg zu Ende zu gehen, das hieß ja zu bleiben. Die Dinge zu Ende zu bringen. Sie blies die Kerze aus und sprang auf.

Als Paulette nach ihrem Spaziergang mit Marcello in die Rue d'Estelle zurückkehrte, brannte in der alten Bäckerei noch Licht. Sie warf einen Blick durch das Schaufenster und sah durch einen Türspalt Louise in der Backstube stehen. Sie hatte sich eine Schürze umgebunden und die Ärmel ihrer Bluse hochgekrempelt und schien konzentriert an etwas zu arbeiten. Leise lächelnd wandte sich Paulette ab und ging über die Straße zu ihrem Haus.

Der Fluss hatte recht gehabt.

Es ging weiter.

24

Louise verzichtete auf die Farbe von Sève aus Lyon, und sie verzichtete auch darauf, nur ein einzelnes Eiweiß zu wiegen, sondern beschloss, sich gleich an eine größere Menge zu wagen. Auch siebte sie weder das Mandelmehl noch den Puderzucker mehr als ein Mal, sondern versuchte stattdessen, sich Paulettes Bewegungen, ihre konzentrierte, ruhige Art, die Arbeit zu machen, in Erinnerung zu rufen, und verließ sich im Übrigen auf ihr Gefühl.

Eiweiß schlagen, Mandelmehl hinzufügen, Makronen auf das Backblech spritzen, eine nach der anderen, rund wie eine Münze, ruhen lassen, Backofen vorheizen.

Sie schmolz Schokolade in Sahne und gab nach kurzer Überlegung Honig und einen Schuss Whisky hinzu. Dann probierte sie sich an einer weiteren Füllung aus: weiße Schokolade, in die sie geriebene Zitronenschale und Krokantsplitter mischte. So experimentierte sie weiter, bis sie aus den Zutaten, die sie noch in der Backstube gefunden hatte, vier weitere Füllungen gezaubert hatte, die sie zufriedenstellten: Kokos-Mango-Mousse, dunkle, cremige Schokolade mit feinem Minzgeschmack,

Vollmilchschokolade mit Orange und Zitronencreme mit Himbeeren.

Sie behandelte den Backofen wie einen lieben, aber unzuverlässigen Freund, ließ ihn und seine zerbrechliche Fracht keine Sekunde aus den Augen, variierte die Temperatur immer nur um ein paar Gradzahlen, bis sie schließlich rund hundertfünfzig rohweiß-mandelfarbene Macaronschalen gebacken hatte, die zwar etwas größer als die von Paulette waren, aber ebenso perfekt rund, mit einer glänzenden, makellosen Haube, ohne den kleinsten Riss. Sie wartete, bis sie abgekühlt waren, löste sie vorsichtig eine nach der anderen vom Backpapier und reihte sie nebeneinander auf, bereit für die Füllung. Inzwischen war es hell geworden, die Tauben begrüßten im nahen Park die Morgensonne mit ihrem immer gleichen, friedlichen Gurren. Louise räumte die fertigen Macarons in den Kühlschrank, sperrte das Café zu und ging nach oben, um bis zum Mittag zu schlafen.

Als sie aufwachte, fühlte sie sich so frisch und ausgeruht wie lange nicht mehr. Sie frühstückte auf ihrer Terrasse, dann duschte sie und polierte danach jede einzelne der alten, gesprungenen Fliesen, damit es keine Wasserflecken gab. Anschließend begann sie, einer plötzlichen Eingebung folgend, die ganze Wohnung sauber zu machen, probierte jedes einzelne Putzmittel aus, das ihr die umsichtige Paulette bei ihrem Einzug unter die Spüle gestellt hatte. Sie scheuerte die Fliesen in der Küche, bis kein einziger Kalkfleck mehr zu sehen war, rieb den Holzboden mit einem Öl ein, das nach Orange duftete, und hängte ihr Bettzeug zum Lüften über die Wäscheleine auf der Terrasse.

Es war nicht so, dass die Wohnung vorher schmutzig gewesen wäre. Paulette hatte sie bereits zu ihrem Einzug auf Hochglanz geputzt, und auch Louise hatte danach gelegentlich Staub gewischt und die Spüle und das Bad sauber gemacht. Doch darum ging es nicht. Es spielte absolut keine Rolle, ob die Wohnung schmutzig oder sauber, ordentlich oder unordentlich war. Louise hatte vielmehr plötzlich das Bedürfnis, sie sich zu eigen zu machen. Ihr ging auf, dass sie bisher nur darin gewohnt hatte, so wie man in einem Hotelzimmer wohnt, vorübergehend, nur auf der Durchreise. Denn sie hatte selbst nicht daran geglaubt, tatsächlich hierzubleiben. Es war ein Spiel gewesen genauso wie das Café. Ein »als ob«. Und währenddessen war es die ganze Zeit Onkel Hugos Atelier geblieben, und noch immer meinte sie, gelegentlich den schwachen Geruch nach Farbe und Terpentin wahrzunehmen, der ihr unverhofft in die Nase stieg.

Während sie jeden einzelnen Teller, jedes Glas, jede Tasse und Gabel, Löffel und Messer in die Hand nahm und abwischte, die Türgriffe aus Messing auf Hochglanz polierte, auf den Stuhl stieg, die Kugellampe und jede einzelne der kleinteiligen Scheiben des riesigen Fensters putzte, fühlte sie, wie sich in ihr eine Tür leise schloss.

Sie musste nicht schon wieder weiterlaufen. Weglaufen. Sie würde hierbleiben. Einfach so. Alles war gut. Als das Telefon klingelte und sie sah, dass es ihre Mutter war, schaltete sie es auf stumm. Dann überlegte sie einen Augenblick, schaltete es dann ganz aus und legte es in eine Schublade ihres Nachtkästchens. Das Wetter war zu schön für Zweifel, Warnungen und Regenwolken. Als schließlich bereits die Nachmittagssonne durch die blitzblanken Fenster schien, zog sie ihr schönstes Kleid an und verließ ihre Wohnung. Mit dem Rad fuhr sie langsam durch die Stadt und versuchte, sie mit dem Blick, den sie bei ihrer Ankunft hatte, zu sehen. Dabei achtete sie auf alle Ampeln und blieb bei jedem roten Licht gewissenhaft stehen, auch wenn alle anderen Radfahrer links und rechts an ihr vorbeifuhren. Sie kaufte eine Gartenschere und ein Rosenbäumchen in einem Zinkeimer. Dann fuhr sie zu den Bouquinisten und stöberte in den alten Platten und Postkarten und Büchern herum, fand eine LP von Nina Simone und eine von George Gershwin und ein kleines Poster, auf dem der Eiffelturm vor hundert Jahren abgebildet war. Danach machte sie Halt in einem Fotoshop und druckte einen Stapel Fotos aus ihrem Handy aus. Auf dem Rückweg entdeckte sie eine kleine Papeterie und blieb nachdenklich vor dem Schaufenster stehen. Es gab dort alles Mögliche aus Papier: Lampenschirme, Lampions, Bastelbögen für Kinder, Briefpapier und vor allem eine Menge hübscher, bunter Schachteln in allen Größen, von putzigen Miniaturausgaben, in denen man höchstens ein paar Knöpfe unterbrachte, bis zu ausladenden Hutschachteln. Sie ging hinein, kaufte ein paar kleinere Exemplare, etwa halb so groß wie Zigarrenschachteln, und mehrere bunte Lampions, alles flach zusammengefaltet. Dann fuhr sie weiter in die Rue des Rosiers, wo sie bei den Umbauarbeiten der Bäckerei diesen Schreinerbetrieb mit dem hilfsbereiten jungen Schreiner entdeckt hatte, der ihr bereitwillig ihre Bretter und Holzleisten zugeschnitten und kaum etwas dafür verlangt hatte. Dort gab sie ein Ladenschild in Auftrag, skizzierte es ihm, ohne groß nachdenken zu müssen, mit ein paar Strichen auf ein Blatt Papier und nahm gleich noch ein kurzes, dünnes, fast quadratisches Brett mit nach Hause, das bei den Zuschnitten herumlag und das er ihr großzügig schenkte. Er versprach, das Schild morgen schon zu liefern.

Zu Hause parkte sie ihr Fahrrad vor dem Café, schleppte ihre Einkäufe nach oben und begann dann als Erstes, die Glyzinie auf der Terrasse zuzuschneiden. Sie entfernte die verwelkten Triebe, entwirrte das Durcheinander über der Wäscheleine und hängte die Lampions auf. Sie schaukelten leise hin und her und sahen sehr fröhlich aus. Sie ging nach unten in ihr Café, holte einen kleinen Tisch, für den sie keinen rechten Platz gefunden hatte, und einen Stuhl dazu und stellte beides auf die Terrasse unter die Lampions. Dann holte sie ihr Werkzeug, Klebstoff, Farbe und alles, was sie schon bei der Gestaltung des Cafés benötigt hatte, legte ihre Fotos auf das beim Schreiner entdeckte Holzbrett, schob sie ein wenig hin und her, platzierte die LP-Hüllen dazwischen und begann mit der Arbeit. Es wurde Abend, und sie knipste die Lämpchen in den Lampions an, die ihr warmes, buntes Licht unter dem Grün der Glyzinie verbreiteten. Irgendwo zwischen den Blättern konnte man die dünne Sichel des Mondes sehen. Schließlich war sie fertig und betrachtete zufrieden ihr Werk: Sie hatte aus den Fotos aus ihrem Handy, das nicht nur aktuelle Bilder aus Paris, sondern auch noch alte Aufnahmen aus London gespeichert hatte, den Plattenalben, dem Poster und einigen Notizen und Rezepten aus ihrem kleinen Lederbüchlein eine großformatige Collage gebastelt. Sie zeigte ziemlich genau ihre bisherige Zeit in Paris und ihre Zeit in London vor der Abreise. Ja, das war Louise Barclay aus East Horsewick.

Meisterin im Gummistiefelweitwurf.

Macaronbäckerin.

Cafébesitzerin in Paris.

Ihr Blick fiel auf einen flüchtigen Schnappschuss, der Nicolas zeigte, wie er an einem Tisch in ihrem Café vor einer Tasse Kaffee saß und versonnen lächelte. Auch wenn sie nicht mehr wusste, bei welcher Gelegenheit die Aufnahme gemacht worden war, sah es so aus, als ob er sie anlächelte, nur sie ganz allein. Sie zögerte einen Augenblick, wischte den leisen Anflug von Wehmut beiseite, der sie beim Anblick des Fotos erfasste, und fügte dann die Papierrose, die er ihr an ihrem ersten Morgen in Paris geschenkt hatte, neben dem Foto noch in die Collage ein.

Schließlich ging sie hinunter in das Café, packte je sechs Macarons – eines von jeder Sorte – in eine der hübschen Schachteln, wickelte eine Schleife darum und schrieb langsam und exakt mit geschwungenen Buchstaben darauf:

Macarons de Louise

Danach saß sie noch lange in ihrem Café und dachte nach. Durch das Schaufenster sah man vereinzelt Passanten vorübergehen, die die Abkürzung durch den Park nutzten und neugierige Blicke in den hell erleuchteten Laden warfen. Sie lächelte ihnen zu, und sie lächelten zurück. Nicolas kam vorbei, blieb kurz am Fenster stehen und winkte ihr zu. Sie bedeutete ihm hereinzukommen, aber er schüttelte nur den Kopf und ging ins Haus. Während sie ihm ein wenig traurig nachsah, fiel ihr Blick auf eine Glasscherbe unter der Theke, die sie offenbar an dem Abend übersehen hatte, als so viel Glas zu Bruch gegangen war. Sie hob sie auf und betrachtete sie nachdenklich. Wie durch ein Kaleidoskop aus bunten Glassteinchen, die sich veränderten und immer wieder neue Muster bildeten, sah sie diesen besonderen Tag, der jenem Abend voller Scherben gefolgt war, noch einmal vor sich. Sie sah Paulettes glückliches Lächeln, als sie Louise ihre Backgeheimnisse offenbarte, sah Camille im Schneidersitz auf der Arbeitsfläche in der Backstube sitzen und ein Macaron nach dem anderen verputzen. Sie hörte noch einmal Marcellos Geschichte von Silvain, der mit fünfzehn Jahren beschlossen hatte, in eine andere Welt zu verschwinden, und den Flohwalzer, vierhändig gespielt von dem kleinen Korsen in seinem zu großen Mantel und einem alten russischen Juden im immer gleichen braunen Anzug.

Und sie sah Nicolas, wie er eifrig gestikulierend mit Marcello am Tisch saß und plötzlich aufsprang, um Pirouetten zu drehen. Camilles Geschichte von der kleinen Ballerina in der Schneekugel fiel ihr ein, und plötzlich begriff sie, dass auch sie ihr bisheriges Leben unter einer Kuppel verbracht hatte. Unter einer Traumkuppel, in der keine Schwierigkeiten und keine Verantwortung Platz hatten. Sie hatte sich einfach immer nur im Kreis gedreht wie Camilles kleine Primaballerina, den Blick stets auf eine Stelle gerichtet, um nicht umzufallen. Und wenn es Probleme gab, hatte sie die Augen zugemacht und das Leben gewechselt wie ein Hemd, in der Hoffnung, die Schwierigkeiten würden damit verschwinden. Um sich weiter drehen zu können, immer und immer im Kreis …

Sie stand auf, ging durch den Raum, und ihre Hände berührten bedächtig all die Dinge, die sie inzwischen gekauft und bemalt, aufgestellt und aufgehängt hatte. Sie berührte Monsieur Isaacs Klavier, die Bücher, den Samowar und warf schließlich den »Als-ob«-Schlüssel, mit dem sie jahrelang gespielt hatte, weg.

Für immer.

Dann setzte sie sich wieder an einen der Tische und begann, ihr ganz persönliches Macaraonrezept aufzuschreiben:

Macarons zu backen ist eine Kunst. Es hat nichts damit zu tun, wie viel Gramm Mandelmehl, wie viele Eiweiß und wie viel Zucker man verwendet …

Am nächsten Vormittag brachte Louise als Erstes eine der fertigen Macaronschachteln zu Paulette. Sie hatte das Rezept, das ihr gestern spontan eingefallen war, in Schönschrift abgeschrieben und dazugelegt.

Paulette öffnete ihr, wie immer tadellos gekleidet. Doch sie wirkte verändert, fröhlicher und weniger streng und erinnerte Louise plötzlich sehr viel deutlicher an die lachende junge Frau auf dem alten Foto, wo sie mit Isabelle vor der Bäckerei stand. Es lag an ihren Augen, sie hatten einen anderen, neuen Glanz, der ihr herb wirkendes Gesicht mit Freundlichkeit überstrahlte. Noch an der Tür reichte Louise ihr die Macarons und bat sie zu probieren. Paulette musterte die Schachtel von allen Seiten, dann sagte sie: »Das geht so nicht.«

Enttäuscht sah Louise sie an. »Ist etwas falsch daran?«, fragte sie.

»Wir können sie doch nicht hier probieren, zwischen Tür und Angel.« Paulette sah sie tadelnd an. »Steht da nicht *Macarons de Louise* darauf?«

»Ja schon, ich dachte …«

Paulette nahm ihren Hausschlüssel und zog die Tür hinter sich zu. »Komm, wir essen sie im Café, wie sich das gehört.«

Paulette ließ sich Zeit. Sie nahm alle sechs Macarons heraus und platzierte sie auf einem Teller. Dann trank sie einen Schluck von dem Tee, den Louise ihr gemacht hatte, und sagte: »Sie sehen schön aus. Ein bisschen blass vielleicht, aber gut, du bist ja halbe Engländerin, nicht wahr, die sind auch alle so blass.« Sie kicherte ein wenig, und Louise glaubte, sich verhört zu haben. Paulette Petit machte einen Scherz? Und sie kicherte?

Dann biss Paulette in das erste Macaron und kaute mit geschlossenen Augen. Louise schaute ihr dabei gebannt zu. Es sah aus wie bei einer professionellen Verkostung. Paulette sagte kein Wort, sondern trank einen weiteren Schluck Tee, biss in das nächste Macaron, und so ging es weiter, bis sie alle gekostet hatte. Dann erst sagte sie langsam: »Das hast du gut gemacht. Sie sind wunderbar. Eigen. Ganz besonders. Isabelle wäre stolz auf dich. Und ich bin es auch.«

Nie hätte Louise es für möglich gehalten, dass es ihr einmal so viel bedeuten könnte, von jemandem ein Lob für ein Gebäckstück zu erhalten, das nicht größer als eine Münze war, doch als sie das hörte, füllten sich ihre Augen mit Tränen. Sie sprang auf und umarmte die kleine zarte Frau stürmisch. Paulette tätschelte ihr vorsichtig den Rücken und drückte ihr dann ihren Hausschlüssel in die Hand. »Ich denke, es wäre angebracht, jetzt ein Gläschen Champagner zu trinken. Er ist schon kalt gestellt.«

Louise sah sie verwundert an. »Du hast schon Champagner kalt gestellt? Woher wusstest du denn, dass es mir doch noch gelingt?«

Paulette lächelte. »Als ich gestern Nacht nach Hause kam, habe ich dich in der Backstube gesehen. Es war eine irgendwie besondere Nacht, und deshalb dachte ich mir… na, vielleicht…« Sie zuckte die Schultern und sah dabei ein wenig wie ein kleines, eigentlich braves Mädchen aus, das sich einen Streich erlaubt hat.

Louise hätte zu gern gewusst, wo Paulette mitten in der Nacht hergekommen war, doch sie wagte nicht zu fragen und beeilte sich stattdessen, den Champagner zu holen.

Fünf Minuten später saßen Louise und Paulette in der ehemaligen Boulangerie Bonnet und tranken Champagner, und Louise wusste, dass ihr dieser Moment für immer als die Geburtsstunde ihres eigenen Cafés in Erinnerung bleiben würde. Sie überlegte kurz, ob sie Nicolas, Camille und Monsieur Isaac Bescheid geben sollte, entschied sich aber dann dagegen. Dieser Moment gehörte Paulette und ihr allein. Und Tante Isabelle.

25

Später brachte sie Camille und Nicolas und Monsieur Isaac auf seinem Hausboot auch jeweils eine Schachtel Macarons und verkündete ihnen, dass das Café ganz offiziell ab morgen geöffnet hatte. Camille und Monsieur Isaac freuten sich. Der alte Herr küsste ganz gentlemanlike Louises Hand und versprach, noch am Nachmittag auf ein Tässchen Tee vorbeizukommen, und Camille hüpfte begeistert auf und ab und drückte Louise so fest, dass dieser fast die Luft wegblieb.

Nicolas dagegen reagierte zurückhaltend. »Das ging ja schnell«, sagte er, und Louise war sich nicht sicher, ob das ehrlich oder ironisch gemeint war, nachdem sie ja immerhin einige Wochen in einem Zustand der Entschlusslosigkeit verharrt hatte. Sie nickte daher nur vage und lud ihn ein, am Nachmittag ebenfalls vorbeizuschauen. Nicolas zuckte die Schultern und erwiderte ebenso vage: »Mal sehen.«

Danach schwang sie sich auf ihr Fahrrad und brachte dem großzügigen Schreiner und ihren drei Lieblingsladenbesitzern im *Marché des Enfants Rouges*, bei denen sie regelmäßig einkaufte, je eine Schachtel Macarons nebst beigefügtem, handgeschriebenem Rezept. Weitere drei

Schachteln verpackte sie und schickte sie an Maisie, zusammen mit einem Foto von ihrem Café. Am Nachmittag schließlich kam der Schreiner vorbei und brachte wie versprochen das Schild. Es war im gleichen Stil wie das der Bäckerei gehalten, lindgrün gestrichen, nur dass der Schriftzug nicht mehr Boulangerie Bonnet lautete, sondern schlicht

Chez Louise

Der Schreiner, der im übrigen Jean-François hieß, wie sie bei der Gelegenheit erfuhr, nahm das alte Schild ab und hängte das neue auf. Als er wissen wollte, was mit dem alten Schild geschehen solle, bat sie ihn nach kurzer Überlegung ins Café und deutete auf die Wand direkt hinter der Theke, und er war so freundlich, es dort zu montieren. Stolz prangte so der Schriftzug *Boulangerie Bonnet* nun über der Theke der ehemaligen Bäckerei.

Als kurz darauf Monsieur Isaac, Camille und Paulette vorbeikamen, hatte sie schon drei Tische, *en terrasse*, sprich, auf den Bürgersteig, getragen, direkt unter das neue Schild, und das neue Rosenstöckchen von ihrer Terrasse heruntergeholt und vor die Tür gestellt. Sie tranken Kaffee und aßen die restlichen Macarons in der warmen Nachmittagssonne, und schließlich spielte Monsieur Isaac auf Louises Wunsch noch einmal *Summertime*. Nicolas ließ sich nicht blicken, dafür erschienen später noch Marcello und Silvain. Sie hatten sich beide ungewohnt fein gemacht, trugen Anzug und Hemd, und Louise musterte sie erstaunt.

»Wussten Sie etwa, dass wir etwas zu feiern haben?«, erkundigte sie sich.

Marcello schüttelte den Kopf. »Wieso zu feiern?«, fragte er, doch Silvain verbeugte sich wie aufs Stichwort und sagte feierlich: *»Gloria. Gloria in excelsis deo.«*

Louises Erstaunen wuchs, als sich Paulette erhob und bei Marcello schüchtern einhakte. »Wir gehen aus. Monsieur Marcello hat mich in den Zirkus eingeladen.«

Camille verschluckte sich an einem Macaron und begann zu husten, und Louise fragte sich, bereits zum zweiten Mal an diesem Tag, ob sie sich verhört hatte. »In den Zirkus?«, wiederholte sie verblüfft. Paulette und Zirkus, das schien ihr in etwa so naheliegend wie Camille und Gummistiefelweitwerfen oder Monsieur Isaac und Bermudashorts …

»Ich war noch nie im Zirkus«, sagte Paulette, nun plötzlich verlegen, »und Monsieur Marcello meinte, das wäre eine Schande.«

Marcello nickte nachdrücklich, und Silvain fügte düster hinzu: *»Tre donne in giro dalla destra rota venian danzando; l'una tanto rossa ch'a pena fòra dentro al foco nota …«*

Marcello erläuterte hilfsbereit: »Er spricht vom Fegefeuer.« Dann wandte er sich an Camille. »Mademoiselle, richten Sie doch bitte Nicolas aus, dass wir morgen bei ihm auf der Matte stehen. Um zehn. Es geht los, verdammt noch mal, und kneifen gilt nicht mehr.« Nach dieser kryptischen Anordnung verzog sich sein zerfurchtes Gesicht zu einem charmanten Lächeln, und er nickte Paulette zu. »Sind Sie bereit, Madame Petit?«

Als die drei schon längst abgezogen waren, gemessenen Schrittes, die winzige Paulette am Arm des großen Marcello, und der dürre Silvain, an dem der viel zu weite Anzug hing wie an einem Kleiderbügel, zappelig wie immer, nebenher, schüttelte Camille erneut den Kopf. »Ich fasse es nicht.« Nach einer Weile schweigenden Sinnierens fügte sie hinzu: »Ich sage dir, Louise, wenn es möglich ist, dass Paulette, unsere Paulette, in den Zirkus geht, dann ist alles möglich. Alles!«

Louise konnte ihr da nicht widersprechen.

Die Sonne verschwand langsam hinter den Häusern, und der Himmel nahm jenes durchlässige, schimmernde Blau an, das die Abendstunden im Sommer so magisch machte. Die Schwalben flogen hoch über den Dächern, und Monsieur Isaac ging ins Café hinein und spielte *Sous le Ciel de Paris*.

Louise lehnte sich auf ihrem Stuhl zurück, streckte angenehm müde die Beine aus und sagte: »Ich werde viel zu tun haben in den nächsten Tagen. Hast du Lust, mir ein wenig zu helfen?«

Und ob Camille Lust hatte. Wenn es möglich war, dass Paulette Petit in den Zirkus ging, dann konnte eine Primaballerina erst recht Kuchenbäckerin werden.

Den Abend und die nächsten Tage verbrachten Louise und Camille damit, Kuchen und Macarons zu backen, Unmengen von Macarons. Louise handelte mit der Besitzerin der Papeterie einen Sonderpreis für die Schachteln aus, und sie verteilte ihre Macarons zusammen mit handgeschriebenen Kärtchen, auf denen die Adresse und die Öffnungszeiten von *Chez Louise* standen, an alle Bewohner der Rue d'Estelle und brachte auch noch ein paar Schächtelchen im *Marché des Enfants Rouges* vorbei. Tatsächlich fanden sich sehr schnell die ersten Gäste ein, neugierige Nachbarn, herangespülte Touristen, dazu fast jeden Tag Monsieur Isaac, der sich noch immer nicht überwinden konnte, zu seiner großen Fahrt aufzubrechen. Paulette kam jeden Morgen um neun Uhr zum Frühstück, trank schwarzen Tee und rauchte dazu eine ihrer dünnen Zigaretten. Über ihren Abend im Zirkus verlor sie kein Wort. Gelegentlich kamen am Nachmittag auch Marcello und Silvain vorbei, und wie durch Zufall gesellte sich Paulette jedes Mal dazu. Während Silvain dann meist den Flohwalzer spielte, unterhielten sich Marcello und Paulette, die unterschiedlicher nicht sein konnten, erstaunlich angeregt, und hin und wieder gönnte sich Paulette dazu sogar ein Gläschen Champagner.

Camille hatte Tante Isabelles Orchidee in das Café mitgebracht und zwischen die Kaffeekannen ins Schaufenster gestellt. Wie Louise vorhergesagt hatte, trieb sie wieder aus und hatte bereits mehrere dicke Knospen. Camille hatte noch nicht entschieden, was sie in Zukunft machen würde, doch bereits das war eine Entscheidung. Zum ersten Mal in ihrem vierundzwanzigjährigen Leben hatte sie keinen Plan, kein Ziel. Sie half Louise beim Backen und Vorbereiten und im Café, ansonsten ließ sie sich treiben und wartete mit einer ungewohnten, ja fast schlafwandlerischen Gewissheit – über die sie sich, die früher jeden Handgriff, jede Mahlzeit, jeden Schluck Wasser, den sie trank, unter Kontrolle gehabt hatte, selbst wunderte – darauf, was auf sie zukommen würde. Und es würde etwas kommen, das wusste sie. Das Schicksal hatte ihr ihren Traum genommen, es würde etwas Neues bringen, und so lange würde sie es machen wie die Orchidee und warten, bis es so weit war.

Zwischenzeitlich kam Jean-François, der Schreiner, zusammen mit seiner Freundin, und sie kauften erneut Macarons. Die Ladenbesitzer, denen sie eine Kostprobe vorbeigebracht hatte, baten um Nachschub, und sogar Maisie hatte sich gemeldet, schuldbewusst und begeistert zugleich und hatte gleich zehn Schachteln bestellt, um bei ihren Freundinnen mit ihrer französischen Freundin angeben zu können, wie sie erklärte. Sie bat Louise in einer langen, umständlichen Rede per Skype um Verzeihung für ihre Zweifel. »Hey, Lou«, meinte sie abschließend, mit einem treuherzigen Augenaufschlag, den niemand so perfekt beherrschte wie Maisie, »eigentlich habe ich immer an dich geglaubt.« Louise nahm ihr nichts übel, im Gegenteil, sie lud Maisie für Dezember nach Paris ein: »Zum Shoppen, wenn dein Arsch von Chef dir Urlaub gibt.«

Es war nun wahrhaftig Sommer geworden, und wenn Paulette Petit am offenen Fenster ihres Salons stand und nach unten sah, stellte sie zufrieden fest, dass das Leben tatsächlich in die Rue d'Estelle zurückgekehrt war. »Ich hatte recht«, sagte sie zu Isabelle auf dem Foto. »Es musste etwas geschehen. Und es ist etwas geschehen. Das ist die Hauptsache, oder wie siehst du das?« Isabelle schwieg sich naturgemäß dazu aus, und an ihrer Stelle nickte Paulette. »Ich habe beschlossen, ihr nicht die Wahrheit zu sagen. Ich werde es für mich behalten, dass du gar nichts mit meiner Entscheidung zu tun hattest, ihr die Wohnung und die Bäckerei zu schenken. Ich tue das, weil ich weiß, dass du, wenn du nicht so ein Sturkopf gewesen wärst und immer nur an den alten Streit mit deiner Schwester gedacht hättest, selbst darauf gekommen wärst. Wer weiß, vielleicht hättest du Louise dann sogar noch kennengelernt. Sie ist ein feiner Mensch, kann ich dir nämlich sagen.« Sie schwieg einen Moment, dann fügte sie hinzu: »Sie ist wie du.«

Und so wurde dieses Geheimnis bewahrt, und Louise blieb in dem Glauben, dass es ihre Tante Isabelle gewesen war, die sie aus ihrer Schneekugel geholt hatte, und nicht Paulette. Aber wer weiß, vielleicht ahnte Louise diese Dinge auch längst … und im Übrigen stellt sich die Frage, ob es überhaupt einen Unterschied machte.

Schließlich stand der Abschied bevor. Monsieur Isaac begab sich auf seine große Reise. Louise und Camille organisierten am Abend vor der Abreise ein glanzvolles Fest.

Alle Nachbarn und viele der ehemaligen Kunden von Monsieur Isaac kamen. Es gab Quiche, Crèpes, Salate und Kuchen und Macarons in den Farben von Monsieur Isaacs Hausboot: grün-weiß. Nicolas und Marcello machten, als Clowns verkleidet, herrlich schräge Musik mit dem Bandoneon und einer Geige, und am Ende holte Nicolas seine Kristallkugel aus der Tasche seines Jacketts, kletterte einen Laternenmast hinauf und hielt sie direkt ins Licht, sodass die gesamte Straße und die Fassaden der Häuser der Rue d'Estelle mit kleinen Sternen aus Licht übersät waren. Dann kletterte er wieder herunter, drehte die Kugel nachdenklich in seinen Händen, sah sich um, als suchte er jemanden, und stolperte dann plötzlich über seine eigenen Füße. Einige der Zuschauer schrien leise auf. Etwas klirrte, doch es war nicht die Kugel, sondern ein Teller, und es war Louise, die ihn fallen lassen hatte. Ihr war für einen Moment der Atem gestockt, als ihr klar geworden war, dass es genau dieselbe Nummer war, die sie schon einmal gesehen hatte. Aus irgendeinem Grund hatte sie sich eingebildet, dass er sie an jenem Morgen ihrer Ankunft nur für sie gespielt hatte und danach nie wieder. Doch das war natürlich albern. Wahrscheinlich führte er die Nummer jeden Tag auf, immer an derselben Stelle, und schenkte jeden Tag einer Touristin eine Papierrose, während der Kellner behauptete, es wäre etwas ganz Besonderes gewesen. Hastig wandte sie den Blick ab und ging in die Küche, begann, halbherzig aufzuräumen, schob Teller zusammen, leerte Weingläser aus, spülte Paulettes Silberbesteck, von dem noch kein einziges Stück fehlte. Sie zählte es jeden Abend. Es reichte schon, dass sie Camille und Nicolas aus dem Weg gehen musste, wo immer sie die beiden zusammen sah. Sie hatte keine Lust, diesen einen Moment, der ihr so kostbar war, hier vor allen Leuten noch einmal erleben zu müssen. Als einen Abklatsch, eine billige Kopie. Wütend warf sie das Besteck in die Spüle und wischte sich über die Augen. Es fiel niemandem auf, dass sie nicht draußen war, nicht zusah. Die Leute lachten und klatschten auch ohne sie. Und als sie nach einer Weile wieder nach draußen kam, war Nicolas nicht mehr da, und sie war darüber erleichtert und enttäuscht zugleich.

»Ich weiß nicht, wo er ist«, sagte Camille, als Louise möglichst beiläufig nach ihm fragte, und sah sich erstaunt um. »Eben war er noch da…«

Grand Jeté

»großer Sprung«

Begriff aus dem klassischen Ballett:
Sprung, bei dem die Tanzende in der Luft
einen Spagat ausführt.

26

Nicolas blieb auch am nächsten Morgen verschwunden, als sich alle Hausbewohner und auch einige Nachbarn an der Fußgängerbrücke am Canal Saint-Martin versammelten, um Monsieur Isaac ein letztes Mal vor seiner großen Reise zuzuwinken. Louise hatte kleine Fähnchen mit der französischen Flagge dabei und verteilte sie, und Silvain ließ es sich nicht nehmen, zum Abschied seines Flohwalzer-Partners eine besonders schöne und feierliche Passage aus Dantes Paradies zum Besten zu geben, die eifrig beklatscht wurde, obwohl außer Marcello kein Mensch ein Wort verstand. Als Monsieur Isaac die Leinen löste und der Motor gemächlich zu tuckern begann, winkten und jubelten ihm alle zu, und man sah, dass der alte Mann zutiefst gerührt war. Zum ersten Mal, seit Louise ihn kannte, trug Monsieur Isaac keinen Anzug, sondern Bermudashorts, aus denen seine Altmännerbeine, die in nagelneuen Segeltuchschuhen steckten, bleich hervorragten, und ein blau gestreiftes, kurzärmeliges Hemd. Auf dem Kopf thronte keck eine Baskenmütze. Er sah schon fast aus wie ein Seemann. Louise dachte an Camilles Worte, als Paulette mit Marcello in den Zirkus gegangen war: Jetzt ist alles möglich. Nun also sogar Monsieur Isaac in Bermudashorts. Langsam glitt das kleine Boot unter der Fußgängerbrücke hindurch und verschwand schließlich unter Jubel in dem Tunnel, der es unterirdisch hinunter zum Seine-Hafen Port Arsenal bringen würde. Die Leute klatschten noch ein wenig, dann zerstreuten sie sich langsam. Camille und Louise gingen zusammen über die Brücke zu Louises Fahrrad, das dort an einem Baum lehnte.

»Weißt du, wo Nicolas heute war?«, fragte Louise auf dem Rückweg in die Rue d'Estelle. Sie schob ihr Rad gemächlich neben sich her.

Camille schüttelte den Kopf, dann sagte sie unvermittelt: »Er wird fortgehen.«

Louise zuckte zusammen. »Nicolas? Wie, fortgehen?« In diesem Augenblick verschwand die Sonne hinter einer Wolke, und sie hatte das Gefühl, es würde sofort um einige Grade kälter. Sie fröstelte in ihrem leichten Sommerkleid.

»Fortgehen eben. Ich habe gehört, wie er sich mit Marcello darüber unterhalten hat.«

»Aber wohin?«

»Keine Ahnung.«

»Spricht er denn nicht mit dir darüber?«

Camille schüttelte den Kopf. Sie hatte in den letzten Wochen ein klein wenig zugenommen, war nicht mehr ganz so durchsichtig, spitz und blass, sah gesünder aus, würde aber wohl immer zart und zerbrechlich bleiben.

»Warum sollte er?«

»Ich dachte, ihr seid … besser befreundet?«

Camille lachte auf, und es klang fast ein wenig bitter.

»Ich weiß nicht, ob man mit Nicolas ›besser‹ befreundet sein kann. Ich kenne niemanden, der so verschlossen ist wie er. Er lacht doch alles weg, was ihm näher als eine Armlänge kommen könnte.«

Louise sah sie verwirrt an. »Aber ich dachte … du und er …?«

Camille warf ihr einen belustigten Blick zu: »*Was* dachtest du?«

Louise kam ein wenig ins Stottern: »Na … dass … dass ihr zusammen seid. Ich habe gesehen, wie er dich angeschaut hat … als du an jenem Abend getanzt hast, im Park … da dachte ich … da wusste ich, er ist verloren.«

Camille lächelte. »Verloren vielleicht, aber sicher nicht an mich. Ich habe ihm nur geholfen, eine neue Nummer einzustudieren.«

»Eine was?« Louise kam sich plötzlich unglaublich begriffsstutzig vor.

»Eine neue Clownnummer. Er hat mich tanzen sehen, da ist er darauf gekommen, dass er so etwas auch machen könnte, als Clown. Ich habe ihm ein bisschen bei den Bewegungsabläufen geholfen, ein paar Grundbegriffe aus dem Ballett beigebracht.« Sie hob grazil die Arme, beugte sich auf eine Seite und wieder zurück und machte dann einen kleinen, anmutigen Sprung. »Es war lustig, wir hatten wirklich eine Menge Spaß. Und trotzdem bin ich ihm kein bisschen nähergekommen. Weißt du, er ist der geborene Clown. Er bringt andere sogar noch zum Lachen, wenn er selbst verzweifelt ist, und man würde nicht einmal bemerken, dass es ihm schlecht geht.«

Louise schwieg betroffen. Irgendwie waren das zu viele Informationen auf einmal, während sie an nichts anderes denken konnte als daran, dass er fortgehen würde. Wieso? Wohin? Erst allmählich begriff sie, was Camille noch gesagt hatte. »Ihr seid also gar kein Liebespaar?«

»Nein. Wir waren auch nie eines.« Camille legte einen Arm um Louise. »Du bist so ein Schaf, Louise Barclay.«

Louise entzog sich der Umarmung und sah Camille mit einer Mischung aus Empörung und Verwunderung an. »Wieso das denn? Es hätte doch sein können …«

»Ist dir nie aufgefallen, wie er dich ansieht? Wenn Nicolas überhaupt je etwas Persönlicheres preisgegeben hat, dann ging es immer nur um dich«, sagte Camille. »Er hat mir zum Beispiel in allen Einzelheiten geschildert, wie er dich zum ersten Mal gesehen hat und du laut lachen musstest über seine Nummer mit der Glaskugel.«

Louise nickte und lächelte mühsam. »Die Nummer von gestern Abend«, sagte sie gepresst.

»Ja. Ich glaube, er hat das gestern nur für dich gespielt. Er hat dich gesucht, vielleicht wollte er dir etwas sagen oder dir die Kugel schenken oder so. «

Louise starrte Camille an. »Für mich? Er hat mich gesucht?«

»Ja. Mit Blicken. Ist dir das etwa auch nicht aufgefallen? Diese Begegnung damals mit dir hatte eine besondere Bedeutung für ihn. Weil du so lachen musstest.« Camille schwieg eine Weile, dann sagte sie langsam: »Ich glaube, er steckte fest mit seinem Clownsspiel. Ich weiß nicht genau, warum, aber er hatte aus irgendeinem Grund das

Gefühl, er könne die Leute nicht mehr erreichen, hätte seine Gabe, sein Talent verloren.« Sie schüttelte den Kopf. »Dieses Gefühl ist furchtbar.«

Louise war bei Camilles Worten blass geworden. Sie wusste, warum Nicolas das dachte. Marcello hatte es ihr gesagt.

»Was ist?«, fragte Camille besorgt. »Du siehst ein wenig merkwürdig aus.«

Louise schüttelte den Kopf. »Es ist nichts.«

»Einmal hat Nicolas mir erzählt, wie er am Centre Pompidou in seinen Koffer geklettert ist und du ihn da wieder rausgeholt hast. Es klang, als ob du ihn wahrhaftig gerettet hättest.«

»Ich habe nur geklopft«, erwiderte Louise leise. Sie fühlte sich wie unter Wasser.

»Aber das war der Anstoß für diese neue Nummer. Er erklärte mir, er müsse wieder herauskommen aus diesem Koffer. Verstehst du? Du warst es, die ihn darauf gebracht hat.«

Louise schwieg. Sie konnte kaum begreifen, was Camille da zu ihr sagte. »Tritt er schon damit auf?«, fragte sie schließlich.

»Ja, aber erst seit Kurzem. Er hat lange gezögert, obwohl wir so viel geübt haben. Er hat sich nicht recht getraut, glaube ich. Doch dann kam Marcello. Erinnerst du dich an den Tag, als er mit Paulette in den Zirkus ging und mich darum bat, Nicolas auszurichten, dass er käme, um mit ihm zu arbeiten? Das hat den Anstoß gegeben. Silvain und Marcello waren anfangs bei der neuen

Nummer mit dabei. Sie kommen, nachdem Nicolas ganz traurig in den Koffer geklettert ist. Das heißt, Silvain steht nur da und erzählt wie immer irgendetwas, während Marcello um den Koffer herumgeht, darüber stolpert, Angst hat, ihn zu öffnen, fürchtet, dass eine Bombe explodieren könnte. Aber jetzt ist Nicolas meistens allein, und mir gefällt das fast noch besser. Und ich glaube, es tut ihm auch gut. Es ist lustig, aber gleichzeitig so rührend, wie er da plötzlich wieder aus dem Koffer hüpft und Pirouetten dreht. Ich habe Leute gesehen, die hatten Tränen in den Augen und haben trotzdem gelacht. Sie verstehen, was er damit sagen will. Dass es immer weitergeht …« Camille wischte sich über die Augen und lachte verlegen.

»Siehst du, jetzt weine ich auch schon …«

Doch Louise hörte sie nicht mehr.

Sie war fort.

Obwohl Louise dieses Mal vor keiner einzigen roten Ampel haltmachte, war es ihr, als würde sie die Place George Pompidou nie erreichen. Hinzu kam, dass sie den Weg vom Canal Saint-Martin her nicht kannte und sich ein paarmal verfuhr und umkehren musste. Autos hupten der jungen Frau in dem Sommerkleid, den derben Stiefeln und den herbstlaubfarbenen Haaren wütend hinterher, die sich in verwegenen Schlangenlinien mit ihrem knallroten Fahrrad durch den Verkehr schlängelte, rote Ampeln ignorierte und Passanten erschrocken auf die Seite springen ließ.

Dann hatte sie den Platz endlich erreicht und sah sich um. Nicolas war nicht da. Auch wenn er heute hier aufgetreten sein sollte, was nicht einmal sicher war, jetzt jedenfalls war er wieder fort. Louise fuhr trotzdem kreuz und quer über den Platz und ein Mal um das Centre Pompidou herum, doch sie konnte keine Spur von Nicolas entdecken. Auch in dem Café, wo man ihn immerhin kannte, wusste niemand Bescheid. Es war bis auf den letzten Platz mit Gästen gefüllt, und keiner der hektisch hin und her laufenden Kellner konnte sich erinnern, wann er Bof, den Clown, zum letzten Mal gesehen hatte.

War er fort? Ohne adieu zu sagen? Sie dachte an gestern, an die Glaskugel und die Sterne an den Häusern der Rue d'Estelle, die anzusehen sie sich geweigert hatte, und in ihrem Magen bildete sich ein harter Knoten. Es würde zu Nicolas passen, sich auf diese Weise zu verabschieden. Sie stieg wieder auf ihr Fahrrad und fuhr nun langsamer, weil ratlos, wo sie ihn suchen sollte, über die Rue Rambuteau zurück in Richtung ihres Viertels. An der Rue des Archives bog sie rechts ab und fuhr durch das Gassengewirr rund um die Rue des Rosiers. Als sie die kleine Place du Bourg-Tibourg unweit der Rue d'Estelle erreichte, sah sie keine fünfzig Meter vor sich eine wohlbekannte Gestalt mit lockigen schwarzen Haaren und einem großen, abgewetzten Rucksack auf dem Rücken.

»Nicolas!« Sie bremste so scharf, dass sie fast kopfüber vom Rad gestürzt wäre. Er drehte sich überrascht um. Sie ließ das Rad mitten auf dem Platz fallen und lief auf ihn zu. »Bitte, geh nicht weg!«

»Was?« Leicht belustigt musterte Nicolas sie, wie sie verschwitzt, mit verrutschter Brille und aufgelösten Haaren vor ihm stand. »Was ist mit dir passiert? Bist du auf der Flucht vor jemandem?«

»Es tut mir so leid, dass ich gestern nicht zugesehen habe…«

»Ich habe dich gesucht«, sagte Nicolas langsam, »ich wollte…« Er schüttelte den Kopf. »Egal. Nicht wichtig.«

»Erinnerst du dich an unser letztes Gespräch? Mitten in der Nacht?«, fragte Louise hastig, so als habe sie Angst, er würde plötzlich verschwinden, sich vor ihren Augen in Luft auflösen.

»Ja, klar.« Nicolas nickte, ohne lange überlegen zu müssen.

»Ich habe dich gefragt, woher man weiß, ob man gehen oder bleiben soll…«

Erneut nickte Nicolas. »Und ich habe gesagt, dass es auf die Gründe ankommt. Und du hast offenbar deine Gründe gefunden.« Er machte eine weit ausholende Geste, die etwas Resigniertes hatte, und fügte hinzu: »Das Café, die Macarons…«

»Ich war ein Schaf, Nicolas«, sagte Louise bekümmert und rückte ihre Brille gerade. »Es gibt einen viel wichtigeren Grund.« Sie sah ihn an, und nach kurzem, überraschtem Zögern erwiderte er ihren Blick, offen und ohne ein Lächeln, und Louise sah die Verletzlichkeit in seinen Augen und eine unausgesprochene Bitte. Sie beantwortete die stumme Frage mit einer ebenso stummen Antwort:

Nein. Ich werde dir nicht wehtun.

Eine ganze Weile standen sie auf dem kleinen, von Bäumen und Cafés eingefassten Platz und sahen sich schweigend an. Dann nahm Nicolas Louise an der Hand sagte: »Komm mit, ich muss dir jemanden vorstellen.« Sie ketteten Louises Rad an Ort und Stelle an einen Laternenmast und gingen zusammen weiter, Hand in Hand, als hätten sie nie etwas anderes getan. Es war nicht mehr weit von der Place Bourg-Tibourg bis zur Île de la Cité und der Kathedrale von Notre-Dame. Nicolas kaufte zwei Eintrittskarten für die Galerie der Chimären und ging mit Louise nach oben, dorthin, wo er schon so viele Male allein gesessen hatte. Dieses Mal war der Balkon voll mit Touristen, und natürlich konnte man sich nicht einfach auf die Balustrade setzen, ohne einen Feuerwehreinsatz zu riskieren, aber das spielte jetzt keine Rolle. Nicolas war noch nie mit jemandem hier gewesen. Hatte nie den Wunsch gehabt, den Gargoyle, Gefährte seiner Kindheit, irgendjemandem vorzustellen, doch genau das tat er jetzt. Er zeigte Louise den nachdenklichen Wasserspeier mit den großen Ohren und fing an zu erzählen. Er begann bei seiner Kindheit in Saint-Malo, ließ nichts aus, auch wenn es schmerzhaft war, beschrieb seine Zeit im Zirkus, seine Angst vor der Universität und davor, ein neues Leben zu beginnen, und endete schließlich mit den Schüssen vor dem Café, die sein ganzes bisheriges Leben ins Wanken gebracht hatten. Wie alle wahren Geschichten war auch diese Geschichte lang. Sie dauerte den ganzen Nachmittag, und während die Besucher auf der Galerie der Chimären in regelmäßigen Abständen wechselten, blieben Nicolas und Louise die ganze Zeit zu Füßen des nachdenklich in die Ferne schauenden Wasserspeiers stehen, eine junge Frau mit leuchtenden Haaren und einer zu großen Brille und ein junger Mann mit dunklen Locken und zu großen Ohren. Er redete und gestikulierte, hielt hin und wieder stockend inne, um nach Worten zu suchen, und sie hörte zu. Dann wieder schwiegen beide, fassten sich an den Händen, berührten sich schüchtern, küssten sich. Als es Abend wurde, kam ein Aufseher, blieb an der Tür hinter dem selbstvergessenen Paar stehen und räusperte sich diskret. Es sei an der Zeit. Man müsse schließen, erklärte er, fast ein wenig schuldbewusst. Sie schauten auf, erstaunt, als müssten sie erst wieder zurückfinden in diese Welt, und nickten dann. Als der Aufseher wieder gegangen war, nahm Nicolas noch einmal Louises Hände und sagte: »Ich muss weggehen. Ich muss nach Hause.«

Aplomp

»Gleichgewicht«

Begriff aus dem klassischen Ballett:
Die Fähigkeit zum Abfangen einer Bewegung.

27

Nicolas saß auf der Stadtmauer der Ville-Clos von Saint-Malo, der trutzigen, festungsähnlichen Altstadt, die wie ein bretonisches Seeräubernest in den Ärmelkanal hineinragte, und sah auf das Meer hinaus, das bleiern unter einem wolkenverhangenen Himmel lag. Er hatte in den letzten Tagen seine Eltern besucht und seine Schwester. Vor allem seine Schwester.

Die Adresse von Julie hatte er im Telefonbuch gefunden. Sie weinte, als er so unerwartet vor der Tür stand. Aus dem elfjährigen, dünnen Mädchen, die damals mit nutellaverschmiertem Mund auf dem Bett gesessen und ihren Teddy umarmt hatte, war eine recht energische junge Frau geworden. Sie war Floristin, arbeitete in einem kleinen Laden in der Altstadt und lebte mit ihrem Freund zusammen, der einen ganz ordentlichen Eindruck machte. Er war Automechaniker. Immerhin kein Fischer, dachte Nicolas.

Seine Mutter dagegen war ihm mit offener Feindseligkeit begegnet. Sie wohnte noch immer in dem trostlosen Sozialbau am Rande der Stadt, mit Blick auf die Ausfallstraße, wo er und Julie aufgewachsen waren. Sie bat ihn nicht in die Wohnung herein. »Was willst du hier?«, fragte sie und versperrte Nicolas mit ihrem mageren Arm die Tür. Ein stechender Geruch nach Schweiß und Zigaretten drang ihm in die Nase.

»Traust dich hierherzukommen, nach so langer Zeit. Im Stich gelassen hast du deine Familie, deine Mutter, du…«

Er drehte sich um und ging ohne ein Wort.

Seinen Vater fand er dort, wo er ihn früher schon immer gefunden hatte, wenn er nicht auf See war: im *Armor*, seiner Stammkneipe seit mindestens dreißig Jahren. Eine düstere Bar am Hafen mit speckigem Boden und vom Zigarettenqualm vergilbten Wänden, durch deren trübe Fenster nicht einmal am Tag genug Licht drang, um auf die Neonleuchten an der Decke verzichten zu können. Er war bereits angetrunken, ebenfalls wie immer. »Sieh da, mein verlorener Sohn«, sagte er mit ätzendem Spott in der Stimme und bestellte Nicolas und sich selbst mit einem schwerfälligen Heben seines Arms einen Lambig, die bretonische Variante des normannischen Calvados. Ein Getränk, das Nicolas zutiefst verabscheute. Seine ganze Kindheit roch nach Lambig.

Fisch und Lambig. Sechzehn Jahre lang.

Er trank ihn trotzdem. Kippte ihn hinunter mit geschlossenen Augen und versuchte, den aufkommenden Brechreiz und die Erinnerungen zu unterdrücken. Dann blieb er eine Weile schweigend neben dem massigen Mann mit den rotgeäderten Augen sitzen, dessen Haare,

Augenfarbe und Ohren den seinen ähnelten. Noch immer konnte er die kaum verhüllte, unberechenbare Gewalttätigkeit seines Vaters spüren, die ihn und Julie als Kinder dazu gebracht hatte, unters Bett zu kriechen, wenn er nach Hause kam, und erst wieder hervorzukommen, wenn sie ihn schnarchen hörten. Nicolas versuchte, sich die wenigen sonnigen Tage ins Gedächtnis zu rufen, die er in seiner Erinnerung konserviert hatte, jene Nachmittage, in denen er mit seinem Vater auf der Stadtmauer Möwen gefüttert hatte, doch es gelang ihm nicht mehr. Nicht hier, neben ihm, in dieser Bar. Und als sein Vater ihn schließlich um Geld bat, in diesem aggressiven und gleichzeitig weinerlichen Ton, den er nur zu gut kannte, bezahlte er seinen Lambig und die bereits beträchtliche Zeche seines Vater und verließ das Lokal, ohne sich noch einmal nach ihm umzudrehen.

Aber Julie. Wegen ihr hatte es sich gelohnt. Und wegen des Meeres. Weil er von nun an den Gedanken an das Meer nicht mehr fürchten musste.

Nicolas ließ den Blick ein letztes Mal über das Wasser und die Stadt schweifen, sog die würzige Luft, die nach Salz und Tang und Fisch roch, tief in seine Lunge, um sie sich als Erinnerung zu bewahren. Die Fischkutter kamen zurück, umgeben von einem Schwarm kreischender Möwen. Darunter war auch das Schiff seines Onkels. Sein Vater hatte die Hochseefischerei aufgegeben und fuhr jetzt mit ihm und seiner Truppe jeden Morgen hinaus. Seine Mutter arbeitete noch immer im Fischladen.

Zumindest hin und wieder. An den guten Tagen. Und wenn sie Geld brauchte.

Fisch und Lambig…

Nicolas sah auf die Uhr. Zeit aufzubrechen. Seine Schwester würde ihn zum Bahnhof fahren.

Louise holte ihn vom Gare du Nord ab. Sie begrüßten sich ein wenig schüchtern, fast wie Fremde, doch der Moment verflog schnell. Nicolas reichte Louise ein bauchiges Marmeladenglas.

»Das ist Salzbutterkaramell. Hat meine Schwester gemacht. Du hast mich doch einmal nach einem Lieblingsrezept gefragt…«

»Ja, stimmt….«

Er strich ihr mit einer liebevollen Geste eine Haarsträhne aus dem Gesicht. »Ich war so ein Idiot. Mir ist nichts eingefallen, dabei hatte ich dich jeden Tag vor Augen. Das Mädchen mit den karamellfarbenen Haaren…«

Sie nahmen sich an der Hand und gingen los, tauchten wieder ein in die Stadt, die ihrer beider Heimat geworden war.

Révérence

»Verbeugung«

»Meine Reaktion war, dass ich tief in mir nach Leben suchte.«

Einwohnerin von Paris nach den Terroranschlägen am 13. 11. 2015

Übersetzung der Zitate aus Dante Alighieri, *Die göttliche Komödie*

Seite 98: Es war in unseres Lebensweges Mitte, als ich mich fand in einem dunklen Walde; denn abgeirrt war ich vom rechten Wege. (*Inferno*, Erster Gesang, Zeile 1–3)

Seite 99: Wohl fällt mir schwer, zu schildern diesen Wald, der wildverwachsen war und voller Grauen, und in Erinnrung schon die Furcht erneut (*Inferno,* Erster Gesang, Zeile 4–6)

Seite 100: So schwer, dass Tod zu leiden weniger schlimm … (Zeile 7)

Doch um das Heil zu künden … (Zeile 8)

Seite 101: das ich dort fand … (Zeile 8)

Will, was ich sonst gesehen, berichten. (Zeile 9)

Seite 146: Des Allbewegers Herrlichkeit durchdringt das ganze Weltall, und sie erglänzet an einer Stelle mehr, als an der andren … (*Paradies*, Erster Gesang, Zeile 1–3)

Seite 190: Die ihr, hörbegierig in kleinem Nachen bis hierher nachgefolgt seid meinem Schiffe, das mit Gesange seine Bahn durchmisst … (*Paradies*, Zweiter Gesang, Zeile 1–3)

Wagt nicht ins hohe Meer euch; denn ihr wäret, verlört ihr meine Spur, gar leicht verloren. (*Paradies*, Zweiter Gesang, Zeile 5–6)

Seite 191: Richte dankbar nun den Geist zu Gott; (*Paradies*, Zweiter Gesang, Zeile 29)

Seite 196: Im Himmel, dem von seinem Licht am meisten zuteil wird, war ich und ich schaute Dinge, die weder sagen kann, noch weiß… (*Paradies*, Erster Gesang, Zeile 4–6)

Seite 258: Es tanzten um das rechte Rad im Kreise drei Frau'n, und eine war so rot, dass kaum im Feuer man sie unterschieden hätte. (*Fegefeuer*, 29. Gesang, Zeile 121–123)